어둠의 빛

어둠의 빛

초판 1쇄 인쇄 · 2024년 6월 15일
초판 1쇄 발행 · 2024년 6월 20일

지은이 · 한승주
펴낸이 · 한봉숙
펴낸곳 · 푸른사상사

주간 · 맹문재 | 편집 · 지순이 | 교정 · 김수란, 노현정 | 마케팅 · 한정규
등록 · 1999년 7월 8일 제2−2876호
주소 · 경기도 파주시 회동길 337−16 푸른사상사
전화 · 031) 955−9111(2) | 팩스 · 031) 955−9114
이메일 · prun21c@hanmail.net
홈페이지 · http://www.prun21c.com

ISBN 979−11−308−2152−8 03810
값 18,500원

58
**푸른사상
소설선**

어둠의 빛

한승주 소설집

푸른사상
PRUNSASANG

　소설을 쓴다는 것은 행운이자 불행이다. 늦은 밤 독수리 타법으로 자판을 두드리다가 피로한 눈을 비비는 것도 행복이자 불행이다. 이 책을 쓰기 위해 오랜 시간 씨름한 머릿속은 이제 텅텅 비어버린 것만 같다. 공허하기도 하고 개운하기도 하다. 과거의 기억을 담보로 써내려간 작품들을 묶어 두 번째 소설집을 낸다. 출간에 도움 주신 푸른사상사와 담당자 분들께 감사의 말씀을 드린다.

2024년 봄
한승주

차례

장평치킨

장평치킨

    정년퇴직을 하고 시골로 이사 와 처음 만난 외부인은 치킨집 주인이었다. 40여 년간 결혼생활에서 부부간 애정과 이삿짐은 반비례했다. 마지막 이사를 결심했을 때 나는 51평 아파트에 살고 있었다. 결혼할 즈음 13평 방 한 개 연립에서 시작해서 아파트 16평, 25평, 33평으로 평수를 넓혀나갔다. 돈이 모자랄 땐 전세를 끼고 아파트를 샀다. 아침에 눈을 뜨면 아파트 시세가 상승 곡선을 그었다. 몇 년 뒤 아파트 값이 오르면 다시 40평, 47평, 그리고 퇴직하기 전 마지막으로 구입한 아파트가 51평이었다. 널찍한 집에 살고 싶어 평수를 넓혀나간 것이 아니었다. 나는 주식을 하지 않았다. 대신 느림보처럼 부동산 투자를 택했다. 회사 동료들 대부분 주식에 투자했다. 나는 알았다, 개미가 기관 및 외국 투자기관을 이길 수는 없다는 것을. 개인 투자자들은 그들의 희생양일 뿐이었다. 소심한 나는 주식 근방에 얼씬거리지도 않았다. 직장 동료나 친구 중에 주식 실패 때문에 전 재산을 말아먹고, 가정 파탄이 되어 원룸이나 쪽방촌을 전전하는 사람도 있었다.

"우리 회사는 이사 비용 외 추가 금액을 요구하지 않습니다. 이사 직원이 팁을 요구하면 전화 주세요. 그런 직원은 바로 잘립니다! 점심도 회사 자체적으로 해결합니다."

포장 이사센터 사무실을 방문했을 때 50대로 보이는 남자가 웃으며 이사(理事) 직책이 새겨진 명함을 내밀었다. 그는 이사 비용을 계산한다며 이것저것을 묻고 내가 대답하면 컴퓨터에 입력했다. 비용 산출 프로그램이 깔려 있는 듯했다. 이사 비용이 280만 원이라며, 이사(理事)는 견적서를 A4용지로 프린트해서 내밀었다. 세상 좋아졌다!

이삿날이 다가오자 걱정된 마음에 살던 아파트 네 개의 방, 거실, 발코니 등을 살펴보았다. 눈이 휘둥그레질 만큼 짐이 많았다. 센터에 전화를 걸었고 계약한 5톤 대형 트럭 한 대 외에 2톤 트럭이 더 필요하다는 대답이 돌아왔다.

"이게 가정집 이삿짐이야?"

센터 이사팀장이 혀를 내둘렀다. 새벽부터 내가 살던 아파트 12층에서 사다리차로 짐을 내렸고, 이곳 시골까지 130킬로미터를 달려왔다. 2톤 트럭부터 짐을 부렸다. 날씨가 화창했고 마당이 넓은 전원주택이라 트럭에서 짐을 바로 옮기지 않았다. 마당에 짐을 부려놓고 직원들은 담배를 꼬나물었다. 팀장이 아파트에서 짐을 내릴 때 힘을 많이 써서 결린다며 좌우로 어깨를 돌리더니, 앉았다 일어서기를 반복하며 엄살을 떨었다. 그가 직원들에게 10분 휴식을 명령했다. 9시 30분이었다. 팀장은 짐이 너무 많아 허기가 진다며 농담처럼 간식 좀 부탁한다고 말했다. 9시 30분에 간식이라니!

"우리 회사는 이사 비용 외 추가 비용을 요구하지 않습니다. 점심도 회사 자체적으로 해결합니다."

계약서 쓸 때 총괄 책임자인 듯한 이사(理事)가 몇 번이나 강조했는데 현장에서는 지켜지지 않았다. 그가 했던 말은 계약을 따기 위한 립 서비스였을 뿐이다. 내가 가만히 있자 팀장이 넉살 좋게 "곧 점심 먹을 거니까 치킨 한 마리면 돼요."라고 했다. 문제는 치킨집이 어디에 있는지, 있다 해도 리(理) 단위인 외진 이곳까지 배달해줄지 알 수 없었다.

나는 전원주택을 짓기 1년 전부터 코딱지만 한 5평짜리 이동주택을 구입해 혼자 머무르고 있었다. 300평 땅을 구입한 후 퇴직금과 그 땅을 담보로 대출받아 2층 전원주택을 짓기 위해서였다. 건축비를 아끼기 위해 '직영' 방식으로 지었다. 설계만 설계사에 맡기고 건축주가 직접 자재를 구매하고 시공업체를 불러 공사하는 것이 직영 공사다. 단점은 안전사고 등에 건축주가 모든 책임을 져야 한다는 것이다. 건축주는 건축업체만큼 지식을 가지고 있어야 했다. 직장 생활 대부분을 총무과에서 근무한 내게 그런 지식이 있을 리 없었다. 나는 '전원주택 직접 짓기' 강의가 있는 곳이면 전국 어디든 찾아갔다. 어느 정도 자신감이 붙자 2층 목구조 전원주택을 지었다. 단열과 결로 방지에 특히 신경을 썼다.

치킨 한 마리? 그 말을 듣는 순간 뭔가 기억났다. 집을 지을 동안 필요한 자재를 구입하려고 철물점을 몇 번 갔다. 그곳에 『지역 상가로』 책이 두 권 있었다. 주인 허락을 받고 그중 한 권을 가져왔고 그

책이 이동주택 방 안에 있었다.

손에 침을 바르고 책장을 넘겼다. 4페이지 중간쯤에 '치킨'이라는 글자가 눈에 띄었다. 상호가 '장평치킨'이었다. 전화를 받지 않아 여러 번 걸었다. 네 번째 만에 통화가 연결되었다. 가게 주인이 배달을 나가면서 가게 전화와 핸드폰을 착신전환해놓은 듯했다. 쉰 목소리에 발음이 불분명하고 어눌했다. 전화 받는 것이 힘겨워 보였다.

"예."

"치킨집이죠? 프라이드 통닭 한 마리 주문할게요."

대답이 없었다. 나는 배달이 될 수 있을까 궁금했다. T맵으로 검색해보니 '장평치킨'까지 4킬로미터였다. 치킨 한 마리 배달하려고 10리 길을 올까, 했는데 주소를 알려달라 했다. 배달해준다는 거였다. 4킬로미터, 10리 길을? 기껏 통닭 한 마리에? 그래서 물었다.

"얼마입니까?"

"만 삼천 원, 이…입니다."

이사 오기 전 아파트 근처에는 치킨집이 다닥다닥 붙어 있었는데 치킨 한 마리에 만 팔천 원에서 이만 원 정도 했다. 그런데 만 삼천 이라니. 장사가 아니라 봉사인가. 나는 점점 더 무례해졌다.

"콜라는요?"

"작은 병 펩시도 드립니다."

"만 삼천 원만 드리면 되죠?"

"카드도 받습니다."

이상한 기분이 들었다. 4킬로미터를 걸어서 오지 못할 텐데, 1만 3천 원으론 기름 값도 안 나올 것 같았다. 배달원은 어떤 사람일까.

멀리 낡은 오토바이 소리가 들리더니 전화가 끊어졌다. 10여 분 뒤 치킨이 든 듯한 비닐봉지를 들고 한 남자가 마당으로 걸어왔다. 아기처럼 아장아장 걸었다. 전원주택은 경사 30도가 넘는 도로 위 오른편 첫 집이었다. 급경사인 데다 500미터 뒤에 언덕이 버티고 있어 막다른 도로였다. 그래서 땅값이 쌌다. 나는 대지가 넓은 전원주택을 원해 집 평수 외 어떤 것도 고려하지 않았다.

＊

은퇴 후 3개월간은 바빴다. 서유럽과 인도 여행도 했다. 그동안 바빠서 만나지 못했던 친구, 친척들도 만났다. 3개월이 한계였다. 3개월이 지나자 할 일이 사라지고 만날 사람들도 없어지기 시작했다.

'이젠 쓸모없는 사람이 되었다'는 생각이 문득 찾아왔다. 자신을 중심으로 돌던 세상이 주변으로 옮겨갔다. 매사에 흥미를 잃고 무기력해졌다. 식욕도 없고, 밤에 잠도 잘 안 오고, 만사 다 귀찮았다. 아내와 자식들이 자신을 대하는 태도가 직장 생활 때와 다르다고 느꼈다. 평생 가족을 위해 일했는데 은퇴 후 부담스러운 존재로 취급한다는 것에 배신감을 느꼈다.

2년이 지나 알았다. 그 모든 것이 퇴직 후 겪는 전형적인 '은퇴증후군'이라는 것을. 내가 퇴직을 실감하는 때는 '아침에 일어나 오늘은 뭐 할까 생각이 들 때' '내 소개를 어떻게 시작해야 할지 망설일 때' '처음 본 사람에게 줄 명함이 없을 때' 등 나에 대한 타이틀이 사라졌을 때였다. 지구상에서 내 존재가 없는 듯한 상실감이 들었다.

아내가 충고했다. 취미를 가져봐라, 바둑 2단이잖아, 바둑 동호회에 가입해 취미 생활을 즐겨라, 사람들과 어울리는 게 싫다면 낚시나 영화 관람을 취미로 가져보는 건 어때? 재취업을 해서 수입을 얻는 것도 좋고 사회 공헌을 위해 봉사활동도 괜찮을 것 같은데, 등등.

얼마 지나지 않아 나는 우울증에 걸린 것을 알았다. 다 싫었다. 손가락 하나 꼼짝거리기 싫었다. 우울증의 여러 증상을 한마디로 요약하면 '이유도 없이 기분이 언짢다는 것'이다. 나는 '기분 나쁨'에서 벗어나기 위해 술을 마셨다. 퇴직 전처럼 주량 조절이 안 됐다. 술을 입에 대는 순간 과음으로 이어졌고, 만취하면 이런저런 사고를 치기 시작했다.

그날도 내가 혼술을 하고 있는데 아내가 심각한 표정을 짓고 내 옆 의자를 당겨 앉았다. 술을 마시고 있으면 반경 10미터 내엔 얼씬도 하지 않는 그녀였는데…….

"안주가 부실하잖아. 술만 마시면 몸이 금방 망가져."

나는 통조림 골뱅이와 번데기를 먹으며 소주를 마시고 있었다. 그것들을 집어 입으로 가져가는 동안 미끈거리는 골뱅이와 번데기가 젓가락에서 미끄러져 식탁 위로 떨어지곤 했다. 식탁이 골뱅이에서 떨어진 기름 방울로 번들거리고 지저분했다. 아내가 행주를 가져와 닦았다. 나 몰래 무슨 사고를 쳤나. 왜 안 하던 짓을 하지.

"계란말이 하나 해줄까?"

"안주용?"

계란말이를 듣는 순간 아내가 뭔가 단단히 벼르고 있다는 느낌을 받았다. 아마도 술 이야기겠지. 폭풍 전야, 폭풍 전의 음습한 고요, 그런 불안이 몰려왔다. 식탁 위에는 빨간 병뚜껑과 빨간 상표가 붙어 있는 25도 진로소주와 같은 도수인 일품진로가 놓여 있었다. 일품진로는 일반 소주에 비해 다섯 배가 비쌌다. 아직 일품진로 소주를 사먹을 돈은 있었다. 30여 년간 대기업에 근무하다 상무로 퇴직했고, 자식 둘 다 미혼이어서 결혼식 비용과 아들놈에게 소형 아파트나 연립 전세 정도는 얻어줄 돈을 가지고 있었다. 내 나이 대(代)를 포함해서, 이전 세대 부모는 자식을 결혼시킬 때 딸에게는 혼수를, 아들에게는 집을 해주는 게 유교적 관습이었다. 당시 나는 60대 초반이고, 제기랄, 아들만 두 명이었다.

아내가 미쳤다. 평생 술이라고는 입에 대지 않던 여자가 부엌 찬장에서 술잔을 꺼내오더니 "한잔 따라봐!" 명령했다. 그 순간 '황혼 이혼'이라는 네 글자가 떠올랐다. 아내는 술꾼처럼 술을 한번에 탁, 입안으로 털어 넣었다. 이 여자가 미쳤나. 무슨 말을 하려고. 그 동작이 어떤 중요한 결심에 이른 듯한 행동으로 보였다.

"당신, 퇴직 후 하루 종일 아파트에서 빈둥거리며 괴로워하는데, 집 한번 지어보는 건 어때? 집 지을 동안 할 일이 생기잖아."

뜻밖이다! 이럴 때 경천동지(驚天動地)라는 사자성어를 쓴다. 아내의 입에서 전혀 예상하지 않은 말이 나왔다.

남자가 나이 들어가면서 하고 싶어 하는 3대 로망 중 첫째가 퇴직 후 서울에서 멀지 않은 곳에 전원주택을 가지는 것이다. 하지만 집 한 채 지으면 10년 늙는다는데, 아내는 내가 폭삭 늙기를 바라는 건가. 처음엔 그런 생각이 들었다. 아내는 다른 여자들과 달랐다. 보통은 남편이 시골로 가자고 하면 손사래를 친다. 평생 그래왔던 것처럼 시골에서도 집안일에 얽매여 살아야 한다면 하는 생각만으로도 고개를 절레절레 흔든다. 시골이라고 남편이 달라질까. 분명 예전처럼 집안일은 나한테 다 떠넘기고 고생은 나 혼자 하겠지. 텃밭을 한다고 땅도 파헤칠 테고. 그 수고는 또 누가 할 건데. 거름 주고 잡초 뽑는 모든 노동도 내가 다 해야 할 테지. 헤어지는 한이 있어도 절대 시골에는 가지 않을 거야. 이런 생각이 귀촌, 귀농에 대한 일반적인 아내의 불만이다. 그런데 아내가 먼저 귀촌하자고 했다.

왜? 왜?

나는 그 이유를 알 수 없었다. 아내가 집을 지어보라는 말을 던졌을 때 어느 정도 취해 있었다. 퇴직 후 우리는 각방을 썼다. 나는 아무런 대답도 하지 않고 내 방에 들어갔다. 잠자리에 누워 잠시 골똘해졌다.

*

나는 젊어 한때 문청(文靑)이었다. 대학 시절 소설을 써서 3년간 신춘문예에 도전했다. 두 번이나 최종심까지 올라갔지만 당선은 안 됐다. 최종심과 당선작은 작품의 수준 차이는 없다. 심사위원의 취향대로 선택하는 것이다. 화가 났다. 대학 졸업할 때까지 유예되던 입대를 취소하고 군대에 지원했다. 소설에 관한 한 모든 것을 잊고 싶었다. 나는 최전방 수색대대에서 3년간 복무하고 제대했다. 복학 후에는 취직이 소설보다 중요했다. 운 좋게 대기업에 취직했다. 당시에는 세상을 다 얻은 것 같아서 소설의 소 자도 생각 안 났다. 그렇게 소설은 내 인생에서 멀어졌고 30여 년간 직장 생활도 끝났다. 이제 나는 백수였다. 그런데 이 나이에 나보고 집을 지어보라고? 수십 년간 잊고 있던 소설이 흉측한 돈벌레처럼 50개의 발가락을 꼼지락거리며 내 머릿속을 기어다니기 시작했다. 외진 시골 전원주택은 고립과 고독이다. 소설은 혼자 쓴다. 이 작업은 아내든 자식이든, 불알친구든 심지어 방금 섹스를 나눈 애인이라도 해도 절대 도와줄 수 없는 노동이다. 자신과 싸움을 하는 일이며, 도움을 줄 수 있는 것은 담배뿐이다.

다음 날 아침 식탁에서였다. 시래깃국에 밥을 말아 한 숟가락을 뜨는데 아내가 말을 건넸다. 보통 우리는 식사할 동안 대화를 하지 않았다. 나이가 드니 섹스도, 대화도 없어지고, 각방을 쓰고, 사실상 무늬만 부부였다.

"생각해봤어?"

역시 간명하다. 앞뒤 설명 없이 자신만 알고 있는 한마디로 내게 물었다. 무슨 질문인지 알고 있지만 짓궂은 생각에 모르는 체하고 싶었다.

"뭘?"

'당신이 한 문장이면 나는 한 단어다.' 나는 심술을 부렸다.

"집짓기."

"어디다가?"

"오늘 땅 보러 갈까?"

아내는 식탁 맞은편 의자에서 일어나 내 옆자리로 옮겼다. 나는 망설였다. 아내의 뜻은 '당신을 따라 귀촌할 테니 집은 당신이 직접 지어라'였다.

"어디로?"

퇴직 후 주거지는 분당 소재 아파트였다. 아내의 직장은 용인 수지구 동천동에 있었다. 나는 퇴직했으니 전원주택 지을 장소가 대전 이내면 어디든 상관없지만 아내 직장과 거리가 50킬로미터를 넘지 않아야 했다. 괴산에서 시작해서 음성, 진천, 등 경기도 광주(廣州)로 올라가며 훑었는데 적합한 곳을 찾기 어려웠다. 이건 이래서 안 되고, 저건 저래서 곤란했다. 마음에 드는 곳이 없었다. 아파트와 달리 땅은 보는 순간 어떤 느낌이 온다 했다. 마치 내 몸 같은 느낌, 땅이 나를 품고 있는 안락함, 내가 땅에 안겨 마음이 푸근해지는 느낌, 값과 위치를 따지지 말고 그런 땅을 사라고 했다. 그러나 위치와 지세가 마음에 들어도 물어볼 데가 없었다. 그날은 일요일이었다. 도시와 달리 시골의 부동산 중개업소는 영업을 하지 않았다. "포기하자." 나는 아내에게 그렇게 말하며 내비에 분당을 입력했다.

시골은 방향표지판이 없어 읍, 면 단위 사거리가 나오면 집으로 가는 방향이 아리송해졌다. 내비는 용인으로 가는 경로를 알려주었다. 다른 코스도 나왔지만 용인을 가로지르는 길이 최단거리였다. 용인에 들어서니 어떤 기시감이 들었다. 그곳은 원삼면인데 직장 생활을 하던 1990년대에 주말농장 붐이 일었다. 그때 원삼면 사무소 앞 텃밭에 원삼농협에서 분양하는 주말농장 10평을 신청했다. 주말이면 아내와 아이들을 데리고 퇴비를 주고 물을 길어다 뿌리고 고추, 상추, 깻잎 등 갖가지 모종을 심고 텃밭을 가꾸었던 기억이 났다. 우리가 심은 고추 모종이 자라 고추가 주렁주렁 열렸다. 애기 손가락 세 마디만 했던 상추가 어른 손바닥 크기로 자란 것을 보고 가족 모두가 손뼉을 치고 자연의 섭리에 놀라워했다. 뒤돌아보면 내 인생에서 그때가 제일 행복했던 것 같다. 처인구 백옥대로 네거리를 지나갈 때 어스름이 차창을 기어오르고 있었다. 11월 말 늦가을이라 다섯 시도 안 되었는데 주위가 어둑해지기 시작했다. 그때 도로 맞은편 사무실 간판이 눈에 들어왔다. 벽에 돌출된 아크릴 간판인데 조명이 켜져 있었다. 상호가 '용인부동산'이었다. 실내에도 형광등 불빛이 출입문에 반사되어 영업을 한다는 표시를 냈다.

"가볼까?"

내 대답은 심드렁했다.

"나도 봤……."

"하루 종일 돌아다녔는데 헛걸음하고 집으로 가기엔 좀 그렇잖아."

아내가 말을 가로채더니 처음으로 길게 말했다. 그리고 조수석에서 손가락으로 가게 간판을 가리켰다.

"가보자."

'용인부동산'은 차 반대편에 있었다.

"유턴해서 가게 앞에 차를 대."

나는 엄마 말에 복종하는 착한 아이처럼, 유턴해서 부동산 앞에 차를 댔다.

*

　부동산 중개업자의 첫인상은 마음에 들지 않았다. 건달 같았고 말투도 친절하지 않아 거부감이 생겼다. 나중에 알게 되었지만 그는 무자격자였다. 중개사 자격은 있지만 사정상 사무실을 열 수 없는 공인중개사에게 돈 주고 자격증을 대여받아 시골 땅 매매를 전문적으로 하는 자였다. 시골이니까, 그런 불법이 가능했다. 10여 분간 대화를 나눈 뒤 날이 어둑어둑한데도 그자는 내게 딱 맞는 땅이 있다며 차에 올라타라고 했다. 땅에 대해서 아무것도 모르는 우리는 그자가 하자는 대로 했다. 보여준 땅은 마음에 들지 않았다. 그는 히죽이 웃더니 다른 땅을 보러 가자고 했고 나는 거절했다. 내일 다시 오겠다며 집으로 돌아왔다.

　용인, 아내 직장인 미술학원과의 거리도 가까워서 출퇴근이 가능했다. '생거진천 사후용인(生居鎭川死居龍仁)'이라는 말도 생각났다. 살 때는 진천이고 죽어서는 용인에 묻혀라? 나는 그곳에 살기 위해 전원주택지를 고르고 있는데, '사후용인'은 끌리는 말이 아니었다. 용인에는 명당이 많다는 것인데 내가 죽은 뒤 후손의 발복(發福) 따윈 관심이 없었다. 나는 화장을 원했다. 죽은 뒤 내 흔적을 남기고 싶지 않았다. 아내와 자식들 앞에서 버릇처럼 내가 죽으면 화장하라고 했다. 교회에 나가고 있지만 천국이나 지옥을 믿지 않았다. 죽으면 다 끝난다고 생각했다. 아버지가 어머니를 품을 때 뿜어낸 정자 한 마리가 2~3억 마리의 경쟁자를 물리치고 어머니의 난자에 입성하기 전 상태, 그것이 죽음이었다.

*

    며칠 후 이런저런 고민 끝에 무자격 중개업자가 추천한 땅 세 군데 중 한곳을 선택했다. 지목이 '계획관리 지역'이라 농지나 임야보다 값이 비싸야 하지만 약점이 있어서 예상보다 값이 쌌다. 약점 하나는 토지 앞 도로 경사도가 30도 정도로 가파르다는 것. 또 하나는 도로를 사용하려면 도로 사용 승낙을 받아야 한다는 것이었다. 도로 지분이 일곱 명의 소유자로 복잡하게 얽혀 있어 그들 모두의 동의서와 인감증명까지 받아야 했다. 그 무자격 중개업자가 그 일을 대신 처리해주겠다고 했다. 나는 도로 지분을 갖고 있는 일곱 명 모두의 도로 사용 승낙서를 받아오면 땅을 구입하겠다고 했다.

    그렇게 땅은 구했으나 건축이 문제였다. 살던 아파트는 전세를 놓았는데, 전세금만으로 건축회사에 맡겨 집을 짓기에 돈이 모자랐다. 나는 직영 방식으로 집을 짓기로 결심했다. 앞서 말했지만 '직영'은 건축주가 직접 공사에 필요한 자재와 인력을 조달하고, 공사를 관리 감독하는 방식을 말한다. 공사 비용을 절감하고, 건축주 자신이 원하는 대로 집을 지을 수 있다는 장점이 있지만, 건축주가 공사에 대한 전문 지식이 부족할 경우 공사가 원활하게 진행되지 않을 수 있고, 공사 비용이 예상보다 많이 발생할 수 있다는 단점이 있다. 나는 전원주택 직접 짓기 관련 책을 사서 여러 번 정독했다. 집 짓기 모임에 가입하여 현장 교육도 받았다.

    건축구조는 철근 콘크리트나 벽돌 방식 대신 캐나다형 목조주택으로 결정했다. 그것은 캐나다산 목조 뼈대를 이용하여 골조를 세우고 합판과 석고보드 등으로 벽체를 형성해 집의 형태를 만들어나가는 것이다. 나는 목수를 구하고 집 지을 인부를 직접 찾아다닌 끝에 다섯 명으로 하나의 건축 팀을 만들었다. 나는 결심하면 끈질기고 악착스러운 면이 있었다. 목수 세 명 중에서 팀장을 정하고, 회사생활을 할 때처럼 매일 아침 여덟 시에 30분간 오늘 할 일과 어제 한 일을 토의해서 문제가 있으면 바로잡곤 했다. 팀장이 힘들어했지만 무시했다. 내가 건축회사 사장이 되어서 집을 지어 나갔다.

우여곡절 끝에 1년 반 만에 집이 완성되었다. 그날 핸드폰으로 대문 앞에서 집 전경을 찍으며 눈물을 흘렸다. 건축회사에 맡기지 않는 직영 건축은 너무 힘든 과정이었다. 알았다면 절대 하지 않았을 것이다. 힘든 만큼 보람과 자부심도 있었는데 아무도 알아주지 않았다. "퇴직 후 아파트에서 빈둥대지 말고 직접 집을 지어보라!"는 아내 뜻대로 되었다. 집 지을 1년 반 동안 나는 술을 마시지 않으며 나를 괴롭히던 우울함도 사라졌다. 아내는 은퇴증후군과 우울증으로 순간순간 자살을 떠올리고 있던 내 속마음을 알고 있었던 것 같다. "마누라 말을 들으면 자다가도 떡이 생긴다"는 속담이 맞았다.

내가 살게 된 동네는 리(里) 단위로 아랫동네와 윗동네로 나누어져 있었다. 아랫동네는 조상 대대로 살아온 원주민 동네고 윗동네는 나처럼 도시에서 살다 귀촌한 여덟 가구가 살았다. 서로 소 닭 보듯 했다. 나이 많은 원주민들은 윗동네 사람들에게 마음을 열지 않았고, 텃세를 부리곤 했다. 이장이 불러 가보면 마을 기금을 내야 한다며 한 집당 백만 원씩 돈을 요구하기도 했다. 금액이 너무 많고 강

요당한 느낌을 받아 마음이 상한 윗동네 주민들은 거부했다. 내가 이사했을 때는 완전 남남이 되어 있었다. 나는 당연히 윗동네 편이었다.

*

이삿짐을 마당에 부려놓고 치킨을 주문한 지 30분 만에 남자가 가쁜 숨을 몰아쉬며 검은 비닐봉지를 들고 대문 안으로 걸어 들어왔다. 60대 초반쯤 되어 보였다. 그는 키가 1미터 40센티가 될까 말까 했다. 몸집이 땅딸막하고 얼굴은 짧고 둥글며, 코가 크고 눈알이 짙었다. 머리카락은 짧고 검었으며 희끗희끗한 콧수염이 나 있었다. 전형적인 난쟁이 얼굴과 체형이었다. 그 남자는 나를 처음 보는데도 치킨을 주문한 집주인이라는 것을 알았다. 곧장 센터 직원들을 지나쳐 내게 펩시콜라 뚜껑이 삐져나온 치킨 봉지를 내밀었다.

"조금 전 오토바이 소리가 났는데 오토바이는 어디?"

내가 돈을 건네며 물었다.

"경사로 진입로에 세워두고 걸어왔어요."

'왜 오토바이를 타지 않고?' 나는 묻지 않았다. 치킨이 담긴 비닐봉지를 팀장에게 건네며 "이삿짐 흠내지 말고 잘 부탁한다."고만 했다.

"경사로에서 넘어지면 다치니까요."

남자가 어린아이만 한, 작고 오동통한 손가락으로 머리를 긁적였다. 내가 묻지 않는데도 경사로가 시작되는 지점에 오토바이를 세워두고 힘들게 걸어 올라온 이유를 설명했다. 거스름돈을 돌려받으며 "수고 많았습니다." 했다. 나는 알고 있었다. 다리가 어린아이처럼 짧으니 경사로를 올라오다가 오토바이가 기울어지면 한쪽 다리로 땅을 디뎌야 하는데 다리가 짧아 넘어질 수밖에 없을 거였다. 30도가 넘는 경사로에서 오토바이와 함께 넘어지면 크게 다칠 것이다. 헉헉거리며 100미터가 넘는 경사로를 걸어 올라왔을 때는 이 남자에게 그런 사고 경험이 있을 거였다. 대문 밖으로 걸어 나가는 그의 뒷모습은 초등학교 3~4학년쯤 되어 보였다. 치킨은 금방 사라졌다. 치킨 한 마리는 일꾼 네 사람에게 간식이 아니라 군것질거리에 불과했다. 두 마리 시킬걸 하고 후회했다. 나는 이삿짐을 옮기는 일에만 신경이 팔려 금세 치킨 배달꾼인 그의 존재를 잊어버렸다.

이사가 끝났다. 아내의 권유로 시골 사람이 된 것이다. 나중에 알게 되었지만 나는 퇴직 후 아파트에서 빈둥거리며 폐인이 되어가는 중이고 중증우울증까지 앓고 있었다. 아내는 알고 있지만 나만 몰랐다. 중증우울증 증상 중에 불면, 모든 일에 대한 흥미나 의욕 상실, 내 존재에 대한 무가치성, 그리고 가장 위험한 자살충동이 찾아왔는데, 나는 남들 다 겪는 '퇴직증후군'이구나, 정도로만 생각했다. '퇴직증후군'은 여러 직장을 옮겨 다닌 사람보다 수십 년간 한 직장에서만 우직하게 근무한 사람—정년퇴직자 등—에게 찾아오는 경우가 대부분이었다. 내가 그랬다. 우울증이라고는 생각조차 하지 않았다. 하지만 그 당시, 새벽에 잠이 깨면 뒤 발코니에 서서 담배를 피우다가 문득 떨어져 죽고 싶다는 생각을 하곤 했다. 나는 우울감과 자기비하감에서 벗어나기 위해 술에 의존했고 나도 모르는 사이에 알코올중독자가 되고 있었다. 모르는 척해도 아내는 내가 우울증과 알코올중독에 걸린 것을 알고 있었다. 여자의 촉은 무서운 것이다. 나한테 시골에 전원주택을 직접 지어보라는 말은 그런 촉에서 나온 말이었다. 어쨌든 아내 말대로 집을 지을 동안 우울증은 얼씬도 하지 않았다. 매일 건축의 진척 상황, 건축비와 예산을 맞추어보는 일만해도 바빴다. 딴 생각이 들어올 틈이 없었다.

*

나는 내가 지은 집에서 늘 혼자였다. 미대 출신의 아내는 교사 생활을 하다 그만두고 40대부터는 미술학원을 운영했다. 아침에 출근해서 밤 열한 시쯤에 귀가했다. 퇴근한 직장인 수강생들을 대상으로 미술과 서예를 가르치고 수업을 마치면 아홉 시 반이었고 퇴근길은 한 시간 반 거리였다.

나는 외로움이 사무치면 한 달에 한 번 정도 '혼술'을 했다. 소주한 병을 넘지 않았다. 알코올중독에서 벗어난 것 같았다. 안주는 '장평치킨'에 전화를 걸어 프라이드치킨을 시켰다. 대문 옆에 매어둔 잡종견이 짖으면 2층 서재에서 소설을 쓰다가 발코니 새시를 열고 밖을 내다봤다. 그는 이사 온 첫날처럼 오토바이는 경사로 진입로에 세워둔 채였다. 짧은 다리로 아장아장 걸어 올라와서 대문 안으로 들어선 뒤 주저앉아 숨을 몰아쉬었다. 상황이 이러한데 추가 배달비를 받지 않았다. 이사 온 지 2년이 지났지만 치킨 값은 천 원 오른 1만 4천 원이었다. 기름 값이 올라 어쩔 수 없이 올렸다며 미안해

했다. 그런 사람이었다. 나는 치킨 한 마리 배달하려고 경사로를 걸어 올라오면서도 불평 한마디 하지 않는 그 남자에게 미안해 천 원을 더 줬다. 그는 카드결제기를 보여주며 카드 결제도 가능하다 했지만 나는 항상 현금을 주었다. 치킨 값 때문에 면 소재지 농협에 갈 때마다 만 원권으로 10만 원을 찾아 지갑에 넣어두곤 했다. 카드 결제하면 그가 1만 5천 원으로 결제하지 않을 것이라는 생각 때문이다. 그런 세월이 5년 흘러갔다. 나는 우울증에서 해방되었지만 외로움과 고독감까지는 어쩔 수 없었다. 아침 여덟 시부터 아내가 퇴근하는 밤 열한 시까지 늘 혼자였다.

치킨집 주인에게는 아들이 한 명 있었는데, 정상인이었다. 난쟁이는 유전인데 그는 키가 크고 콧날이 우뚝했고 미남이었다. 난쟁이인 아버지와 딴판이었다. 내가 치킨 주문을 하면 한 번씩 아버지 대신 모닝 경차를 몰고 배달을 오곤 했다. 나는 주인 대신 아들이 오면 약속 장소에 오지 않는 애인에게 바람을 맞은 듯 마음이 허전했다. 치킨집 주인과 나 사이에 별다른 대화는 없었다. 치킨 봉지를 받으며 다음부터는 무와 양념은 필요 없고 소금만 가져오라고 말하는 것이 내가 건넨 말의 전부였다.

"예."

내 부탁에 그는 알 듯 말 듯한 미소를 지으며 아내처럼 짧게 답했다. 그리고 짧은 다리로 뒤뚱거리며 대문을 향해 걸어갔다. 치킨집 남자를 만나는 날은 내가 외로움에 지쳐 혼술 하는 날이었다. '장평치킨'에서 배달한 프라이드치킨을 안주로 소주 한 병이나 반 병을 마시고 잠자리에 들었다.

그 가게는 치킨 한 마리를 시키면 쿠폰 한 장을 주었다. 쿠폰 열 장을 모으면 치킨 한 마리가 무료였다. 쿠폰이 쌓이면서 '장평치킨' 난쟁이 주인과 나는 함께 늙어갔다.

11월 하순이었다. 바람이 불고 가을이 깊어가던 날, 내가 물었다.

"양띠입니까?"

치킨집 주인은 갑작스러운 내 질문에 놀라는 표정을 지었다.

"……잔나비띤데요."

잔나비는 원숭이다. 원숭이띠라면 1956년 병신년(丙申年) 생이고, 1955년 을미년(乙未年) 양띠인 나보다 한 살 적었다. 12월 29일생인 나는 만 나이로 연말이 되기 전엔 두 살 적었다. 그의 생일은 모르지만 어쩌면 만 나이로 동갑일 가능성이 높았다. 또 물었다.

"성씨가 어떻게 됩니까?"

"박 씨인데요."

"본관은?"

"예?"

"대대로 조상들이 살았던 곳 말이오."

"아, 예, 해주."

박 씨 중에 그런 본관을 처음 들어보았다. 해주라면 북한 땅이다.

"황해도?"

"예, 오래전 강 건넜슴다."

"압록강? 탈북?"

치킨집 박 씨의 얼굴이 굳어졌다.

"고난의 행군 때 굶어죽지 않기 위해 중국에 갔다가……."

그는 탈북자였다. 300만이 굶어죽었다는 '고난의 행군'은 북한이 1990년대 중후반 국제적 고립과 자연재해 등으로 극도의 경제적 어려움을 겪은 시기에, 이를 극복하기 위해 김정일이 『노동신문』 사설에서 제시한 구호다. 나는 북한 인권 탄압을 고발하는 소설을 쓰고 있었기에 1990년대 중반에 들이닥친 북한 '고난의 행군'에 대해 잘 알고 있었다. 나는 더 이상 아무것도 묻지 않았다. 그 역시 말이 없었다.

*

한 해가 어물쩍 갔다. 청명이 지나자 잔디가 파릇파릇 올라오기 시작했다. 개나리가 담장 옆을 노랗게 물들였다. 마당 여기저기 아네모네, 팬지 같은 봄꽃들이 폈다. 날이 더워지자 백합, 제라늄, 백일홍, 맨드라미, 봉선화, 해바라기, 라벤더의 향기가 코 점막에 달라붙었다. 그 꽃들이 쓰러지자 가을이 왔다. 지하수 옆 정원에 희고 분홍빛 꽃잎이 뒤섞인 구절초가 보이더니 잔바람에도 하늘하늘 흔들리던 코스모스 줄기가 지하수를 끌어올리는 배수 파이프 키를 넘어섰다. 그리고 12월 첫 일요일, 2층 서재 발코니에 놓아둔 화분에 심긴 심비디움이 꽃잎을 벌리기 시작했다. 술이 당기는 날이었다. 장평치킨에 전화를 했을 때 그의 소식을 들었다. 통화자는 그의 잘생긴 아들이었다.

"돌아가셨어요."

"뭐? 어쩌다가?"

"밤에는 배달 못 한다고 그만큼 말했는데. 야간에 치킨 배달을 하다가 음주운전 차에 치였어요."

난쟁이 탈북자, 그가 땅에 닿을 듯한 치킨 봉지를 들고 아장아장 걸으며 내 주택 철제문을 통과하고 있었다. 경경, 대문 기둥에 매어 둔 풍산개 짖는 소리가 들렸다. 소파에서 일어나다 탁자에 부딪혔다. 탁자에 모아둔, 한 번도 사용한 적 없는 쿠폰 오십여 장 중 한 장이 팔꿈치에 닿아 바닥에 떨어졌다. 그날 나는 침안주로 과음했고 다음 날 오후까지 일어나지 못했다.

신호등
앞에서

신호등 앞에서

1976년 5월, 그때 우리는 신호등 앞에 서 있었다.

4차선 도로의 횡단보도 앞에 설치된 신호등에 파란불이 점멸했다. 곧 빨간불로 바뀔 듯했다. 예비동작처럼 수희는 몸을 움찔거렸다. 나는 주머니 속 주먹을 꽉 쥔 채 서 있었다. 심장이 쿵쾅거렸다. 심장이 불규칙적으로 뛰는 소리를 들었다. 천둥이 울리고 벼락이 치는 듯, 그 소리가 고막에 울려 귓속이 멍멍해졌다. 달팽이관의 기능이 작동되지 않았다. 평형감각을 잃고 휘청거렸다. 그녀가 횡단보도의 첫 칸을 향해 발을 내디뎠다. 그녀가 내디딘 그 한 발이 우리의 운명을 갈랐다. 완전한 이별이었다.

내가 수희를 만난 것은 고교 총동창회에서 주최하는 페스티벌(축제)에서였다. 장소는 호텔 연회장이었다. 축제일이 내일로 다가왔는데 나는 그때까지 파트너를 구하지 못했다. 시간이 흐를수록 낭패감에 사로잡혔다. 내가 동창회장이라 파트너 없이 페스티벌에 참석한다는 것은 군인이 총 없이 전투에 나가는 것과 같았다. 무엇보다 이 행사에 참석하는 고교 선후배들에게 면이 서지 않았다. 행사가 시작되기 한 달 전부터 대학 강당에서 열린 고교 동창회 모임 때마다 파트너 없이 참석이 불가능하다는 말을 해왔다. 행사를 주최하는 동창회장이 파트너 없이 참석한다는 것은 동창들을 기만하고 체면을 구기는 일이었다.

페스티벌 전날, 구세주가 나타났다. 사범대학 수학과에 다니던 고교 후배가 학과 친구의 누나를 소개해주겠다 했다. 그녀가 수희였다. 수희는 S교대 3학년에 다니고 있었다. 후배는 미리 말해놓았으니 내가 교대에 가서 그녀를 만나 한 번 더 사정을 설명하라 했다. 후배는 그녀가 수업을 마치고 나오는 시간을 알려주었다.

그날 오후, 동창회 임원을 맡고 있는 후배 기태를 데리고 S교대를 찾아갔다. 나는 수희의 얼굴을 몰랐다. 내가 그녀를 처음 만나는 방법은 방식은 무모했다. 지갑을 털어 플래카드를 주문했다. 기태와 나는 교대 정문 앞에서 플래카드를 양쪽에서 쥐고 서 있었다. 플래카드에 적힌 내용은 '배수희 씨를 찾습니다'였다. 교문 쪽으로 걸어오던 한 무리의 여학생들이 플래카드를 보고 킥킥, 웃음을 터뜨렸다. 한 여학생이 두 손으로 얼굴을 가리고 내려오는 것이 보였다. 플래카드에 적힌 글귀를 보고 부끄러움에 얼굴을 가린 듯했다.

학교 앞 횡단보도 건너편에 다방이 보였다. 플렉스 재질의 돌출형 간판에 '돌체'라는 이름이 쓰여 있었다. 그녀는 순순히 우리 뒤를 따라왔다. 플래카드 한쪽을 쥐어주던 역할이 끝나자 기태는 다방 앞에서 슬그머니 사라졌다.

"처음 뵙겠습니다. 배수희 씨지요? 저는 K대 법학과에 다니는 윤태수입니다. 동생을 통해 마, 말은 들으셨겠지요? 내일 축제 행사에 제 파트너로 동행해주셨으면 해서."

"……."

예뻤다. 그녀의 눈부신 미모에 나는 말을 더듬었다. 수희는 대답 대신 고개만 까딱했다. 짙은 화장을 한 탤런트나 영화배우가 아닌, 순수·순백·단아라는 단어에 어울리는 아름다움이었다. 그날 나는 잠을 이루지 못하고 밤새 뒤척였다. 아침에 일어나 거울을 보니 얼굴이 부어 있어 작은 눈이 더 작아 보였다. 속이 상했다.

*

1972년 10월 17일 박정희 대통령은 남북 대화의 빌미를 핑계로 전국에 비상계엄령을 선포했다. 박 대통령은 학생운동을 탄압하기 위해 '민청학련' 사건을 조작했다. 전국의 대학가에서 연일 시위가 일어났다.

나는 박정희 정권의 유신체제에 반대하는 전국민주청년학생총연맹(민청학련)의 간부로 시위를 주도하고 앞장섰다. 중앙정보부는 긴급조치 제4호가 선포된 후 1,024명의 위반자를 조사했다. 비상군법회의 '검찰부'는 180명을 구속·기소하였다. 나도 포함되었다. 구속된 180명은 '비상군법회의'에서 인혁당계 23명 중 8명이 사형을, 민청학련 주모자급은 무기징역을, 그리고 나머지 피고인들은 최고 징역 20년에서 집행유예까지 선고받았다. 나는 운이 좋았는지 징역 1년에 집행유예 2년을 선고받았다. 구속된 180명 중 가장 가벼운 형이었다. 1975년 2월 15일 대통령 특별조치에 의하여 대부분 형 집행정지로 석방되었다.

법학과에 다니던 나는 사법고시를 포기했다. 합격해도 집시법으로 처벌받은 전력이 있는 학생은 신원 조회에 걸려 모두 낙방되었다. 농무(濃霧)가 내 앞을 가로막고 있어 한 치 앞도 볼 수 없었다. 세월은 애기화살처럼 빠르게 흘렀다. 무엇이라도 해야 했다. 나는 신문사에 시험을 쳤다. 내가 응시한 신문사는 박정희 정권과 대립하던 야당 계열의 언론사여서 내 시위 전력과 처벌을 문제 삼지 않았다.

부모의 강권으로 법학과에 진학했지만 오래전부터 내 꿈은 소설가였다. 중고교 시절 공모전에 응모하여 상도 받았다. 가부장적인 아버지는 남자로 태어났으면 육사에 들어가 별을 달든가 검사가 돼야 한다고 입버릇처럼 말했다. 소설가가 되겠다는 내 꿈을 하찮은 것으로 여겼다.

"그딴 건 백수나 할 짓이지."

당신은 나를 모독해놓고 꼴 보기 싫다는 듯, 아랫목을 향해 몸을 돌렸다.

나는 문학 동아리에 가입했다. 사실상 고시를 포기했다. 아버지에게는 비밀로 했다. 밤이면 문학 동아리 선후배들과 학교 앞 주점에서 막걸리를 마시며 삶과 인생에 대해 이야기를 나누었다. 때로는 수희를 데려가 동아리 여학생들의 따가운 눈총을 받기도 했다. 고시를 포기한 대가는 컸다. 마음속 한 부분이 산사태처럼 무너져 내린 기분이었다. 산사태가 쓸어간 빈 공간을 수희로 채우려 했지만 그녀는 내 곁을 떠나고 없었다. 술에 자주 취했다.

나는 D일보 사회부·정치부·국제부 기자로 근무한 뒤 부장과 부국장을 거쳐 퇴사했다. 국제부 차장일 때였다. 아버지가 회사로 전화했다. 이번 주말에 집으로 내려오라는 명령이었다. 한 시간 후에 아버지의 전화가 또 걸려왔다. 집으로 바로 오지 말고 역 앞 K다방, 11시로, 장소와 시간을 멋대로 바꾸었다.

나는 K다방, 11시에 만난 어떤 여자와 중매 결혼을 했다. 허니문 같은 느낌은 없었다. 신혼은 달콤하지도 무덤덤하지도 않았다 그저 그랬다. 피 끓는 젊은 시절이라 밤이면 아내를 품었고 5시 30분에서 6시면 그녀가 차려준 새벽밥을 먹고 직장에 출근했다. 집은 분당에 있었다. 직장이 있는 광화문까지 가려면 6시 30분이면 집을 나서 좌석버스를 타야 했다.

이런 일도 있었다. 퇴근 후 술을 한잔하고 집에 돌아와 혼자 2차를 했다. 집 앞 편의점에서 캔 맥주 하나를 사 가지고 왔다. 캔 맥주를 홀짝거리며 사진첩을 보고 있는데, 아내가 옆에 앉았다. 백일 사진부터 고교 시절, 대학 동아리 회원들과 찍은 사진을 넘기면서 마른 멸치를 고추장에 찍어 먹었다. 아내는 불알을 내놓고 찍은 내 백일 사진을 보며 "엄마야!" 하더니 눈을 가리는 척하며 깔깔거렸다. 가부장적이고 남존여비 등, 보수적인 사고가 배어 있는 경상도에서 태어났기에 불알을 내놓고 찍은 내 알몸 사진은 당당한 거였다. 서울에서 태어나고 자란 아내는 이런 경상도 분위기를 몰랐다. 겸연쩍어진 나는 앨범을 다음 장으로 넘겼다. 다음 장에 부부 싸움을 하게 만든 문제의 사진 두 장이 있었다. 수희였다.

사진 속에서 나와 수희는 활짝 웃고 있었다. 축제 사진을 찍는 임무를 맡은 기태가 내가 수희를 안고 블루스를 추는 모습까지 찍었다. 짓궂은 녀석이었다. 블루스를 추는 모습은 찍지 말아야 했다. 수희와 사귈 때여서 그 사진을 앨범에 끼워놓았다.

아내의 표정이 변했다. 블루스를 춘 여자가 누구냐고 따져 물었다.

"이빨을 드러내고 웃을 정도니 그 여자가 좋았던 모양이지?"

여자의 촉은 무서웠다. 아내는 내가 평소 활짝 웃지 않는 것을 지적했다.

"그냥 대학 축제였어. 축제 마지막에 블루스, 디스코 타임이 있었어. 내가 동창회장이니 분위기를 띄우라고 후배들이 등 떠밀었어. 그래서 어쩔 수 없이……."

"지금도 연락하며 지내는 거야?"

아내가 훅, 내 말을 끊고 들어왔다.

"대학 때 축제 파트너로 만난 것뿐이야. 헤어진 지 오래되었어."

아내는 내 표현에 갈고리를 걸었다.

"몇 년 사귀었는데?"

나는 변명했다.

"사귀고 뭐고 없어. 그냥 축제 파트너였을 뿐이었어."

사실 나는 수희와 몇 년 사귀었는지 기억나지 않았다. 2년쯤 될 것 같았다. 손을 잡거나 키스를 한 적도 없었다. 플라토닉 러브라고나 할까. 70년대의 연인은 지금처럼 성에 대해 개방적이지 않았다. 키스를 하면 결혼해야 되는 줄 알았다.

아내는 독한 표정을 지으며 사진을 찢어버리라고 명령했다. 사진이 부부싸움으로 변했다. 화가 난 나는 냉장고에 넣어둔 소주 두 병을 꺼내 마시고 취했다. 그래도 아내의 명령을 버텨내지 못했다. 그녀가 보란 듯이 가위로 사진을 잘랐다. 2등분, 4등분, 4등분 된 사진을 겹쳐 마지막으로 한 번 더 잘랐다.

"됐어? 이제 속이 시원하냐?"

"부부간의 예의야!"

*

수희의 고향 집은 경북 영주였다. 그녀는 초등학교—당시 명칭은 국민학교—교사가 되려고 고향에서 올라와 교대 중 최고 명문인 S교대에 응시했고 합격했다. 그녀는 기숙사에서 생활했다. 방학 때마다 그녀는 고향 집에 내려가 머물렀다.

교대 앞에서 플래카드의 한쪽을 잡은 고교 후배 기태와 수희의 남동생 수영은 내가 다니던 대학의 사범대학 수학과 동급생이었다. 나는 영주에 한번 가자고 기태를 꼬드겼다. 너는 수영이를 만나고 나는 수희를 만나면 명분도 서고 그럴듯하지 않겠냐며. 기태는 못이기는 척 내 제안을 받아들였다. 내가 K대 고교 동창회장이어서 동창회 임원을 맡고 있는 그로서는 내키지 않아도 예의상 어쩔 수 없었을 것이다.

며칠 뒤 서울역에서 영주행 완행열차 무궁화호를 탔다. 영주역에 내려 택시를 타고 설레는 마음으로 수희의 고향 집을 찾아갔다. 기태는 수희 동생이 준 집 주소가 적힌 종이 한 장을 가지고 갔다. 택시 기사에게 종이를 주며 그 주소로 데려다 달라 했다. 택시 기사는 종이에 적힌 주소를 보자마자 "아, 삼가리 이장 집" 하며 고개를 끄덕였다.

날이 뉘엿뉘엿 저물었다. 저녁놀이 석양에 타들어가고 있었다. 택시 기사가 차를 세운 곳은 지은 지 50년이 넘었을 듯 보이는, 시골의 오래된 기와집이었다. 시골집답게 대문이 열려 있었다. 기태가 친구의 이름을 부르며 대문 안으로 들어갔다. 집 구조는 ㄱ자 형태로 대문을 열면 넓은 마당이 나왔다. 그 마당의 한쪽 끝에 안채가 있고, 안채 앞에는 좁은 마당이 있는 구조였다. 처마 끝에 달린 외등이 마당을 환하게 비췄다. 수희 동생이 반갑게 우리를 맞았다. 안채에 달린 바깥 부엌 쪽에 수희로 짐작되는 여자가 고개를 숙인 채 서 있었다. 동생에게 우리가 온다는 말을 듣고 저녁밥을 짓는 듯했다. 섬돌 위에 신발을 벗어놓고 수희의 어머니에게 예비사위처럼 큰절을 했다. 수희 아버지는 6·25전쟁 때 적의 박격포탄을 맞고 순직했다. 그녀는 유공자 집안의 외동딸이었다. 잠시 후 수희와 동생 수영이 밥상을 들고 방으로 들어왔다. 그녀는 고개를 숙인 채 밥상을 바닥에 내려놓자마자 방문을 열고 나갔다. 보조개가 팬 양 볼이 부끄러움에 발그레해져 있었다.

＊

지금 나는 60대 후반의 노인이다. 옛 기억을 되살리는데 한계가 있었다. 다시 그 시절로 돌아가본다. 세월이 흘러도 나는 한 가지 기억만은 움켜쥐고 있었다.

30대 후반, 신문기자 때 잘못된 기사―오보―를 썼다가 소송에 휘말렸다. 회사는 잠시 피해 있으라는 명분으로 나를 경영 부문으로 발령 냈다. 사실상 처벌이었다. "得樹攀枝未足奇 懸崖撒手丈夫兒(나뭇가지 잡는 것쯤 기이할 것 없으니 벼랑에서 손을 놓아야 비로소 대장부로다)." 나는 백범 김구 선생의 좌우명인 이 한시(漢詩)를 좋아했다. 퇴사를 결심했지만 그 결심을 행동으로 옮기지 못했다. 벼랑에 매달려 손을 놓기는커녕 악착같이 매달렸다. 나는 마누라와 자식 둘 딸린 남편이자 아버지였다. 내 행동에 책임을 질 나이가 된 것이다. 나는 대장부 대신 가장을 택했다.

인사부에 발령받고 3년쯤 지난 늦가을이었다. 아직 핸드폰이 보급되지 않던 때였다. 샤워를 하고 나오니 집 전화가 울렸다. 아내는 부엌에서 조기 비늘을 벗기고 있었다. 아침을 먹고 여섯 시에는 집을 나서야 회사에 지각하지 않는다.

새벽에 오는 전화는 대개 안 좋은 일이다. 부모님이 위독하거나 급박한 사고가 발생했을 때 새벽 전화가 온다.

"여보세요?"

"……."

상대는 말이 없었다. 수화기 속에서 아이 울음소리가 들렸다.

"여보세요? 누구세요?"

"나…… 수희."

수희라는 말이 들리자 나는 부엌에 있는 아내부터 살폈다. 그녀는 눈치 백 단이다. 내 곁에 와서 수화기 속에서 흘러나오는 말을 듣고 있었다. 탁, 나는 전화를 끊었다. 수희가 이 신새벽에? 나는 이상한 느낌이 들었지만 태연한 체했다.

"누구야?"

아내의 표정이 변했다. 그녀는 대학 때 내 페스티벌 축제 파트너와 찍은 사진―아내의 명령으로 찢어버렸다―은 봤지만, 그녀의 이름은 몰랐다.

"술 취한 여자인 것 같아. 집 전화번호를 착각한 모양이야."

거짓말을 하며 가슴이 벌렁벌렁했다. 수희? 수희가? 왜 이 시간에? 왜? 왜? 라는 의문사만 생각의 물결 속을 떠다녔다.

"미친년, 이 시간에 전화를."

아내가 욕을 하며 화를 냈다. 욕을 할 만했다. 장모가 몇 년째 위암을 앓고 있는데 새벽에 전화가 왔으니 '위독하거나 돌아가셨구나' 하고 지레 겁먹은 것 같았다. 출근하는 좌석버스 안에서 나는 수희의 전화에 머릿속이 실타래처럼 헝클어진 듯 복잡했다. 바람이 불 때마다 나뭇가지에서 떨어진 은행잎이 버스 차창에 달라붙었다.

수희가 집으로 전화를 건 이유는 내가 다니던 직장을 모르거나, 직장전화 번호를 모르거나, 둘 중에 하나였다. 그건 틀린 가설이었다. 그녀가 내 집 전화를 어떻게 알았을까, 하는 물음이 고개를 쳐들면 나는 어떤 대답도 할 수 없었다. 기괴한 일이라는 생각만 들었다. 그즈음 나는 내가 전직 정치부 기자였다는 사실을 잊고 있었다. 자존심이 상해 사표를 써서 양복 안주머니에 넣고 다니는 짓도 하지 않았다. 이제 어느 부서든 직장은 목숨줄이었다. 도착하자마자 아침 회의를 하고 최근 업무에 대한 상사의 질문에 대답했다. 회사 업무를 하면서 나는 수희가 건 새벽 전화를 까맣게 잊고 있었다.

다음 날이었다. 전날보다 10분 빠른 새벽 5시 20분에 전화벨이 울렸다. 나와 아내는 아직 침실에 있고 전화기는 거실 탁자 위에 놓여 있었다. 새벽 5시 30분이면 우리 부부는 침실에서 나와 각자의 일을 했다. 나는 샤워를 하고 아내는 부엌에서 요리를 했다. 아내가 스탠드를 켜더니 야광 벽시계를 봤다. 몸을 뒤척이며 "또 어떤 년이야?" 하며 짜증을 냈다. 나는 전날 새벽에 걸려온 전화 때문에 '혹시, 수희?'라는 불안감에 휩싸였다. 아내가 전화를 받으면 감당할 수 없을 정도로 일이 커질 거라는 예감이 들었다. 나는 스프링이 튀어 오르듯 몸을 일으켰다.

"여보세요?"

"……"

"여보세요? 전화를 했으면 말씀하세요."

"나…… 수희."

아내가 방문을 열고 밖으로 나왔다. 나는 슬그머니 전화기를 놓았다.

＊

다음 날도, 그다음 날도 처음 전화 건 시간보다 10분쯤 일찍 전화가 왔다. 그렇게 열흘 동안 하루도 빠짐없이 전화가 걸려왔다. 나는 네 번째부터 전화를 받지 않았다. 마지막으로 전화가 온 시각은 새벽 3시 10분이었다. 이쯤 되니 아내는 나와 관련된 여자의 전화일 거라는 의심을 버렸다. 정신이상자 같으니 경찰에 신고하자고 했다. 아내는 전화벨이 울리면 소스라치며 놀라곤 했다.

열 번째 전화가 온 다음 날 나는 수희의 남동생 수영에게 전화를 걸었다. 사범대를 나온 수영이 교사로 재직하는 중학교는 내가 다니던 신문사와 3킬로미터밖에 떨어져 있지 않았다.

"배수영 선생님과 통화하고 싶은데요."

"지금 수업 중이라 전화를 받을 수 없습니다. 제가 교감인데 누구라고 전해드릴까요?"

"신문사에 다니는 선배라고…… 꼭 부탁드립니다."

30분 후에 수영에게 전화가 왔다.

"선배, 저예요. 수영이."

"내가 너하고 긴히 상의할 일이 있는데 퇴근 후 시간 좀 내줘."

"무슨 일 있어요?"

"아니, 오랜만에 너와 술 한잔하려고."

"오, 예. 당장 달려가겠습니다."

"일곱 시까지 세종문화회관 뒤쪽에 종로빈대떡집 알지?"

"예스!"

오랜만에 만난 수영은 체중이 불어 있었다. 간간이 통화는 했지만 직접 만나는 것은 5년 만이었다. 각자의 업무에 바빠 서로 잊고 살았다.

소주 세 병이 금세 비워졌다. 평소 술을 급하게 마시는 편이 아니지만 수희 문제를 끄집어내기 위해 나는 술기운이 뻗쳐오르기만 기다렸다.

'수영에게 뭐라고 해야 하나?'

나와 누나의 관계를 누구보다 잘 알고 있어 말을 잘못했다가는 좀 팽이처럼 보일 것 같았다. 나는 수영에게 괜찮은 선배로 남고 싶었다. 입술이 달싹거렸다. '새벽'이라는 두 개의 음절이 입술 밖으로 나오려 했다가 입술에 힘을 주면 기다렸다는 듯 도로 들어가곤 했다.

"수영아, 몇 년 만에 만났는데 오늘 우리 한번 취해보자."

"기자가 취해도 돼요? 사건이 나면 바로 현장으로 출동해야 할 텐데."

"나, 지금 인사부에 근무해."

"왜?"

"오보를 쓴 죄로 좌천됐어."

"……."

수영은 대학 때부터 말술로 소문났다. 동석한 사람보다 두세 배를 마셨는데 취하지 않았다. 학교 앞 막걸릿집에서 엄청 마시고도 마지막 계산은 그가 했다. 술을 전혀 마시지 않은 듯 말짱한 얼굴로 각출했다.

"선배, 폭탄 어때요? 소주는 싱거워 마신 것 같지 않아요."

"양주는?"

수영은 손가락 끝으로 가슴을 가리키더니 패딩 안주머니에서 알루미늄으로 만든 플라스크를 꺼냈다. 서부영화에서 총잡이들이 갖고 다니는 휴대용 술병이었다. 술집 주인과 우리 사이에 단골손님들로 바글바글해서 눈에 띄지 않았다. '종로빈대떡'은 이 일대에서 맛집으로 소문 난 가게였다. 일곱 시가 넘으면 빈자리가 없어 발길을 돌려야 할 정도였다. 입맛이 예민한 식객들은 가게 문 앞에 진을 쳤다. 한 무리의 손님이 가게를 나오면 재빠르게 그 자리를 채웠다.

수영은 손을 번쩍 들고 "여기요!" 하며 외치더니 소주를 시켰다. 큰 소리에 놀라 손님들이 우리를 쳐다봤다. 그는 목청이 터져라 외치지 않으면 왁자지껄한 소리에 묻혀 가게 주인이 듣지 못한다는 것을 알고 있었다.

"선배, 이 술이 무엇인지 알아맞혀보세요."

수영은 의기양양했다. 내가 맞추지 못할 것으로 알고 있었다.

"상표도 없는데 어떻게 알아? 양주라는 것 빼면 술의 종류를 알 수 없지."

나는 시큰둥하게 말했다.

"그럼 한잔 드릴 테니 맛보고 말해보세요."

수영은 소주잔에 양주를 따랐다. 나는 스트레이트로 한 잔을 마셨다. 향긋한 과일과 꽃 향이 혀끝에 남아 있었다. 알코올 도수는 40도 정도 될 것 같았다. 맛은 부드럽고 달콤하며, 혀끝에 오크의 풍미가 느껴졌다.

"위스키지?"

우리는 스무고개 놀이를 하기 시작했다.

"딩동댕!"

"제조국가는?"

"스코틀랜드."

어떤 느낌이 강하게 왔다. 양주를 싫어하는 내가 유일하게 마시던 스카치위스키였다.

"병 색깔이 초록이지?"

"어, 벌써 이러면 안 되는데."

"내가 절대 미각이야. 한번 맛본 술의 이름을 절대 잊지 않지."

"선배, 대단한데요."

몇 고개를 넘지도 않았는데, 수영은 패배를 인정하는 듯한 말을 했다. 나는 이 술의 종류를 말하려다 입을 다물었다. 바로 맞추면 수영의 자존심이 상하고 재미없을 것 같아 일부러 서너 고개를 더 넘기로 마음먹었다. 나는 자리에서 일어났다. 담배 생각이 났다. 가게 밖으로 나오니 보름달이 떠 있었다. 달을 향해 담배 연기를 뿜어냈다. 연기가 하늘을 향해 하얀 옷을 입은 유령처럼 구불구불 올라갔다. '수희에 대해 언제쯤 말을 꺼내야 하나?' 고민 끝에 담배를 연거푸 두 대를 피운 뒤 결심했다. 최근 들어 새벽 전화 때문에 아내와 불화가 잦았다. 가게 안으로 들어가니 수영은 혼자 자작을 하고 있었다. 술고래라는 말이 허명이 아니라는 것을 보여주기라도 하듯.

스무고개가 다시 시작됐다. 이제 끝내야 할 때라고 생각했다.

"커티삭 스카치위스키지? 상표는 노란 바탕에 범선(帆船)이 그려져 있는."

"맞아요. 제가 졌어요."

우리는 마음 놓고 폭탄주를 마셨다. 수희의 새벽 전화 문제로 오늘은 취하고 싶었다. 아니, 그것을 말하려면 취해야 했다.

*

수희와 수영은 연년생이었다. 한 살 차이인데도 수영은 수희에게 말할 때 꼬박꼬박 '누나'라는 호칭을 사용했다.

일전에 수영이 했던 말이 생각났다. 형제 남매간 한 살 차이면 싸우는 경우가 많은데 수희와 수영은 자랄 때 한 번도 다툰 적이 없었다. 수희가 항상 수영에게 양보하고, 수영이 짓궂은 행동을 해도 남자아이니 그러려니 했다.

"수영아, 열흘 전부터 새벽 다섯 시에 자꾸 전화가 걸려와."

수희를 빼고 말하니 밑도 끝도 없는 말이 되었다.

"그 시간에 누가 전화를 해요? 다섯 시면 한창 잠자고 있을 땐데."

수영의 목소리가 높아졌다. 자신의 일인 양 새벽 전화를 건 사람에 대해 화를 내는 듯 보였다.

"이거, 참······."

나는 말꼬리를 흐렸다.

"누구냐고 물어봤어요?"

"아는 사람이었어."

아는 사람이라는 말에 수영의 눈이 휘둥그레졌다.

"어휴, 답답해. 선배, 소심한 사람 아니잖아요. 툭 털어놓으세요."

"수, 수희였어."

나는 말을 더듬었다.

"선배! 지금 나랑 장난해요!"

"진짜야. '나, 수희'라고 말했어."

수영의 손이 떨리더니 술잔을 놓쳤다.

"새벽 전화가 최근에 걸려왔다고요?"

"응, 열흘 사이에 계속 전화가 걸려왔어. 매일 십 분씩 앞당기면서.

"……."

수영은 내 말에 진저리를 치는 표정을 지었다.

"마지막 전화가 걸려온 건 새벽 세 시 십 분이었어. 그 전화 때문에 부부 싸움도 했어."

"형, 놀라지 말고 제 말 잘 들으세요."

수영은 선배라는 호칭을 형으로 바꿔 불렀다. 같은 말을 반복했다.

"형, 놀라지 말고 제 말 잘 들으세요!"

"알았어. 놀라지 않을 테니 말해봐. 나, 해병대 출신이잖아."

"누나, 죽었어요. 일 년 전에."

"……."

나는 언어를 잃어버렸다. 머릿속이 새하얘졌다. 수영의 말은 마른 하늘에 날벼락이었다. 나는 탁자 위에 머리를 두 번 찧었다. 수희가 1년 전에 죽다니? 내가 지금 꿈을 꾸고 있는가. 유령? 기분이 으스스해졌다. 새벽 전화를 받았을 때 전화기 속의 여자는 분명 "나, 수희"라고 말했다. 목소리도 수희가 맞았다. 수영에게 물어볼 말이 있었다. 나는 헛기침을 하며 정신을 가다듬었다. 수희가 왜 죽었는지 궁금했다. 사고사, 타살, 병사, 자살 등 갖가지 상상이 내 머릿속을 회오리바람처럼 휘저었다.

"누나가 왜 죽었어?"

"화가 나면 매형 새끼가 누나를 때렸어요. 이제 매형도 아니지만."

"수희에게 폭력을?"

누나가 1년 전에 죽은 이유를 묻는데 수영은 딴소리를 했다. 나는 같은 질문을 반복했다.

"누나가 왜 죽었어?"

"매형에게 두들겨 맞은 날, 누나는 조카를 업고 아파트 옥상에서 뛰어내렸어요."

그 말을 듣는 순간 수화기 속에서 아이 우는 소리가 들리던 것이 기억났다. 그 아이는 살고 싶어서 운 것일까. 수희의 자살 소식에 나는 미로 속으로 빠져들었다. 출구를 찾을 수 없었다.

＊

나는 4년 만에 원직으로 복귀했다. 부서는 정치부였다. 누구보다 바쁜 정치부 기자 생활 틈틈이 시간을 쪼개 소설을 썼다. 소설을 쓰다가 글에 지치면 간간이 시를 썼다. 나는 원래 신춘문예에 등단한 시인으로, 시집도 냈지만 4년 만에 소설 장르로 바꾸었다. 시와 시인은 체질에 맞지 않았다. 몇몇 소설가 중에 시 특유의 맛깔스러운 표현을 배우기 위해 시 강의를 듣는 자도 있었다.

나는 수영을 만나고 온 날 술에 취해 있었다. 택시 기사에게 집 위치를 잘못 말했다가 다투기까지 했다. 나는 아내의 핀잔을 뒤로하고 서재로 들어가 컴퓨터를 켰다. 그리고 오랜만에 시 한 편을 썼다.

신호등 앞에서

신호를 기다리는 동안
손에 든 아이스크림이
파란색으로 녹기 시작했네

그대가 말없이 길을 건너자
봄비가 흥건히 우주를 적셨네

오랜 시간이 흐른 오늘
신호등 앞에 서보니
신호는 쉼 없이 바뀌는 것이었네

분주한 퇴근길 도로에는
가끔씩 황색등도 켜지고
빨간불이 켜져 있어도
어떤 사람들은 횡단보도를 건너네

그때 그 봄날처럼, 파란색이 밉지 않은
어느 비 그친 날 새벽 5시

나는 한 달 전 정신의학과에서 알츠하이머 치매 진단을 받았다.
기억이 완전히 사라지기 전에 수희 이야기를 써야 했다. 자살한 첫

사랑 수희가 새벽에 전화를 거는 것은 이제 중요한 문제가 아니다. 귀신이나 구천을 떠도는 영혼이라도 상관없었다. 수희면 됐다.

찬란한 생이 머물고 간 기억의 이파리들이 색(色)을 버리자……
멸(滅)이 찾아왔다. 새해를 사흘 남긴 12월 하순이었다. 나는 일흔을
앞두고 있었다.

간병사
차오센쭈 K

간병사 차오셴쭈 K

  내가 그를 처음 만난 것은 수도권 남부에 위치한 준종합병원 605호 병실에서였다. 그 병원은 정형외과가 유명했다. 무릎이나 다리 골절 환자 수술로 유명세를 탄 병원이었다.

  발목뼈 골절 사고는 일주일 전에 발생했다. 나는 사고를 당한 그날 저녁 일곱 시쯤 2층 서재에서 1층으로 내려가는 중이었다. 통로는 층계참 위 손바닥만 한 창문을 통해 스며든 어스름에 점령당해 캄캄해져 있었다. 그 계단은 하루에만 10여 차례 오르락내리락하는 터라 익숙해진 감각만 믿고 점등 스위치를 켜지 않은 것이 사고의 원인이었다. 나는 신춘문예로 등단했지만 이후 작품 발표가 없어서 작가로서는 이삼류쯤 되는 소설가였다.

  사고가 난 날은 여느 날이나 다름없이 오후 내내 서재에서 글을 쓰다가 저녁을 먹으러 1층으로 내려가는 중이었다. 저녁식사는 보통 5시 30분경에 했는데 그날따라 식욕이 없어 식사를 건너뛰려 했다. 10분 뒤 마음을 바꾸었다. 식사 후 복용해야 하는 약 때문에 밥을 먹기로 했다.

나는 말초혈관 동맥경화를 앓고 있었다. 내가 처방받은 콜레스테롤 합성 억제제인 심바스타틴은 체내 콜레스테롤 합성이 활발한 저녁에 복용해야 약효를 발현할 수 있었다. 의사는 식후 혹은 식전 복용에 대해서는 아무 말도 하지 않았는데 약사는 반드시 식후에 복용하라고 조언을 했다. 약사의 말을 따랐다.

사고가 난 날은 지금 쓰고 있는 소설의 결말을 어떻게 마무리할까, 생각하며 허청허청 계단을 내려오고 있었다. 다 내려왔다고 생각하는 순간 마지막 남은 두 칸의 계단을 한 번에 내디뎠다. 허공에 붕 뜬 발이 거실 마루에 부딪히면서 발목이 뒤틀렸다. 자식 둘을 출가시키고 난 뒤 우리 부부 두 사람만 사는 단독주택에 그날 나밖에 없었다. 아내가 합천에 있는 이모 집에 2박 3일 일정으로 놀러 간 터라 혼자 저녁을 먹으려고 1층 부엌으로 내려가는 중에 뜻밖의 사고를 당한 것이다. 꼼짝달싹할 수 없었지만 다행히 내 점퍼 주머니에 휴대폰이 있었다. 조금 전 서재 의자에서 일어나는 순간 전화 벨이 울렸고 여론조사 기관에서 걸려온 ARS 녹음전화여서 나는 곧바로 종료 버튼을 누른 뒤 무심결에 점퍼 주머니에 넣었다.

아내는 전화를 받고 당일 바로 귀가했다. 아내가 현관문을 열고 거실에 들어왔을 때 나는 쓰러진 그 자세 그대로 있었다. 내가 사는 곳은 수도권 외곽의 면(面)이어서 큰 병원으로 가려면 구급차를 불러야 했다. 나는 평소 통증에 무딘 편이었다. 그때만 해도 발목을 접질렀거나 뼈에 금이 간 정도로만 생각했다. 아내는 10년 만에 친정 이모네 집에 갔는데 그새를 못 참고 사고를 쳤다고 잔소리를 했다.

매일 오르락내리락하는 집 계단인데 왜 헛디뎠어? 내가 없으니 옳
거니 하고 술 먹었어? 남자는 늙으면 다 어린애가 된다며 반복해서
타박했다. 아내는 구시렁거리면서도 동네 이장에게 전화를 걸어 내
가 다친 상황을 설명했다. 그리고 "알았습니다, 감사해요."라며 전
화를 끊었다. 이장이 추천해준 병원은 인근 도시의 준종합병원이었
다. 그 병원에 정형외과가 있었다. 일대에서 무릎이나 다리뼈 골절
수술을 잘한다고 소문이 난 곳이었다. 움직일 수가 없어서 나는 쓰
러진 그 자세 그대로 밤을 새웠다.

　다음 날 아침에 구급차를 타고 병원에 도착하자마자 엑스레이와
CT 사진을 찍었다. 발목뼈 완전골절이라는 진단이 나왔다. 의사는
사진을 지시봉으로 가리키며 뼈가 산산조각 났다고 했다. 수술이
곧바로 시작되었다. 의사는 수술대 위에서 옆으로 누워서 몸을 새
우등처럼 동그랗게 구부리라고 했다. 수술 전에 하반신만 부분마취
하기 위해 척수에 마취주사를 꽂는다는 것이다. 덜컥 두려움이 밀
려왔다. 감각이 무딘 편이었지만 나는 의사가 주사기를 들고 내 등
쪽으로 걸음을 옮기는 것과 동시에 통증을 느꼈다. 찌르지도 않았
는데 말이다. 허리에 주사기를 꽂는 일이 두 번 있었다. 먼저 가늘고
짧은 주사기로 등 쪽 척추에 주사를 놓았다. 따끔거리는 통각이 왔
고 허리 부위가 뻐근했다. 참을 만했다. 마취의학과 의사는 주삿바
늘의 끝이 지주막하강 내에 정확히 꽂힌 것을 확인하고 국소마취제
를 투입한 뒤 "똑바로 누워요." 했다.

　"하체에 온탕에 들어간 것처럼 뜨뜻한 기운이 퍼질 겁니다."

　국소마취제에 의해 신경이 차단되면 마취한 부위가 뜨뜻해지면

서 감각이 소실되는 거였다. 마취의사는 마취 부위를 확인하기 위해 알코올 솜이나 바늘로 하복부나 다리를 자극하면서 감각 소실 여부를 확인했다. 간호사는 수면마취를 한다며 산소마스크를 씌웠다. 내가 기억하는 것은 여기까지였다.

*

얼마의 시간이 흘렀는지 몰랐다. 정신이 들었을 때 병실 침상에 누워 있었고, 아내가 옆에서 내려다보고 있었다.

"기억 안 나지?"

"마취주사를 맞고 수면마취까지 했으니 당연하지."

"수술 말고."

아내는 늘 사용하는 문장 길이가 짧았다. 언제나 단문이었고 때로는 명사나 동사 하나만 사용할 때도 있었다. 군대의 명령어처럼 앞뒤 거두절미하고 요점만 말하는 방식이었다. 결혼 초기에는 아내의 그런 말투가 싫어서 다투기도 했다. 내 불만은 이런 것이었다. 화자인 당신은 자신이 무슨 말을 하는지 알고 있으니 한마디로 말해도 된다. 하지만 청자인 상대는 말하려는 의도를 모르니 상대를 배려하는 약간의 앞뒤 설명이 필요하다는 것이다. 그런데 지금도 "기억 안 나지?" "수술 말고."라며 앞뒤 설명이 없는 문장으로 나를 당황하게 했다.

아내의 말은 병실에 오기 전 2층 영상의학과에 가서 수술이 제대로 되었는지, 부러진 뼈를 고정시키기 위한 철심이 제대로 박혔는지 알기 위해 엑스레이 촬영을 했다는 말이었다. 전혀 기억나지 않았다. 그러고는 "수술 후 병실에서 여덟 시간 동안 절대 움직이면 안 된다"는 의사의 말을 전달했다. 머리조차 들어 올리면 안 된다 했다. 수술 후 다섯 시간은 금식이며 물도 먹어서는 안 됐다. 그때쯤 나는 방광에 묵직한 요의를 느끼기 시작했다. 의식만 돌아왔지 마취가 아직 풀리지 않아서 화장실에 가서 소변을 볼 수도 없었다. 아내는 침대 정면에 붙어 있는 '수술 후 환자 주의 사항'이라는 코팅한 종이를 휴대폰으로 찍어서 내게 보여주었다. "눈알을 돌리는 것은 가능해?" 내 농담에 아내의 굳은 표정이 처음으로 펴졌다. 휴대폰에 찍힌 '수술 후 환자 주의 사항'에는 이렇게 적혀 있었다.

1. (11시)까지 금식입니다.
2. 금식 해제 후 물 드시고 구토 증상이 없을 때 부드러운 음식부터 드세요.
   → 수술 당일, 탄산음료, 찬 음식, 기름진 음식은 오늘만 피해 주세요.
3. 8시간 정도 머리를 들지 마세요(무릎 허리 통증 방지)
4. 수술 후 6시간 지나서 휠체어 타고 보호자와 함께 화장실 가셔도 됩니다.
5. 올려놓은 다리가 저리거나 감각이상이 있을 시 간호사실로 연락 주세요.
6. 궁금한 사항 있으면 간호사실로 연락 주세요.

아내의 휴대폰에 찍힌 주의사항을 읽은 뒤 네 시간 동안 꼼짝 않고 침대에 누워 있어야 했다. 처음에는 아무런 증상이 없었는데 시간이 지날수록 속이 울렁거리고 머리가 어지러웠다. 저녁식사로 먹은 죽을 다 토해냈다. 아내가 간호사실로 연락해서 내 증상을 말했고, 잠시 뒤 의사와 간호사가 함께 왔다. 담당 의사는 마취주사나 항생제 때문에 그럴 수 있으니 좀 더 지켜보자는 의례적인 말을 하고선 돌아갔다. 간호사 혼자 남아서 링거액 떨어지는 속도 조절 장치를 조몰락거렸다. 그녀는 "링거액 주입하는 속도를 좀 늦췄어요. 너무 빨리 주입되면 팔이 부어오를 수 있으니 지루해도 참으셔야 해요."라고 말을 하더니 옆 병상의 환자에게 갔다.

*

옆 병상의 환자는 40대쯤으로 보였는데, 왼팔에 깁스를 한 남자였다. 그는 공사장에서 일하는 노가다꾼이었는데, 5층짜리 고급 빌라를 짓는 현장에서 바닥에 깔 얇고 기다란 대리석 판을 들고 운반하는 일을 했다고 한다. 건물이 완공되기 전이라 승강기가 없었기 때문에 공사장 인부가 무거운 대리석 판을 직접 날라야 했다. 두 팔을 뒤로한 채 자세를 잡으면 다른 인부가 팔뚝 위에 대리석 판을 차곡차곡 쌓았다. 대리석 판 한 장당 무게가 12킬로그램 정도여서 60킬로그램 정도 되는 대리석판 다섯 개를 해당 층까지 운반했다. 옆 병상의 환자는 대리석 판을 운반하던 다른 노가다와 부딪혔고, 넘어지면서 바닥에 손을 짚었는데 재수 없게 팔이 부러졌다고 했다.

"힘도 없는 새끼가 왜 비틀거리며 다섯 장이나 운반했는가?"

그는 경상도 억양이 묻어 나오는 어눌한 말투로 자신과 부딪친 인부를 비난했다. 경상도 출신인 나는 그의 출신 지역이 궁금했다.

"경상도 어디요?"

그는 내가 묻는 말에 가타부타 대답하지 않은 채 자신이 하고 싶은 말을 했다. 조금 이상한 사람이라고 생각하는 순간,

"나, 옌벤."

"옌벤? 중국? 연변? 조선족?"

"응……, 맞습데."

그는 조선족이었다. 이제야 모든 의문이 풀렸다. 나는 처음 그와 말을 나누는 순간부터 탈북민이 아닌가 생각했다. 아버지가 함경북도 회령이 고향이라서 나는 어릴 때 당신이 사용하는 북한 동북부 지역 육진 방언을 들었다. 아버지는 6·25 때 남으로 피난 온 실향민이었다. 나는 2남 3녀 중 맏이였다. 그래서 형제들 중 아버지가 치매에 걸리기 전 사용했던 함경도 사투리를 가장 많이 들었다.

내가 다쳤을 땐 코로나가 최고조에 이르렀을 때였다. 아내는 병원에서 PCR 검사를 받고 정상으로 판명된 후에야 병실 출입이 허가되었다. 일반인 문병은 금지였다. 한 명의 보호자나 간병인만 병원 출입이 허락되었다. 3년 전 아내는 내 이름으로 간병보험에 가입했다. 수술 다음 날부터 아내는 간병인을 쓰는 것을 고민하기 시작했다. 아내는 수도권 외곽에 있는 A대학의, 학생 대부분이 직장인인 특수대학원 외래교수여서 강의가 모두 야간에 잡혀 있었다. 강의가 있는 날엔 밤 아홉 시 넘어서 전화만 하고 병원에 오지 못할 때도 있

었다. 병원은 경기 남부 지역에 있고, 대학은 경기 북부 쪽이어서 두 지역 간 거리가 200킬로미터가 넘었다. 거리만이 문제가 아니었다. 아내가 강의를 마치고 병원에 온다 해도 아내가 없는 시간 동안 불편함이 너무 컸다. 화장실에 가려면 벨을 눌러 간호사를 호출해야 했다. 전립선 비대증이 있는 나는 수시로 화장실을 가야 했기에 방광이 무거워지면 간호사의 눈치가 보였다.

"간병보험 들었잖아."

아내는 커피를 들고 병실에 들어오자마자 간병보험 이야기부터 꺼냈다. 앞뒤 수식어가 없는 간명한 문장이었다. 그래서 어떡하겠다는 건지, 간병인을 쓰자는 건지, 간병인을 쓸지 말지 나보고 결정하라는 건지, 헷갈렸다.

"매달 간병보험료가 내 통장에서 빠져나가."

"내 통장 좋아하네, 내 통장에서 내고 있어."

"그런가?"

이것으로 간병인을 쓰는 것이 결정되었다. 아내는 그 즉시 명랑한 표정을 지으며 간병인협회에 전화를 했다.

"어렵대."

"간병인?"

'욕하면서 배우고, 칭찬하며 닮아간다'더니 나는 아내의 짧은 문장을 따라 하고 있었다.

"다 일하고 있다고 하네."

"그럼 간병인을 보내줄 수 없다는 말인가?"

아내의 말은 협회에 등록된 간병인 중에 쉬는 사람이 없어서 지금 당장 보내줄 수가 없다는 말이다. 당장 간병인이 필요한데 낭패였다. 협회 소속이 아닌 개인적으로 수소문하여 간병인을 구해야 했다. 그때였다. 공사장에서 팔을 다친 옆 병상의 조선족 남자가 말을 건넸다.

"내가 할까? 나, 협회 소속되었어. 이제 다 나았어. 내일 퇴원해."

내가 60대 중반이었으니, 40대 초반 정도로 보이는 이 자식은 부모뻘인 내게 반말을 지껄이고 있었다.

"내가 할까요? 저, 협회 소속되었어요. 이제 다 나았어요. 내일 퇴원해요."

"······."

"내 말 알겠어요?"

"알았다······요."

다소간 엉뚱한 방식으로 나와 옆 환자는 환자와 간병인의 관계가 되었다. 내가 맨 처음 한 일은 그의 이름과 나이, 고향을 물어본 것이었다.

"강영철, 마흔두 살, 연변이다."

"쓰업↗"

나는 '하지 마라'라는 의미를 갖고 있는, 잇몸소리인 치조음(齒槽音)으로 그의 반말을 지적했다. 그는 영리했다. 금방 '쓰업'이 의미하는 것을 알아챘다.

"연변임둥."

나는 휴대폰에서 간병인협회를 클릭했다. 간병인협회에서 올려놓은 간병인이 하는 일은 열 가지였다.

1. 환자의 침상 및 병실의 청결 유지

2. 환자의 식사 및 대소변 수발, 투약 보조

3. 환자의 침상 목욕, 머리 감기기, 구강 청결

4. 의사, 간호사 선생님의 지시사항 준수 및 금지행동을 하지
않도록 보호

5. 검사나 외래치료 시 환자 이동

6. 환자의 재활운동 치료를 도움

7. 환자의 말벗으로 격려와 용기로 안정 도모

8. 환자의 섭취량, 배설량을 기록

9. 환자의 안전 관리에 만전을 기하고 문제 발생 시, 간호사실
에 보고함

10. 수술 환자 등 증상에 따른 간병 실시

나는 휠체어로 이동해야 했기에 이 중에서 5번 항인 '검사나 외래
치료 시 환자 이동'만이 필요했다. 간병이 시작되고 실제 강영철이
하는 일은 화장실에 가려고 병상에서 내려와 휠체어에 탈 때, 화장
실에 다녀온 뒤 다시 병상에 올라갈 때 부축을 하는 것이 전부였다.
나머지 시간은 각자의 위치에서(나는 병상, 그는 보호자용 베드) 휴
대폰을 보거나 졸리면 잠을 자거나 했다. 그는 이따금씩 누군가에
게 전화를 걸어 유창한 중국말로 통화를 하곤 했다.

한국에서 반말은 예의에 어긋난다며 지적했지만 그는 습관적으
로 반말을 일삼았다. 간병인이 되는 데 자격증은 필요하지 않았다.
신체가 건강하고, 하려는 의지만 있으면 됐다. 국가 공인 자격증을

취득한, 노인층 대상의 '요양보호사'와 달랐다.

간병 자격증 없이 간병협회에만 등록했다가 처음 만난 환자가 나였으니, 간병의 기초인 말투, 예의 따위에 대해 알 턱이 없었다. 나는 조선족 강영철을 간병인으로 쓰고 나서 인터넷을 검색하여 간병사에 대해 알아보았다. 한국자격정보원 사이트에 들어가니 간병사를 이렇게 정의해놓았다.

> '간병'이란 나 아닌 다른 사람을 보살피는, 구체적인 돕는 행위를 의미하며, '간병인'이란 특정 교육기관(간호학원, 병원 부설 의료기관, 일반사단법인단체 등)에서 교육과정을 수료하여 환자를 돌보는 이를 말한다. 이러한 간병 활동 중이거나, 활동을 하고자 하는 사람을 대상으로 시행하는 자격시험 관리기관인 대한간병진흥원[(사)한국 민간자격협회]에서 인정하는 자격을 취득한 자를 '간병사'라 한다.

간병사는 국가로부터 인정받은 공인 자격이 아니었다. 간병사가 되려면 민간 발급 기관인 '한국자격개발원'에서 실시하는 필기시험을 치러 합격하면 됐다. 병원에 입원한 지 며칠이 지나자 나는 여느 간병사보다 더 많이 간병 지식을 습득했다. 국가 공인 자격증을 취득한 요양보호사와 민간 사설기관인 한국자격개발원에서 실시한 시험에 합격한 사람만이 간병을 할 수 있는 것은 아니었다. 말하자면 환자를 돌볼 수 있는 여건이 되는 사람이면 누구나 나이, 성별, 자격, 국적에 관계없이 간병인이 될 수 있었다. 간병에 대한 기초적

지식이야 하루만 해도 배울 수 있으니, 친절한 성품과 환자에 대한 배려심이 간병인의 진정한 자격이라고 할 수 있었다.

조선족 강영철은 이런 면에서 간병인의 자격이 있다고 할 수 있었다. 보호자용 베드에 앉아 있다가도 내가 병상에서 조금만 몸을 움직여도 따라 일어났다. 얼굴을 내 얼굴에 바짝 대고는 "왜? 어디 아파?"라고 묻곤 했다. 나중에는 그의 배려심이 성가시게 느껴져 웬만해선 몸을 뒤척이지 않고 병상에 가만히 누워 있었다. 욕창이 생길지도 모르겠구나, 하는 두려운 마음이 들었다. 욕창이 생길 만큼 움직이지 않아서 이자를 힘들게 해볼까, 하는 장난스러운 마음도 들었다. 그런 장난스러운 생각이 들 만큼 다리뼈 골절 수술에는 일반적인 수술 후에 겪을 수 있는 통증이나 나쁜 예후가 없었다. 링거 병에 달린 튜브에 주입된 항생제와 진통제가 내 손등에 꽂힌 주사기로 공급될 뿐이었다. 병상에 누워서 링거액과 항생제, 이따금씩 진통제를 번갈아 맞는 것은 새 주사기를 손등에 찌를 때의 따끔한 통각이 있을 뿐 한가로운 일이었는데, 창문에 드리운 블라인드 틈새로 햇살이 눈을 찔러댈 오전 열한 시쯤에는 무료함이 밀물처럼 몰려왔다.

무료함을 감당하지 못하면 강영철의 개인 신상과 가족관계, 한국에 오기 전 그가 살았던 연변에 대해 이것저것 닥치는 대로 물었다. 입원 예정 기간이 보름이고 수술한 지 닷새 되었으니 이제 열흘 남았구나, 일주일 남았구나, 하며 시간을 때웠다. 대화를 나누다 보니 백 프로 내가 질문하고 그가 대답하는 식이었다. 언제부턴가 내가 그를 인터뷰를 하는 것처럼 되어버렸다. 퇴직 전 신문 기자였던 내게 과거의 습관이 되살아난 듯했다. 이류 소설가이기도 한 나는 이미 그때 조선족이 등장하는 한 편의 장편소설을 구상하고 있었을지도 모르겠다. 병실에서 시간은 느릿느릿 흘렀다. 나는 아내에게 전화를 걸어 간병인이 있으니 병원에는 퇴원할 때만 오라고 했다. 아내는 명랑한 목소리로 "알겠다"며 짧게 대답했다.

강영철을 만나기 전 나는 조선족에 대해 아무것도 몰랐다. 기자생활 대부분을 정치부와 국제부에서 근무했기에 사회부 사건기자처럼 조선족 살인사건이나 폭행사건의 현장에 가볼 일이 없었다. 기자인데도 불구하고 이따금 발생하는 조선족 살인사건, 특히 2012년 수원에서 발생한 곽모 양(28세) 토막 살인사건 범인 조선족 우위안춘(오원춘)—TV 화면에 비친 그의 얼굴은 흉측했다—과 영화 〈범죄도시〉의 악랄한 범죄조직 보스인 장첸(윤계상 분) 등이 내가 조선족에 대해 가지고 있는 지식과 이미지의 전부였다. 나는 내가 맡은 업무 외에는 무식한 기자였다.

오원춘의 범죄는 경찰의 잘못된 대응으로 피해자 여성을 구하지 못한 것에 대한 국민적 분노를 일으켰고, 이 끔찍한 강간 살인을 모르는 국민이 없었다. 기자들은 신문과 방송을 통해 범행 과정을 선정적일 정도로 샅샅이 전달했다.

나는 차장을 거쳐 문화부장으로 승진했고, 부하 기자들이 올린 기사들을 데스킹하기에 바쁜 나날들을 보냈다. 사회부 기자들은 잊을 만하면 조선족 살인과 폭력 사건을 취재하러 현장으로 달려가곤 했다. 나는 현장을 다녀온 기자들이 나누는 대화 중에 조선족이라는 단어가 있으면 그 즉시 '오원춘'이 떠올랐다. 내 머릿속에 한번 각인된 이름은 절대 지워지지 않았다. 조선족 하면 그가 누구든 오원춘의 얼굴과 겹쳐졌다. 국민 모두가 경악한 이 사건을 접한 뒤 나는 당연히 조선족에 대한 편견이 생겼고, 이미지 또한 안 좋았다. 그때부터 내 마음속에는 조선족이라는 단어 자체에 대한 거부감이 자리 잡았던 것 같았다.

서울의 경우 조선족들이 집단적으로 모여 사는 곳은 영등포구 대림동, 구로구 가리봉동, 광진구 자양동 등이었다. 이곳들은 지하철 1·2·7호선이 가깝고 구로공단, 성수공단, 안산, 안양, 성남으로의 접근성이 좋았다. 조선족은 이곳의 공단들이 쇠퇴하면서 한국인 노동자들이 빠져나간 싼 쪽방촌이나 빌라촌 반지하 방을 채웠다. 어쩌다 부하 기자와 차를 타고 건국대 부근을 지날 때가 있는데 건대입구역 '양꼬치 거리'는 중국어 간판이 가득해서 나는 본능적으로 얼굴을 돌렸다. 세상을 살다 보면 눈치 없는 녀석들이 꼭 있다. 입사 8년 차인 박 기자가 그랬다.

"부장님, 저기 보십시오. 제2의 대림으로 불리는 신차이나타운입니다. 다음 회식 때 양꼬치 먹으러 한번 올까요?"

"양고기 안 좋아해. 박 기자, 신호 끊어지기 전에 빨리 좌회전 해!"

나는 양꼬치 거리를 구경하라는 듯 속도를 늦추는 박 기자를 향해 소리를 높였다. 이런 사소한 일만으로도 조선족 이미지에 관한 한 '조선족 오원춘 여성 토막살인' 사건이 내게 얼마나 부정적인 영향을 미쳤는지 알 수 있었다.

＊

　내가 조선족 간병인 강영철의 집안 내력을 알게 된 것은 우연이었다. 대화를 나누다가 이런 질문을 했다.

"부모님은 연변에 사시나?"

"아니다. 두 분 다 북한에 있다."

"뭐? 북한?"

나는 예상치도 못 한 그의 답변에 놀랐다.

"그래, 함경도 회령에 살고 있다."

"자꾸 반말할래?"

"미, 미안하다……요."

"할아버지가 생존해 계시나?"

　강영철의 말에 나는 웃음이 터져 나오려 했다. 나도 모르게 이런 질문을 했다. 사실 뜬금없진 않았다. 그의 아버지는 나와 같은 60대일 테고 그러면 할아버지가 아직 살아 있을 나이였다. 연변은 모르겠지만 한국은 '초고령화 사회'를 앞두고 있어 내가 사는 시골 주변에 8~90대 노인들이 드물지 않게 보였다. 80대 이상 남자 노인들은 구부정한 허리로 지팡이를 짚고, 할머니는 유모차에 의지한 채 마을을 돌아다녔다.

"아바지는 북한에 있고 아바이는 지금 나와 함께 살고 있습데."

　그가 말한 '아바이'는 할아버지를 이르는 북한말이었다. 이상했다. 아버지가 북한에 있는데 할아버지가 한국에서 그와 함께 살고 있다니, 이해되지 않았다. 하지만 내가 누군가. 젊어 한때 눈치로 상대의 속생각을 때려잡는 데 일가견이 있는 신문기자다.

"강 넘어왔지! 압록강? 두만강?"

"두만강……이다."

강은 탈북민이라는 것을 실토했다.

"쓰업╱"

내가 치조음으로 다시 그의 반말을 지적했다. 보수적인 나는 그의 반말투가 마음에 들지 않았다.

"두만강 넘어왔습지."

'-습지'는 북한 육진 방언이나 연변말의 높임 종결어미였다. 젊은 시절 문청(文靑)이었던 나는 퇴직 5년 전에 신춘문예에 당선되었고 소설가가 되었다. 북한 인권 탄압 관련 소설을 쓰고 있는 나는 두만강 하류 지역인 종성, 회령, 온성, 경흥, 경원, 부령 등 북한 육진 방언에 대해 공부했었다. 소설을 쓰기 위해 탈북자 인터뷰를 했던 나는 그 지역에 지금도 육진 방언을 쓰는 북한 주민이 있다는 것을 알고 있었다.

"자네 할배가 어떻게 한국에 살고 있나? 함께 탈북했나?"

마그마 상태인 소설가 특유의 호기심이 드디어 용암이 되어 분출되었다.

"아니스꾸마."

'-스꾸마' 역시 육진방언의 존칭이었다. 강은 내 지적을 받고 존칭어를 쓰려고 노력했다.

"그럼 어떻게?"

"나, 지금 거짓뿌끼 하는 것 아니꾸마."

'거짓뿌끼'는 '거짓말'의 조선족 말이었다. '-꾸마'는 육진 방언의 존칭 종결어미였다.

"6·25전쟁 때 중국의 조선족 많이 북한 인민군으로 참전했으꾸마."

그건 맞는 말이었다. 중국은 항미원조(抗美援朝), 미국에 대항하여 조선(북한)을 도운다는 명분을 내세웠다. 어이없게도 북한은 '미제 국주의자들이 조국을 무력 침공하여 발발한 전쟁'이라고 거짓 선전을 했다. 사실 6·25전쟁은 발발 1년 전부터 이미 중국인민해방군 최정예 조선족 부대 3개 사단을 북한 인민군으로 편입했고 계획적으로 남침한 전쟁이었다. 6·25전쟁에 참가한 중국 조선족 군인들은 가장 잘 훈련된 최정예 부대로서 중국의 국공내전 때 국민당과 벌인 마지막 전투인 해남도전투까지 참전했다. 그들은 실전 경험이 풍부한 최정예 병사들이고 전쟁이 발발하자 파죽지세로 38선을 넘어 3일 만에 서울을 점령할 수 있었다. 강영철의 조부인 강호민(姜浩閔)이 6·25전쟁에 참여한 바로 그 조선족 부대의 군인이었다. 대부분의 조선족 군인이 병사인 데 반해 그의 계급은 한국군의 부사관급인 중사였다.

강호민은 영천 전투에서 부상을 당해 포로로 잡혔다. 그는 거제 포로 수용소에 잡혀 있었는데 북한 인민군 포로들은 친공과 반공으로 갈려 밤마다 반공포로에 대한 살인이 벌어지곤 했다. 강호민은 그 광경을 지켜보며 북한과 인민군에 대한 회의를 느꼈다. 휴전회담이 진행 중인 1953년 어느 날 남한 대통령 이승만이 유엔과 미국의 동의 없이 반공포로를 석방했다.

*

　반공포로 석방 사건은 휴전회담이 진행 중이던 1953년 6월 18일 이승만 대통령이 원용덕 헌병총사령관에게 북한으로 송환을 거부하는 반공포로를 석방하도록 지시함으로써 일어난 사건이다. 한국 전쟁을 종결하기 위한 휴전협상에서 가장 논란이 되었던 의제의 하나는 포로 송환 문제였다. 군사분계선에 관한 협상은 휴정협정 조인 시의 접촉선으로 일찍 합의에 도달했다. 그러나 1951년 12월 11일부터 시작된 '포로 송환에 관한 협상'은 1953년 6월 8일에 가서야 비로소 합의에 도달했다.

　이 과정에서 논란이 되었던 것은 포로 송환 원칙을 두고 유엔군 측과 공산 측이 첨예하게 대립했기 때문이다. 유엔군 측은 포로가 돌아갈 국가를 스스로 선택할 수 있도록 하자는 '자발적 송환 원칙'을 주장했다. 이 원칙에 따르면 인민군과 중공군 포로들 중 북한이나 중국으로 돌아가기를 원치 않을 경우 자신들이 원하는 곳으로 갈 수 있었다. 이와 반대로 공산 측은 포로들의 의사와 상관없이 본국으로 반드시 돌려보내야 한다는 '강제적 송환 원칙'을 내세웠다. 이러한 대립 때문에 포로 송환 문제에서는 귀환을 거부하는 포로는 중립국 송환위원회의 심사를 거쳐 송환하는 것으로 결정되었다. 이렇게 될 경우 상당수의 반공포로들이 자유의 품에 안기지 못할 것을 우려하여 이승만 대통령은 미국과 유엔 참전국들의 반대를 무릅쓰고 반공포로의 일방적 석방을 결정했다.

　휴전협상이 진행되고 있었을 때 남한에서는 휴전협정에 반대하는 운동이 격렬하게 일어났다. 이승만 대통령은 한미상호방위조약이 체결되지 않은 상태에서 휴전협정이 체결되면 한반도에 또다시 전쟁이 일어날 것을 우려했다. 미국은 휴전협정을 체결하면 한미상호방위조약 체결을 위한 회담이 곧 바로 개시될 것이라며 이승만 대통령을 설득했다. 사실 미국은 휴전협정 체결 이전에 한미상호방위조약을 체결할 경우 공산 측이 휴전협상을 중단할지 모른다는 우려를 갖고 있었다.

이승만 대통령의 반공포로 석방은 반공포로들에게 자유를 되찾게 해주려는 목적뿐만 아니라 방위조약과 관련하여 미국을 외교적으로 압박하려는 목적도 갖고 있었다. 이승만은 1953년 6월 18일 자정을 전후하여 유엔군이 관리하고 있던 부산, 마산, 대구, 영천, 논산, 광주, 부평 등의 반공포로 수용소에서 2만 7천여 명의 포로들을 석방했다. 이때 간병사 강영철의 조부인 강호진 중사도 석방되어 남한에 남았다.

휴전협상이 마무리 단계에 접어든 상태에서 일어난 반공포로 석방 사건은 미국과 유엔 참전국들을 경악시켰다. 공산 측은 탈출한 반공포로들을 전원 재수용할 것을 요구하면서 휴전협정에 참여하지 않았다. 유엔군 측과 공산 측의 반응은 반공포로 석방 이전에도 충분히 예상할 수 있는 일이었다. 그러나 이승만은 휴전협상이 한국 정부의 의사와는 무관하게 진행되고 있다는 사실에 대해 깊은 불만을 갖고 있었다. 반공포로 석방을 통해서 이승만 대통령은 한국 정부의 동의 없이는 휴전은 현실적 의미를 가질 수 없다는 사실을 유엔군 측과 공산 측 모두에게 분명히 했다. 휴전협상 과정 및 체결 이후에도 한국 정부의 입지를 강화하려고 했다. 미국 내에서도 반공포로 석방을 지지하는 여론이 있었다. 제2차 세계대전 이후 소련군 포로들을 본국으로 돌려보냈을 때 소련 정부는 이들 중 많은 사람들을 사상이 오염되었을지 모른다는 이유를 들어 처형했다. 이러한 역사적 경험 때문에 미국은 휴전협상에서 '강제적 송환 원칙'에 반대했던 것이다. 반공포로 석방은 그들을 자유의 품으로 데려오기 위해 유엔 참전국들의 반대를 무릅쓰고 취해진 조치로서 이승만 대통령의 가장 훌륭한 외교 업적의 하나다.

*

한국에 정착한 뒤 강영철의 조부 강호진이 맨 먼저 한 일은 북한에 있던 아들 가족을 데려오는 일이었다. 탈북 브로커 비용을 벌기 위해 공사장이든 노점이든 가리지 않고 닥치는 대로 일했다. 강호진이 반공포로를 선택하자 북한에 남은 가족은 한순간에 적대 계급이 되었다. 북한에서 신분이 가장 낮은 천민 계층이 적대 계급이다. 적대 계급은 지주, 자본가, 해방 전 친일분자, 반동관료, 친 외세주의자, 정치적 반대파, 종교인, 국군포로, 반공단체 가담자 등 북한 체제를 인정하지 않거나 반대하는 사람들이었다. 그들은 사회적으로 격리되고 극단적인 차별을 받았으며, 최저 생계만 유지할 수 있었다. 북한 가족은 북한으로 송환되기를 거부하며 반공포로를 선택한 강호진을 원망하며 하루하루를 죽지 못해 살았다.

강호진은 남한에 정착하고 5년 뒤 가발공장을 운영해서 돈을 꽤 모았다. 그의 선택이 옳았다. 포로 석방 때 친공을 선택해 북한으로 송환된 인민군 포로 대부분은 포로가 되었다는 이유만으로 교화소(감옥)에 갇히거나 적대 계층이 되어 차별과 박해를 받으며 처참한 삶을 살았다. 반공포로로 풀려난 조선족 강호진 중사는 남한에서 중산층이 되었다.

강호진의 아내 – 간병사 강영철의 조모 – 는 남편이 남한으로 갔다는 소식을 듣고 두만강을 넘어 중국으로 탈북, 3년 후 아들과 며느리와 함께 한국에 입국했다. 당시만 해도 국경 경비가 철저하지 않아 중국으로 넘어갔다가 목적을 달성하고 되돌아오거나 중국에 숨어 사는 북한 주민이 많았다. 아들과 며느리는 물건을 사러 시내에 나갔다가 중국 공안에 체포되어 북송되었다. 두 사람은 정치범수용소로 보내졌는데 이후 그들의 소식을 아는 사람은 없었다. 강영철은 그때 너무 어려 부모를 따라 나가지 않고 조모와 함께 있었다. 덕분에 체포와 북송을 피했다.

내가 그로부터 알아낸 정보는 이것이 다였다. 강은 조선족에 대한 내 편견과 달리 성격이 온유했고 이타적이었다. 간병인 없이 혼자 있는 다른 병상의 환자에게 안 좋은 낌새가 있으면 슬그머니 병실 밖으로 나가 간호사를 데려오곤 했다. 그때마다 무슨 죄를 지은 것처럼 미안하다며 내게 고개를 숙였다. 그의 반말투는 여전히 고쳐지지 않았지만 나는 상관없다고 말했다. 사실 강이 반말하는 것은, 반말을 하려고 한 것이 아니라 그냥 평생 그런 말을 쓰며 살아왔던 탓이다. 나 역시 그것을 알고 있었고, 퇴원이 가까워졌을 때부터 "쓰업╱"처럼 그를 혼내는 치조음을 내지 않았다.

＊

퇴원 후 우리는 내가 다치기 전처럼 서로 모르는 사람이 되었다. 수술 결과가 좋아 나는 일상으로 복귀했고, 그 역시 다른 환자의 간병사가 되어 상대의 나이에 상관없이 반말을 하고 있을 터였다. 나는 다치기 전처럼 새벽 다섯 시면 일어나 2층 서재에서 소설을 쓰며 지루하고 무료한 노인의 하루를 보냈다. 기분이 아주 우울한 날에는 가끔씩 백세주 한 병을 마시곤 했다. 3~4개월에 한 번씩 마시니 나는 냉장고에 넣어둔 백세주를 찾는데 애를 먹었다. 그 술은 대부분 여러 가지 반찬통과 유통기한이 지난 김밥과 두유 사이에 숨어 있었다. 술 한 병을 비운 뒤 양이 부족하다 싶을 때 강영철 생각이 났다. 병원에 있을 때 그는 간병사 일보다 내가 시킨 심부름 역할을 더 잘했다. 가까이 있다면 집 앞 편의점에 가서 소주 한 병만 더 사 오라고 부탁할 텐데……

내가 부탁하면 그는 냉큼 이렇게 대답했을 것이다.

"알았다. 돈 줘."

그때 나는 인상을 쓰며 이렇게 했을 것이다.

"쓰업╱"

의왕 가는
길

의왕 가는 길

"엄마가…… 전화를 안 받아."

아내가 혼잣말처럼 중얼거렸다.

조금 전 며느리가 손주에게 사줄 과자를 사러 편의점에 다녀오겠다며 외출했다. 아내가 휴대폰을 들여다보며 혼자 말했다. 나는 커피를 마시다 말고 흘낏 아내를 쳐다보았다. 방문한 딸 부부 등 네 식구가 점심을 먹은 식탁에는 추석 음식들이 널려 있었다.

"언제부터?"

내 물음에 아내가 휴대폰에서 얼굴을 떼지 않은 채 대답했다.

"오늘 아침부터 내내……."

지금은 오후 한 시다. 오늘 아침부터라면 네댓 시간 동안 전화를 받지 않았다.

"어제 오후에 통화했을 때 배가 아프고 소화가 안 된다고 했는데……."

아내는 계속 끝말을 흐렸다. 최근 들어 장모는 소화가 안 되고 설사가 나서 위 대장 내시경 검사를 했다고 했다. 다행히 암 같은 몹쓸 병은 아니었다. 담당 의사는 노화에 따른 자연스러운 현상이라고 했던 모양이다. 장모님 나이는 올해 구순이다. 장인이 폐암으로 일흔다섯에 세상을 떴을 때 장모가 일흔하나였으니, 남편보다 19년이나 더 오래 산 셈이다. 백세 시대라 하지만 구순이면 살 만큼 살았다. 오늘 세상을 뜬대도 아쉬울 나이는 아니었다. 나는 불안한 마음을 억누르며 그런 생각을 했다.

"전번에도 그랬는데, 또 휴대폰을 무음으로 해놨나?"

아내가 또 혼잣말을 했다.

"무음?"

"지난번에도 전화를 안 받다가 나중에 통화를 했는데 소리가 무음으로 되어 있었다나 봐. 노인이 휴대폰을 만지작거리다가 손이 우연히 무음 버튼에 닿았나 보데."

나는 '더도 말고 덜도 말고 추석만 같아라'라는 말을 싫어했다. 어릴 때 가족 친지들이 모이면 오히려 쓸쓸했다. 그 이유를 알게 된 것은 많은 시간이 지난 후였다. 그건 아마도 왁자지껄한 사람들 속에 어머니가 계시지 않는 것 때문일 터였다. 어머니는 내가 다섯 살 때 장티푸스로 죽었다. 너무 어릴 때 겪은 일이라 어머니 얼굴은 기억나지 않는다. 사진으로 본 어머니의 젊은 시절 모습이 내가 어머니를 상상하는 전부일 터였다. 흑백사진 속 어머니는 얼굴이 동그랗고 눈이 컸다. 살아 계시다면 미인일 것이다.

어머니가 돌아가시고 3년 뒤 아버지는 재혼을 했다. 내 나이 여덟 살 때였고, 새엄마의 목소리가 날카로워 그녀가 싫었다. 친구와 길을 가다가 멀리서 새엄마와 함께 걷고 있는 아버지가 보이면 친구의 손을 잡아당겨 골목 안으로 숨었다. 새엄마가 있다는 것이 창피했다.

중학생이 되자 나는 본격적으로 새엄마에게 대들었고, 어느 날은 그 광경을 본 아버지에게 뺨을 맞았다. 나는 아버지에게 이를 갈았다. '어른이 되면 보자'는 생각으로 피를 닦았다.

새엄마는 아버지와 전남편 자식—나보다 한 살 어렸다—에게는 앙칼졌지만 나에게는 너그러운 편이었다. 그러나 새엄마에게 잘 대해주는 것은 돌아가신 어머니에게 죄를 짓는 것 같았다. 나는 언제나 그녀를 피하거나 부득이 대답해야 할 경우는 최대한 퉁명스럽게 말했다. 새엄마가 데리고 온 아들 정태를 괴롭혔다.

국민학교 5학년 때 하교 후 집 근처에 도착했는데 집 안에서 처음 듣는 남자의 큰소리가 엉성하게 쌓아올린 블록 담장 틈새로 새어나왔다. 대문을 빼꼼히 열고 안을 들여다보았다. 중절모를 쓴 웬 늙은 남자가 새엄마의 손을 잡아끌며 고함을 지르고 있었다. 새엄마는 그 남자에게 "아버지, 한번 살아볼게요"라며 애원을 했다. 아버지가 죄지은 사람처럼 고개를 숙인 채 중절모 남자 옆에 서 있었다. 평소의 당당했던 모습이 아니어서 나는 가슴이 쿵, 내려앉았다.

"자식이 없다고 해서 허락했는데, 직업도 없고 애 일곱이나 딸린 여기서 뭘 어쩌자는 거냐!"

"정태 아버지가 다음 달이면 전매청에 출근해요. 아버지는 그냥 돌아가세요. 애들이 모두 착하고 공부도 잘하니 내가 잘 길러볼게요."

새엄마는 입이 마르도록 내 친형제자매를 칭찬했다. 내 친어머니가 낳은 자식은 내 위로 다섯, 내 아래로 막내 여동생이 있었는데 모두 새어머니에게 고분고분하지 않았고 내가 그중 가장 말썽꾸러기였다.

"정말 이 집에 뼈를 묻겠다는 것이냐? 이 형편없는 집구석에!"

"네, 제 결심은 확실해요. 아버지, 죄송해요."

"순희야, 네가 정 고집을 부린다면…… 이 착해빠진 것. 나, 간다!"

내가 새어머니에 대한 태도를 바꾼 그 순간이다. 내가 그토록 미워한 새엄마도 '순희'라는 이름이 있고, 누군가의 소중한 자식이었다.

＊

"가보자!"

나는 의자에서 몸을 일으키며 아내에게 일어서라고 고갯짓을 했다. 휴대폰을 들여다보고 있던 아내가 당황하며 나를 응시했다. 내 행동이 의외라는 듯.

"앉아서 걱정하는 것보다 그 시간에 직접 가서 확인하는 것이 낫잖아?"

"그건 그렇지만…… 내일이 추석이라 길도 막힐 텐데."

나는 장모가 사시는 아파트에 도착해서 벨을 눌렀는데도 안에서 아무 반응이 없으면 그땐 어떡해야 하나를 고민하고 있는데, 아내는 근심스러운 표정과는 달리 교통체증 걱정을 했다. 100킬로미터가 넘는 거리를 운전해야 하는 남편에 대한 미안한 마음 때문이랄까. 아내의 심경은 나보다 복잡해 보였다.

내비게이션에 주소를 입력하니 장모가 살고 있는 의왕 아파트까지 108킬로미터라는 숫자가 떴다. 주행시간은 1시간 25분이었다. 한참을 달려야 했다.

생각 외로 영동고속도로는 뻥 뚫려 있었다.

"도착할 동안 마음의 준비를 해둬. 나중에 까무러치지 않으려면."

나는 나한테 다짐받고 싶은, 두려운 말을 아내에게 해주고 있었다.

"무슨 준비?"

"연세가 연세니만큼, ……미리 마음을 단단히 먹어두란 얘기야."

장모는 큰 병치레 없이 구순까지 건강하게 살았으니 돌아가셨다 해도 그리 놀랄 만한 일이 아니다. 나는 가속 페달에 힘을 주었다. 디젤 SUV 차량은 웽, 하고 거친 엔진음을 내더니 속도계가 120킬로를 넘어섰고, RPM 계기판 바늘이 3,000 안팎을 들락거렸다.

한동안 우리 부부는 말이 없었다. 각자 나름의 복잡한 생각을 하고 있을 거였다. 나는 아내에게 양해를 구한 뒤 졸음쉼터에 차를 세웠다. 운전 중에는 담배를 안 피우는데 지금은 니코틴이 강하게 당겼다. 차 콘솔박스에 넣어둔 담배와 라이터를 꺼내자 아내의 얼굴이 찡그려졌다. 나는 차에서 내리자마자 담배에 불을 붙이고 깊게 한 모금을 빨아들였다. 연기를 내뿜을 때 가슴을 짓누르고 있던 압박붕대 같은 것이 풀리며 숨 쉬기가 한결 편안해졌다.

내가 담배를 비벼 끈 뒤 다시 차에 올라타자 아내가 손사래를 치며 몸을 반대편 차문 쪽으로 젖혔다. 아내는 늘 담배 냄새가 싫다는 제스처를 이렇게 나타냈다.

"이제 의왕에 도착할 때까지 담배 피우지 마!"

대답 대신 나는 딴전을 피웠다.

"전화 한 번 더 해봐."

"방금 했는데도 마찬가지야."

아내는 나지막하게 한숨을 쉬었다. 의왕에 도착해보니 또 지난번처럼 휴대폰을 무음으로 해놓았다면…… 그런 생각이 스치자 나는 장모에게 짜증이 났다. 추석 연휴 때 전화 때문에 자식을 이렇게 걱정하게 만들다니. 장모님 전화 좀 잘 간수하세요! 집사람이 얼마나 걱정했다고요! 만나면 그렇게 화를 낼 것 같았다.

장모는 결혼 전 인사차 처갓집에 들렀을 때부터 나를 마음에 들지 않아 했다. 장인과 달리 몸을 비스듬하게 돌려 앉았다. 얼굴을 쳐다보지도 않고 한마디 말도 없었다. 비켜 본 옆얼굴은 마뜩해하지 않은 표정이 역력했다. 미래가 불투명하고 취직도 하지 않은 대학생에게 딸을 내주기가 싫었을 것이다. 당시 처갓집은 이름깨나 있는 지역 유지였다. 1980년대 초, 장인은 연간 매출액이 수백억 원에 이르는 큰 기업체를 두 개나 소유하고 있는 경영인이었다. 상공회의소 회장 등, 그 지역에서 여러 가지 감투를 쓰고 있었다. 당시 나는 군대를 제대하고 복학한 대학 영문학과 4학년이었다. 나는 졸업 후 대학원에 진학해 학계로 진출할 마음을 먹고 있었다.

사정이 이러하니 처갓집에서 내 처지를 달가워하지 않을 수도 있었다. 미래의 사위에게 눈길조차 안 준 장모에게 내가 서운한 것 역시 당연했다.

이런저런 사연 끝에 우리는 결혼을 했다. 결혼 후에도 장모는 내게 데면데면하게 굴었다. 나 역시 장모가 불편해지기 시작했다. 어쨌든 나는 아내와 결혼했고, 장모와 나는 서로에게 실수하지 않기 위해 최대한 조심했던 것 같다. 사위가 된 지 40년이 지난 지금까지 소 닭 보듯 하며 지내왔다. 그런 장모가 연락 두절이고 나는 아내를 태운 채 장모가 사는 의왕을 향해 차를 운전하고 있다.

아내는 의왕을 향해 가고 있을 동안 입술을 잘근잘근 씹고 있었다. 불안할 때 나오는 아내 특유의 행동이다. 심할 땐 피가 배도록 입술을 세게 깨문 적도 있었다. 몇 년 전 아들이 교통사고로 크게 다쳐 수술실에 들어갔을 때였다. 회사에 있다가 연락을 받고 달려갔다. 그때 아내는 수술실 앞 의자에 앉아 고개를 아래로 늘어뜨린 채 두 손을 합장하고 있었다. 내가 온 줄도 모르고 있었다. 인기척에 아내가 고개를 들었을 때 그녀의 입술은 마치 누군가의 주먹에 맞아서 터진 것처럼 붉게 물들어 있었다. 앞니가 닿은 아랫입술은 핏빛으로 부풀어 올라 있었다.

그때처럼 조수석에 앉은 아내는 이따금씩 좌석 아래쪽으로 고개를 숙이고 두 손을 모은 채 입술을 잘근잘근 씹고 있다. 나는 아내의 행동에 애써 불안한 마음을 억누르면서 핸들을 잡은 손에 힘을 주었다.

'그래, 장모는 구순이야. 형과 형수는 사십 대의 나이로 한날한시에 죽었어.'

그랬다. 내가 30대 때인 1990년 11월 4일, 형과 형수가 죽었다.

백담사 여행을 하고 돌아오는 길에 버스가 인제의 소양호에 추락했다. 당시 나는 일간지 신문기자로, 부산의 재보궐 선거를 취재하기 위해 현지 출장 중이었다. 막내 누이한테 전화가 왔다.

"오빠와 올케가 죽은 것 같아. 작은오빠가 기자니 정확하게 확인해줘."

급히 신문사 사회부에 전화를 걸었다. 내근 기자가 전화를 받았다.

"인제 버스 추락 사망자 명단에 있습니다. 말씀하신 두 분이 다 죽었습니다. 예? 선배님 형과 형수라고요?"

후배 기자가 놀라는 음성으로 되물었다.

오래 지속돼오던 것이 파괴되는 데 번갯불의 한순간이면 충분했다.

1990년 그해를 참혹한 기억으로 넘기고 다음 해 봄이 아무 일이 없는 것처럼 찾아왔다. 우리 가족은 형의 버스 추락 사고를 당뇨 합병증을 앓고 있는 아버지에게 감추었다. 하지만 자식을 잃은 고통을 견디지 못한 어머니가 아버지에게 그 사건을 털어놓았고, 충격을 받은 당신은 두 달 후에 세상을 뜨셨다.

불행은 연속적으로 온다고 했던가.

1년 전 이혼을 하고 친정에 와 있던 누이가 유서도 없이 자살로 생을 끝냈다. 연속된 가족의 참사에 나는 정신을 차릴 수 없었다. 신문사에서 마감 시간에 쫓기며 글을 쓰다가도 멍한 상태가 되어 부장으로부터 몇 차례나 지적을 받기도 했다.

"당신은 모르겠지만 아버지 회사가 망하고 엄마 엄청 상처받았어. 몇 번이나 약 먹고 죽으려고 했어."

차가 영동고속도로에 접어들 무렵 빨갛게 부르튼 입술로 아내가 뜬금없이 친정의 옛날이야기를 끄집어냈다. 장인이 운영하던 회사가 IMF로 부도를 맞은 일이다.

"당신이 집으로 처음 찾아왔을 때…… 아버지 회사가 오늘내일할 때였어."

처음 듣는 이야기였다. 아내의 말을 빌리면 내가 처갓집에 첫 인사차 들렀을 때 IMF로 장인 회사가 간당간당해서 언제 길거리에 나앉게 될지도 모르는 상황이었다는 말이다. 장모가 딸의 결혼에 신경 쓸 상황이 아니었다는 것. 더구나 나는 대학원에 입학해서 계속 공부하려 했으니 당장 부도를 막을 돈이 급했던 처갓집으로서는 내게 무심할 입장일 수밖에 없었다. 듣고 보니 한편으로 이해가 되었다. 하지만 처갓집 사정을 모르는 입장에서 서운한 마음이 든 것 또한 어쩔 수 없었다. 이제 와서 따지자면 피차 잘못이 없다. 누가 처갓집의 그때 상황을 알았나?

"내가 당신 집에 시집 왔을 때 어머님 빼고도 시누이만 다섯 명이었어. 물론 몇 년 뒤 한 사람이 죽어서 네 명으로 줄긴 했지만. 형님들과 정혜가 오죽 별난 시누이었어? 당신은 나를 혼자 시댁에 놔둔 채 공부한답시고 서울에서 대학원 다녔지. 취직해서 우리가 합치기 전 이 년 동안 시댁에서 어떤 일들이 있었는지 전혀 모르지? 알았더라도 별수 없을 테지만."

"……"

"형님은 산후조리를 친정에서 한다며 두 달간 머물렀지. 형님이 엄살을 부리니까 어머님이 태어난 조카 기저귀를 나한테 맡기셨어.

내가 가정부야? 그땐 시누이보다 시누이가 낳은 조카 기저귀까지 빨라고 한 어머님이 더 얄미웠어. 당신 하나 믿고 꾹 참고 순종했지. 당신 어머니가 하나님이야? 내가 매사에 순종하게?"

아내는 막 시집왔던 그때 일을 떠올리며 돌아가신 지 30년이 넘은 어머니를 지금도 야속해했다.

"순종은 무슨? 사십여 년 전이니까 지금 시각으로는 이해가 안 되지. 당시의 분위기상 시어머니 말이니까 착한 당신이 그냥 들어준 것이겠지. 이제 백골이 진토 된 어머니야. 그만해. 내가 대학원 안 가고 바로 취직했으면 결혼하자마자 바로 분가했을 텐데…… 다 내 잘못이다. 그리고 미안해."

나는 깜빡이도 켜지 않고 끼어든 트럭 때문에 급브레이크를 밟았다. 차창을 열고 "운전 똑바로 해!"라며 소리를 질렀다. 가속 페달을 세게 밟아 1차선으로 차선을 바꾸었다. 차가 트럭을 앞질렀을 때 문득 버스 추락 사고로 한날한시에 죽은 형님과 형수 생각이 났다.

형수는 우리 집에 시집온 후 문제의 일기 사건으로 마음고생이 심했다. 형수가 중매로 형님과 결혼하기 전, 사귀었던 남자에 대한 마음을 일기에 적어놓은 것인데, 보관을 잘못해서 내 둘째 누이에게 들켜버렸다. 둘째 누이는 혼자만 알고 있어야 할 일기 사건을 어머니에게 고자질했다. 요즘 같으면 해프닝으로 끝날 일이다. 하지만 당시의 사회 분위기는 달랐다. 결혼 전에 있었던 일이지만 그날로 형수는 행실이 바르지 못한 여자로 낙인찍혔다. 그 일이 생기자 형의 얼굴도 어두워졌고 말수가 줄어들었다. 대학생인 나도 형수를 멀리했다. 돌이켜보면 남자답지 못했고 부끄러운 일이었다. 형수를 위로해주고 가족의 차가운 시선으로부터 그녀를 보호해주었더라면 얼마나 좋았을까.

작은 형 부부가 버스 사고로 함께 죽자 초등학생 조카 세 명의 처지가 난감해졌다. 돌볼 사람이 필요해진 것이다. 문제는 사업으로 성공한 형이 남기고 간 재산이 엄청났다. 요즘 시세로 환산하면 현금과 부동산이 대략 수백억쯤 되었다. 그즈음 회사에서 잘린 뒤 백수 생활을 하던 큰형이 선뜻 재산에 대한 처분권이 있는 후견인으로 나섰다. 집안의 장남으로 오냐오냐해서 키운 탓인지 큰형은 어릴 때부터 망나니짓을 하며 자랐다. 10대 후반에는 검은 세계에 발을 디디기 시작했다. 나는 큰형과는 말을 끊고 지냈다. 후견인으로 나선 형님에게 진정성이 있다고 믿지 않았다. 재산을 노린 것이다! 나는 분노했다. 나는 아버지와 어머니가 재산 후견인이 되어야 한다고 주장했다. 후견인 자리를 두고 형제간 다툼이 시작되었다. 나보다 열두 살이나 많은 큰형도 이제 죽고 없다. 첫째 형수는 형님이 죽자마자 시댁과 연락을 끊고 큰조카와 함께 투자 이민 방식으로 호주로 떠났다. 모든 오래된 관계의 끊어짐은 한순간의 찰나에 불과했다. 죽음은 미움도 의심도 눈앞의 흐릿한 안개로 만들어버렸다. 그토록 선명했던 분노였지만 이제 기억조차 아물아물하다. 다 끝난 것이다.

내비게이션은 의왕까지 60킬로미터가 남았음을 아래쪽 화면에 보여주고 있었다. 30분이면 장모 집에 도착할 것이다.

"조금 있으면 도착할 텐데, 의왕에 전화 한번 해보지."

나는 고개를 숙이고 있는 아내에게 말했다. 장모가 전화를 받으면 즉시 유턴해서 집으로 돌아갈 요량이었다. 나는 그때쯤 시원한 캔 맥주 한 잔이 절실해지고 있었다.

"십 분 간격으로 계속 해보고 있어. 슬슬 어두워지기 시작하니까 차나 조심해서 몰아. 근데, 여보!"

아내가 갑자기 고개를 돌리더니 나를 쳐다보았다. 아내의 예고 없는 고함소리에 나는 가슴이 철렁 내려앉았고 조금 짜증이 났다.

"왜 소리를 쳐? 운전하는 사람 놀라게."

"우리 둘 중에 누가 먼저 죽을까?"

소양강 버스 추락 사고가 난 뒤 한동안 나는 작은형 부부의 죽음을 받아들이기 힘들었다. 매일 얼굴을 마주하던 두 사람이 한순간 지상에서 사라져버린 것이 현실이 아닌 것처럼 느껴졌다. 머릿속이 허무감으로 가득 찼고 혼란스러웠다. 장례를 치른 뒤 돌아온, 방배동의 대지 140평 저택에 형과 형수는 더 이상 존재하지 않았다. 존재하지 않는 사람인데도 나는 마치 그들이 거실을 걸어 다니고 있는 듯했고 "삼촌, 저녁 드세요"라는 형수의 환청을 듣기까지 했다. 당시를 거슬러 올라가면 나는 어떤 슬픔도 표현하지 않았고 아무 일이 없는 듯 처신했던 것 같다. 왜 그랬을까. 내 속마음은 슬픔으로 가득 차 금방이라도 대성통곡을 하고 싶었으면서도 왜 태연한 척했을까. 나는 아직도 슬픔에 대한 당시의 내 위선이 이해되지 않는다. 변명하자면 가족 모두가 참혹한 슬픔에 빠져 있었으니 나는 그럴 수밖에 없었을지도 모른다. 이 상황을 아무 일이 없었던 것처럼 그냥 넘기자. 나라도 강해져야 돼! 아마도 그렇게 마음먹었던 것 같다.

작은형은 우리 집안의 자랑이었다. 아버지의 형에 대한 사랑은,

잘 나가는 W건설회사를 창업한 아들에 대한 뿌듯함과 자부심으로 변해 우리들 형제 사이에 질투를 불러일으킬 만큼 티가 났다. 부모님의 사랑을 독차지한 그런 형이 40대 중반의 나이에 버스 교통 사고로 소양강에 빠져 죽었다. 인생은 그런 것이다.

장례 둘째 날, 조카들이 아직 어렸기 때문에 내가 가족 대표로 염습에 참가했다. 형의 처남도 잠시 머뭇거리더니 나와 함께 입장했다.

내가 들어갔을 때 영안실에 있던 형은 입관실로 옮겨져 발가벗겨진 상태로 철제 침대에 반듯하게 누워 있었다. 상체는 나체였고 하체만 하얗고 커다란 타월로 가려져 있었다. 내가 들어가자 50대로 보이는 염장 두 명이 알코올에 적신 솜으로 형의 몸을 깨끗하게 닦고 있었다. 형의 도드라진 이마로부터 목을 거쳐, 갈비뼈 부근을 지나 하체를 향해, 염장이의 두 손이 익숙하게 움직였다. 잠시 뒤 아래에서 위로 수의를 입힌 뒤 삼베 끈으로 형의 몸을 군데군데 묶었다. 대렴이었다. 이어서 염장이의 손에 의해 1미터 80센티의 키와 훤칠한 인물을 한 사내의 입술이 강제로 벌려지고, 그 속으로 쌀 한 줌이 흘러들어갔다. '형, 잘 가.' 나는 형의 입에 만 원짜리 세 장을 찔러 넣었다. 형의 처남도 3만 원쯤으로 보이는 지폐를 형의 입안으로 조용히 쑤셔 넣었다. 염장이는 실망한 표정을 했다. 염습에 참가한 사람이 두 명뿐이어서 예상 밖으로 수입이 적었던 모양이다. 아래 턱에 수염이 난 염장이가 망자가 편안하게 가려면 노잣돈이 충분해야 한다고 했다. 나는 만 원권 지폐 몇 장을 벌어진 형의 입에 더 구겨 넣었다. 그것으로 끝이었다. 우리는 이제 절대 만날 수 없는 사이가 된 것이다. '형, 나중에 만납시다.' 염장이는 입관은 알아서 할 테니 상주는 밖으로 나가도 된다고 했다. 나와 형의 처남은 아무 일이 없었던 것처럼 입관실을 나와서 장례식장 바깥마당으로 나왔다. 형과 형수가 사라진 지금, 형의 처남과 나는 아무런 관계가 없는 타인일 뿐이다. 어색해진 나는 계단 옆으로 걸어 나와 길게 담배 한 대를 피웠다. 담배연기가 유령처럼 춤을 추며 내 머리 위로 빠르게 올라갔다.

*

일정 속도에 도달한 차는 나와 아내를 태운 채 조용히 목적지를 향해 달려가고 있다. 이번 추석은 연휴가 길었다. 주말과 대체공휴일까지 발생해 추석 연휴를 포함해서 쉬는 날이 6일이나 되었다. 도로에는 평일보다 차들이 더 적었다. 내일부터 본격적인 귀성전쟁이 시작될 것이다. 나는 다시 불안한 마음이 들기 시작했다. 의왕에 도착해서 문을 두드렸는데도 안에서 아무런 반응이 없다면, 우려하던 일이 벌어질 것이다. 그때 어떻게 해야 하나. 방법은 두 가지밖에 없다. 경찰에 신고하거나 119에 전화를 거는 것.

장모는 구순이다. 어차피 몇 년 안에 한 번은 치러야 할 일을 조금 앞당기는 것뿐이다. 지금 돌아가신다 해도 흉사는 아니다. 그런 생각을 하며 불안감을 스스로 달랬다. 아내의 휴대폰 발신음이 계속 들렸다. 장모는 전화를 받지 않는다. 아내가 몰아쉬는 한숨소리가 반쯤 열어둔 창문 안으로 스며들어온 바람 소리와 뒤섞여 내 귀에 달라붙는다. 아내의 고개가 아래로 떨어졌다가 용수철처럼 위로 올라간다. 순간적인 졸음이 아내의 마음고생을 위로해준다. 나는 불안한 마음에 말을 걸어본다. 마음이 대답한다. 괜찮아, 사람이라면 누구나 한번은 다 겪어야 하는 일이야. 그래 죽음은 거룩한 일이다. 내비게이션 화면에서 남은 거리와 시간을 훑어본다. 24킬로, 12분.

"반드시 내가 당신보다 먼저 죽어야 해."

나는 '반드시'라는 단어에 힘을 주며 평소에 하고 있던 생각을 강조했다.

"반드시?"

아내가 즉각 내 말을 돌려준다.

"그래 반드시, 당신보다 최소한 삼 년 먼저!"

아내가 웃음을 터뜨렸다. 아마도 잔뜩 조이고 있던 긴장의 예각지고 뾰족한 모서리에 내가 한 말이 고무풍선처럼 와닿은 것 같다.

"누가 먼저 죽을지 어떻게 알아?"

아내는 특유의 나직한 목소리로 내말을 되받았다. 아내는 안전벨트를 잡아당겼다. 몸을 조이는 것으로 15분 간격으로 전화를 받지 않는 장모에 대한 불안감을 억누르려고 했다.

"내가 당신보다 먼저 죽는 것이 내 방식의 사랑이다."

사실 나는 아내의 죽음을 감당할 자신이 없었다. 형님 부부의 버스 추락 사고사, 그해 일어난 누이의 자살과 연이은 아버지의 죽음 때문에 나는 우울증에 걸렸다. 혼자 충격을 버텨냈다. 하지만 내면을 찢은 상처까지는 어쩌지를 못했다. 기자로서 승승장구하던 내가 오보와 낙종을 했고, 그건 신문기자에게는 치명적인 실수였다. 늘

입사 동기들보다 앞서 나가던 나는 그해 승진과 보직인사에서 처음으로 물을 먹었다. 기사를 쓰기 위해 책상 앞에 앉으면 지방 출장 중형님 내외의 사고 소식을 알려준 막내 누이의 떨리는 목소리가 환청처럼 들렸다.

"승주 오빠, 승혁 오빠한테 무슨 일이 일어났나 봐. 오빠가 정확하게 확인해봐. 제발 아무 일이 없었으면 좋겠어. 제발, 제발……."

막내 누이의 목소리는 울음으로 변해 있었다.

차가 동수원을 지나칠 무렵, 머릿속에서 까마득한 기억 하나가 스치고 지나갔다. 그 기억은 45년이나 지난 어느 해의 계절 하나를 소환해냈다. 내 기억이 맞다면…… 아마도 가을의 끝자락 무렵이었을게다. 기말고사를 며칠 앞둔 어느 토요일 아침, 공과대학에 다니는고등학교 동창인 경식은 계산기를 오래 두드렸더니 머리가 빠개질것 같다며 나를 찾아왔다. 녀석은 내 의사를 물어보지도 않고 다짜고짜 도서관에 있는 나를 밖으로 끌어냈다.

"술 마실래? 놀러 갈래?"

어젯밤 잠을 설쳤는지 경식의 눈이 빨갰다. 기말시험 준비로 스트레스가 단단히 쌓인 모양이었다.

"아침부터 해장술을 먹기는 그렇고, 바람이나 쐬고 오자."

"그렇다면 우리 도선사에 가서 불공이나 드리고 오자."

녀석은 뜬금없이 절 타령을 하고 있었다. 그러고 보니 경식은 고등학교 때부터 학교 불교회 회장까지 한 독실한 불자였다. 도선사라면 강북구 우이동에 있는 북한산 자락의 절로서 학교 앞에서 버스를 타면 한 시간 거리에 있었다. 무신론자인 나는 절이나 교회나

성당이라도 상관없었다. 그냥 잠시 시험공부의 압박에서 벗어나고 싶었다.

"좋다. 얼른 갔다 와서 저녁에 소주나 한잔 빨자!"

"시험공부는 내일 새벽부터!"

"좋았어. 내일 새벽부터다."

우리는 의기투합했고 그길로 버스를 타고 도선사를 향했다.

*

아내는 장모의 연락 두절을 까마득하게 잊어버린 듯한 얼굴이었다.

"내가 죽으면 백수가 사라져서, 일 인분 식량비가 줄어드니 좋을 테지."

말을 하고보니 비아냥거림으로 들릴 듯해서 후회했다. 아내는 조용한 말투로 내 비아냥거림을 훈계하듯 되받았다.

"아니었어. 그럴 줄 알았는데 곰곰이 생각해보니 아니더라."

"······."

"첫째 당신이 사라지면 집이 무서울 것 같고, 규태가 사업 자금이 필요하다고 우리가 노후용으로 갖고 있는 상가를 팔아달라며 윽박지를 것 같은 생각도 들었어. 나 혼자 힘으로는 장성한 아들을 이겨내기 힘들 것 같아. 그것도 무섭고. 그런 현실이 너무 슬퍼."

"내가 살아 있는 한 규태 놈은 어림도 없어."

나는 대학 졸업 후 평범한 직장 생활조차 견디지 못하고 일이 년마다 취직과 퇴사를 거듭하고 있는 아들을 떠올렸다. 내가 죽고 없으면 이 녀석은 사업을 하겠다며 제 엄마를 윽박지를 것이 틀림없었다. 지금의 태도로 봐서 그러고도 남을 녀석이었다.

내가 그런 생각을 하고 있는데 아내의 휴대폰이 울렸다. 동시에 '200미터 후 의왕, 부곡 IC로 빠지라'는 내비 속 여자의 건조한 음성이 들렸다.

"엄마, 어디야? 왜 전화를 안 받아? 걱정했잖아. 할머니는 아직도 전화가 안 돼? 이번 추석은 다들 왜 그래?"

딸 혜수였다.

"효정아, 유정아, 할아버지와 할머니에게 인사드려."

"할아버지 안녕하세요. 할머니 안녕…… 언, 언마!"

네 살배기 쌍둥이 손녀인 효정이와 유정이었다.

아내는 내가 들으라는 듯 휴대폰의 기능을 스피커폰으로 돌려놓았다. 딸과 손녀들, 아내의 목소리가 뒤섞이자 차 안의 좁은 공간에 많은 사람이 들어온 듯, 갑자기 시끌시끌한 명절 분위기가 났다.

장모는 구순이다.

어둠의
빛

어둠의 빛

　사람들은 한기호가 오후 두 시쯤 일어나서 종일 어슬렁거린다고 했다. 어떤 사람들은 오후 두 시에 일어난 한기호가 해가 아파트 뒷산으로 넘어갈 때까지 철장에 갇힌 짐승처럼 거실을 어슬렁거린다고 말했다. 어슬렁거릴 땐 뒷짐을 진 채 눈을 감고 있어서, 약간 비틀거린다고도 했다. 또 어떤 사람 두 명은—그들은 60대 후반의 할머니들로 같은 미용실을 다닌 듯 파마머리가 비슷했다—땅거미가 복도 창문을 타고 집 안으로 들어오면, 한기호가 그때부터 어슬렁거림을 멈추고 어른 손 두 뼘 정도 되는 털빛이 검고 부리가 불그레한 새 한 마리와 속삭이는 걸 본 적이 있다고 귀띔했다. 파마가 거의 다 풀려버린 할머니는 한기호가 뭐라뭐라 속삭이면 그 새가 입을 달싹거리며 똑같이 따라 하는 걸 본 적이 있다고 덧붙였다. 보기만 했는데 똑같이 따라 하는지 어떻게 아느냐고 누군가 물으면, 시무룩해져서 입을 다물었다.

　소문들은 여름에 몰려 있었다. 가만히 듣다 보면 사람들이 본 것은 한순간의 찰나였고 빼꼼히 열려진 창문 틈으로 우연히 안을 들여다본 것뿐이다. 방충망까지 쳐져 있어 실내가 수천 개의 모자이크처럼 잘게 나뉘어져 있었으며 인기척을 느낀 한기호가 그 즉시 창문을 닫아버렸다. 그들의 뒷담화를 까부르면 알곡들이 별로 남아 있지 않았다. 키질 몇 번에 쭉정이나 티끌처럼 공중으로 날아가버렸다. 한기호가 종일 무엇을 하고 지내는지 아무도 몰랐다.

정체가 불분명하긴 해도 한기호가 외부와의 접촉을 끊고 지내는, 코쿤족은 아니었다. 한기호와 동년배인 동네 부동산중개업자 최 씨의 말에 의하면, 하루에 한 번 한기호가 동네 부근을 어슬렁거린다는 거였다. 50대 중반의 최 씨는 아파트 진입로에 지어진 상가 건물 일 층에서 10년 전부터 부동산중개소를 운영했다. 한기호가 사는 아파트는 400세대밖에 안 되는 작은 단지라 주민들의 전출입이 가뭄에 콩 나듯 했다. 가게를 방문하는 손님이라야 일주일에 네댓 명에 불과했다. 한가한 그는 아침부터 저녁까지 통유리창을 통해 주민들의 동태를 손금 보듯 꿰뚫고 있었다. 한기호도 예외가 아니다. 하지만 최 씨 역시 한기호가 해거름 녘에 상가 앞을 지나가는 것을 흘낏 보는 것 외에, 그가 무슨 일을 하는지, 종일 방 안에만 처박혀 있는데도 어떻게 먹고살 수 있는지에 대해선 알지 못했다.

말하자면 한기호는 동네 주민들에게 수상쩍고 비밀스러운 사람으로 비쳐지는 인물이었다. 두려운 대상은 아니었다. 오히려 몇몇 중년 여자들은 늘 생각에 잠긴 듯한 한기호의 음영이 뚜렷한 얼굴과 1미터 80센티미터에 육박하는 큰 키, 침묵과 어떤 새와의 말놀이 등에 대한 호기심과 그로 비롯된 호감마저 느끼고 있었다. 그녀들은 자신의 복잡한 감정을 남편이나 이웃 남자들에게 들키지 않으려고 한기호에 관한 한 입을 다물었다. 따지고 보면 한기호는 지난 20여 년 동안 단 한 차례도 사고를 친 적이 없었다. 누구와 다투거나 베란다에서 담배꽁초를 버린다든가, 음악을 시끄럽게 틀지도, 한밤중에 샤워를 하지도 않았다. 어느 누구도 한기호의 집 문밖으로 큰 소리가 새 나오는 것을 듣지 못했다. 술을 먹고 비틀거리는 모습을 본 사람도 없었다. 그는 사흘에 한 번꼴로 음식물 쓰레기를 검은 비닐봉지에 담아 버린 뒤 비닐은 가지고 돌아갔다. 분리수거일인 매주 화요일마다 각종 생활쓰레기—신문지, 음식 포장 용기, 빈 참치캔, 소주와 맥주병 등—를 분리함 속으로 정확하게 던져 넣곤 했다. 주민들의 수군거림과는 달리 한기호는 공동생활체의 규약을 준수하며 모범적으로 생활하고 있는 남자였다. 다만 이곳에 이사 온 30대 초반부터 늘 혼자였고 출근도 하지 않았으며 반상회에 참석하거나 주민들과 사적인 대화도 나누지 않아서 이런저런 소문이 떠돌아다녔다. 그는 자신을 둘러싼 소문에 신경 쓰지 않았다. 50대 초반에 이른 지금도 온종일 집 밖으로 나오지 않다가 해가 지면 한두 시간 정도 동네를 어슬렁거렸다. 동네 주민들과 마주치면 무표정하게 지나가버리기 일쑤였다. 먼저 인사를 건네도 멀뚱히 쳐다볼 뿐 그가 입을 여는 것을 본 사람은 아무도 없었다.

*

파릇파릇 새순이 돋은 소문들은 일조량이 많아질수록 짙고 커다란 이파리로 무성해졌다. 바람이 불 때마다 서로 부딪치며 서걱거리는 소리를 냈다. 나뭇잎들은 가을이면 낙엽이 되어 땅으로 떨어졌다. 이파리를 다 떨군 소문들은 땅밑으로 파고들었다. 뿌리처럼, 그것은 꽁꽁 얼어붙은 대지 속을 조금씩 파 들어가서 부드러운 흙과 뒤섞여 봄이 올 때까지 살아남았다. 봄이면 가지마다 색깔이 무지갯빛이거나 잎이 두엇 더 달린 돌연변이 같은 꽃들을 피워 올리던 소문들은 바람이 불 때마다 우수수 떨어졌다. 그것들은 비에 젖고 발에 밟히면서 흔적도 없이 사라졌다. 하지만 한기호에 대한 의혹만큼은 춥고 어두컴컴한 땅속에 단단하게 뿌리를 내린 채 시간이 흐를수록 굵고 단단한 원뿌리에서 서로 얽히고설킨 수천 갈래의 수염뿌리까지 뻗어 나왔다. 뿌리 자체가 하나의 거대한 왕국을 형성하기에 이르렀다. 20평대의 서민아파트이긴 해도 관리비와 각종 공과금, 생활비와 차량 유지비까지 합치면 못해도 한 달에 150만 원은 있어야 할 텐데, 평생 경제활동을 전혀 하지 않은 한기호가 그만한 돈을 어떻게 마련하느냐는 의혹이 뿌리의 실체였다.

"고정간첩일지도 몰라. 평생 아무 일도 안 하는데 멀쩡하게 살고 있는 게 이상하잖아. 북한의 공작금을 받고 있는 건 아닐까? 눈이 오나 비가 오나 매일 해거름이면 동네 주변을 배회하는 것도 수상하고."

"어리숙해 보여도 정체를 들키지 않기 위한 위장술일 수도 있어. 만약 제2차 남북전쟁이 발발하면 한순간 붉은 완장을 차고 나타나는."

"친구는 고사하고 가족이 드나드는 걸 본 사람도 없잖아. 그렇다면 고아? 근데 고아에게 무슨 유산이 있어 평생 놀고먹는 거야?"

"삼십 대 초반에 이사 왔으니 결혼하자마자 이혼했을지도 모르지. 위자료는 부잣집 딸로부터 단단히 우려냈을 테고. 그건 이야기가 되네."

"창문으로 밤새 불빛이 새어 나온다잖아. 하루이틀도 아니고 이십 년 동안이나. 난수표를 해독하거나 인터넷으로 접선을 하는 게 아니라면 왜 밤새 불을 켜놓겠어. 그것도 집 전체는 불을 꺼놓은 채 문간방에만."

"털이 까맣고 눈까지 새까맸지. 그 요상한 새 앞에서 중얼거리며 노닥거리는 게 이상해. 이웃들하곤 말도 안 섞으면서. 평생 숨 쉬는 것 빼곤 아무 일도 안 하는데, 굶어 죽지 않는다는 게 놀라워. 사실 요즘처럼 일하기 싫을 땐 그자가 부럽기도 하고."

*

금요일 저녁의 삼겹살 가게는 동네 손님들로 빽빽했다. 아파트에서 도보로 5분쯤 되는 도로변을 따라 단층으로 지은 상가들이 일렬로 늘어서 있었다. 파리바게트와 호프집, 튀김가게와 할매순댓국, 삼겹살집, 곱창전문점 등 대부분이 주점과 음식점들이었다. 퇴근길의 남자들과 아파트에 기대어 살아가는 사람들이 소주 서너 병을 시켜놓고 주말 저녁의 느긋함을 즐기곤 했다.

부동산 최 씨와 아파트 관리소장이 불판에 올려놓은 삼겹살을 뒤적거리며 한기호에 대한 이야기를 늘어놓았다. 매캐한 연기가 코브

라처럼 아가리를 벌리고 있는 환풍구 안으로 빨려 들어갔다. 잠시 후 최 씨의 전화를 받은, 한기호와 같은 동 같은 층에 사는 통장이 남편과 함께 문을 열고 들어왔다. 그녀는 얼굴이 동글동글하고 눈주름이 없어 쉰을 넘긴 나이에도 사십 중반 정도로 보였다.

"아니, 일을 마쳤으면 가족들이 기다리는 집으로 달려갈 거지, 웬 술판이에요. 벌써 두 병이나 까셨네."

통장이 관리소장 옆에 펑퍼짐한 엉덩이를 들이밀었다. 남편은 맞은편 최 씨 옆에 엉거주춤 앉았다. 최 씨는 삼겹살이 타지 않도록 집게로 계속 뒤집다가 어느 정도 익었다 싶은 것을 골라 접시 위에 올려놓았다. 관리소장이 네 사람의 잔에 소주를 가득 채웠다. 여자가 남편에게 눈을 찡긋하며 너무 많이 마시지 말라는 신호를 보냈다. 그녀는 삼겹살, 마늘, 파채를 상추에 싸서 입안으로 욱여넣었다. 먹이를 입안에 잔뜩 감춘 원숭이처럼, 양 볼이 불룩하게 튀어나왔다.

"요즘도 밤새 불빛이 새 나옵니까?"

관리소장이 고개를 돌려 물었고, 통장의 대답이 입안에 쑤셔 넣은 음식들과 함께 버무려져 나왔다.

"또 그 이야기예요? 왜 주민들이 그 사람에게 관심을 가지는지 그게 이상해."

"어허, 딴 동네 사람처럼 굴지 말고 그냥 묻는 말에만 대답해봐요."

관리소장이 아직 반 정도 남아 있는 통장 남편의 술잔에 넘치도록 소주를 따랐다. 남자는 여자의 눈치를 보며 술을 조금씩 마셨다. 한 모금씩 넘길 때마다 튀어나온 목울대가 통장의 시선을 피하듯 나왔다 들어갔다 했다.

"한 다섯 시쯤 됐나, 그저께 새벽기도를 가다가 그 집을 지나쳤는데 창문으로 불빛이 새어 나오긴 했어. 근데 그게 뭐."

"일 년 삼백육십오 일 매일 그러니 이상하다고 하는 거지. 일 년이 뭐야, 장장 이십 년이야 이십 년. 안 이상하면 그게 더 이상한 게지."

최 씨가 끼어들었다. 통장 남편이 종업원을 향해 불판을 갈아달라고 말했지만 그의 목소리는 왁자지껄한 실내 소음에 묻혀버렸다. 관리소장이 손뼉을 두 번 치면서 외쳤다.

"여기 불판!"

"혼자 살아도 밥은 제때 챙겨먹는가 봐요. 일주일에 두어 번 음식물 쓰레기가 나오는 걸 보니."

통장이 고기 한 점을 불판에 올려놓으며 말했다.

"주변과 연락을 끊고 사는지 일 년 내내 찾아오는 사람도 없는 것 같더라고. 그 친구도 외롭긴 외로운 모양이야. 기르고 있는 새가 사람 말 따라 한다는 앵무새지?"

"구관조!"

최 씨의 말이 끝나자마자 관리소장이 정정했다.

"구관조?"

최 씨가 눈을 동그랗게 떴다.

"앵무새와 구관조는 완전히 다른 새지. 생김새부터가 다르다고. 구관조는 까마귀처럼 새까맣게 생겼고 앵무새는 덩치도 더 크고 깃털도 화려하잖아."

"소장님 말이 맞아요. 앵무새도 사람 말을 흉내 내긴 하지만 구관조를 못 따라가죠. 훈련이 잘된 구관조는 사람 말과 구별하기도 힘들……."

"혹 죽었다 살아난 사람이 아닐까요?"

통장 남편이 아내의 말을 가로챘다. 소주가 네 병이나 비워질 동안 내내 침묵만 지키던 그였다. 통장이 불쾌한 표정으로 남편을 올려다보았다. 눈꼬리가 위로 올라가면서 이마에 주름살이 만들어졌다. 남편의 이야기가 너무 황당해서 분위기에 맞지도 않을뿐더러 다른 사람들의 조롱거리가 되지 않을까 우려하는 표정이었다. 통장 남편의 얼굴은 진지해 보였다.

"최 형, 무슨 자다가 봉창 두드리는 소리를 해요. 죽은 사람이 어떻게 살아나요?"

부동산 최 씨가 발끈했다. 어깃장을 놓고 있다고 여기는 듯했다.

"임사체험 같은 거 있잖아요. 죽음의 문턱까지 갔다가 다시 살아난 이야기 말이요. 그 사람들이 하는 말에 공통점 하나가 있는데, 캄캄한 터널을 벗어나면 말로 표현하기 힘든 환한 빛의 존재를 만난다는 거예요. 빛이 너무 따스하고 신비로워, 그 상태에 계속 머물고 싶다고 느끼는 순간 의식이 되돌아오는 모양이에요. 심장이 정지되어 의학적으로는 이미 사망 판정을 내렸는데 말이죠. 한기호가 매일 밤, 불을 켜놓는 이유도 그 빛의 존재를 다시 느끼고 싶어서가 아닐까요?"

대기업 연구소에 근무하고 있는 통장 남편은 임사체험자를 직접 만나본 것처럼 확신에 찬 얼굴로 말했다.

"김 형처럼 많이 배운 사람이 귀신 씨나락 까먹는 소리 하고 있네."

최 씨가 관리소장과 통장을 바라보며 껄껄 웃었다. 통장 남편도

머쓱했던지 덧니를 드러내며 따라 웃었다.

손님들이 들락거릴 때마다 열린 문으로 찬바람이 밀려들어왔다. 춘분을 넘긴 지 일주일이나 지났지만 봄은 여전히 시골에 머물면서 도시에 스며들 때를 저울질하고 있는 것 같았다. 닫혀 있던 출입문이 열리자 통장은 문득 제 목숨을 스스로 끊는 것은 사람밖에 없구나, 라는 생각이 들었다. 갓 돋기 시작한 봄의 이빨은 아직 겨울의 두꺼운 목덜미에 박혀 숨통을 단번에 끊어낼 만큼 길고 날카롭게 자라지 못했다. 며칠 새 겨울이 봄의 가냘픈 목을 이리저리 비틀어대며 항복을 받고 있는 게 아닌가 할 정도로 날씨가 추웠다. 최 씨가 고개를 숙이고 김이 무럭무럭 올라오는 시래깃국을 떠먹었다. 그때 통장의 눈에 한기호가 가게 앞으로 지나가는 모습이 보였다. 목을 한 바퀴 두른 회색 목도리를 검정 바바리코트 위로 늘어뜨린 채 아파트 쪽으로 걸어가고 있었다. 평소보다 늦은 산책을 끝내고 집으로 돌아가는 것 같았다. 코트 깃을 바짝 세우고 두 팔은 주머니에 찔러 넣은 채 느릿느릿 발걸음을 옮기고 있었다. 통장은 대형 유리창 너머로 향해 있던 시선을 오랫동안 거둬들이지 않았다. 관리소장이 코앞까지 내려온 환풍기를 손바닥으로 밀어 올렸을 때 출입문을 등지고 앉은 최 씨가 소주 두 병을 추가했다.

한기호는 횡단보도에서 신호가 바뀌기를 기다리며 서 있었다. 우울한 표정까지 보였다. 가로등에서 3미터쯤 떨어진 그곳까지 불빛이 닿아 있었다. 자동차가 통과할 때마다 전조등이 그의 머리칼을 밤바다의 하얀 파도머리처럼 또렷하게 보이게 했다. 네 사람 모두 이야기에 집중하느라 통장을 제외하고 아무도 그를 알아채지 못했다.

"한기호 전화번호 아는 사람 있어요?

관리소장이 통장 쪽으로 고개를 돌려 말했다. 통장이 출입구 유리창에서 시선을 뗐다. 그녀가 말했다.

"관리사무소에서 모르면 누가 알겠어요?"

"주민 신상 명세에 그 친구 전화번호는 안 적혀 있었어. 핸드폰, 일반전화 다 공란이야."

"그럼 모르는 거지. 우리야 접촉이 없는데 어떻게 알겠어? 근데 왜?"

최 씨가 떨떠름한 표정으로 물었다. 그가 안경을 벗더니 물수건으로 번들거리는 얼굴을 두어 번 훔친 뒤 손으로 쥐어짰다. 홀 바닥으로 땀과 기름기와 물수건의 수분이 합쳐져 몇 방울 떨어졌다. 통장이 몸을 통로 쪽으로 기울였다.

"한번 불러내볼까 해서……."

"불러내서는?"

"술 한잔하는 거지. 우리가 모르는 사이도 아니고."

관리소장과 최 씨가 말을 주고받았다.

"분리수거할 때 술병을 꺼내는 걸로 봐서 혼자 마시는 것 같아요."

무슨 이유에선지 통장은 한기호가 가게 앞 횡단보도에 있다는 말을 하지 않았다. 마음만 먹으면 그의 느릿느릿한 보폭 정도는 당장이라도 따라잡을 수 있지만 통장은 이 자리에 그가 오면 안 될 것 같았다.

"통장이 그래도 그 사람하고 대면할 일이 제일 많잖아. 다음에 방문하면 전화번호 정도는 알아놔. 살다 보면 무슨 일이 생길지도 모르는데."

최 씨의 말에 통장이 고개를 끄덕였다.

"근데 집사람이야 전번 아파트 도장 공사 때처럼 큰일이 있어야 방문하지만 관리사무소 소속인 소독 아줌마는 한 달에 한 번은 들르잖아요."

조용히 술을 마시던 통장 남편이 최 씨에게 톤을 높였다. 지금까지 통장 눈치를 보며 입을 축일 정도로만 홀짝거리던 술을 한번에 들이켰다. 아내를 다그치는 듯한 최 씨의 말투가 못마땅했다. 네댓 살밖에 나이 차이가 나지 않는데도 최 씨가 자신과 아내에게 반말을 했다.

"문은 열어준대요?"

관리소장이 잽싸게 물었다. 그는 예순셋으로 정년을 2년 정도 남겨두고 있었다. 눈치가 빠른 데다 성격도 차분해서 최 씨의 목소리가 커질 만하면 끼어들어 분위기를 누그러뜨리곤 했다.

"커피도 얻어먹은 적이 있대요."

"커피씩이나?"

통장의 말에 최 씨가 헛웃음을 지었다.

"소독 아줌마가 사십 대고 얼굴도 제법 반반하잖아요. 남편이 사업 말아먹기 전에는 서초동에서 사모님 소리 듣고 살았나 봐요."

"그럼 우리 아파트에서 소독 아줌마가 한기호에 대해서 제일 잘 알겠네요."

관리소장이 왜 그걸 몰랐지 하는 얼굴로 통장에게 계속하라는 신호를 보냈다.

"소독이 오전 열 시, 오후 세 시, 하루에 두 번이잖아요."

"그건 그렇지."

최 씨가 혀가 꼬인 듯한 목소리로 통장의 말을 받았고, 통장 남편까지 포함해 세 사람의 눈망울이 외할머니의 옛날이야기를 듣는 아이들처럼 초롱초롱하게 빛났다.

"한기호가 오전에 안 일어난다는 것쯤이야 다 알고 있으니 당연히 오후에 방문했겠죠."

"그래서?"

최 씨는 통장 남편의 면박에도 불구하고 여전히 반말투였다. 불콰해진 얼굴로 봐서 그는 꽤 취기가 올라온 듯 보였다.

"별거 없대요. 가재도구가 단출할 뿐 여느 집이나 다름없나 봐요."

"그럴 리가 있나. 한기호 집이라면 뭔가 달라도 다르겠지."

최 씨가 눈을 지그시 감은 채 이야기를 듣고 있다가 제동을 걸었다. 소독 아줌마라면 집에 관한 한 나름 공력이 쌓여 있을 테고 그정도 눈썰미라면 소독하는 틈틈이 일별만으로도 무엇인가 눈에 띄었을 게 틀림없다. 그렇게 생각하며 그가 수사관처럼 집요하게 몰아붙이자 통장이 마지못해 입을 열었다.

"이상한 액자가 하나 있다고는 했는데."

"액자?"

세 사람의 입에서 같은 단어가 동시에 튀어나왔다.

"배수구 소독을 하러 뒤쪽 베란다로 나갔는데 대형 거울만 한 커다란 액자가 배수구 옆 벽면에 세워져 있다고 했어요."

"그게 뭐 이상해. 집이 좁아서 거실에 걸 수 없어서 바깥에 세워놓

앉을 테지."

이번엔 통장 남편까지 가세했다. 술기운 때문인지 풀이 죽어 있던 처음과는 달리 왼발을 꼰 채 의자에 비스듬히 몸을 누이고 있는 자세가 거만하게 보이기까지 했다. 일곱 시에 시작된 술자리가 세 시간을 넘기고 있었다. 지금쯤이면 한기호가 문간방을 제외한 집 안의 모든 불을 끄고 구관조와 노닥거리고 있을 시간이었다. 어쩌면 매일 해거름에 수집한 지역 정보를 북한에 보내거나 새로운 지령을 받고 있을지도 모를 일이었다. 이 지역은 수도권 외곽이라 아파트에서 30분 거리에 군부대가 여럿 있고 수자원공사 지역 정수장도 있다. 만약 정수장에 독극물을 푼다면, 9·11테러 못지않은 엄청난 참사가 벌어질지도 모른다. 그런 상상을 하며 최 씨가 빈 잔에 스스로 술을 채웠다.

"내용이 문제죠."

"그 참, 뜸 들이지 말고 속 시원히 얘기해봐. 성마른 놈 황천길 가겠네."

최 씨가 호기심이 가득한 눈빛을 던지며 의자를 당겨 앉았고 관리소장이 엉덩이를 통장 옆으로 붙였다. 20평 남짓한 홀에 손님들이 점점 더 많아졌다. 가족 단위의 손님들이 하나둘 빠져나간 빈자리를 술기운을 풍기는 남자들이 채웠다. 여섯 개의 테이블이 사람 하나 겨우 지나다닐 만큼의 공간만 남겨두고 촘촘하게 놓여 있었다. 천장에서 구불구불 내려온 환풍기가 돼지기름과 불판이 만들어내는 연기와 지글거리는 소리를 빨아들이고 있었다. 주위가 시끄러워 귀 기울이지 않으면 자막이 사라져버린 외화를 보는 것 같았다.

사람들이 뱉어낸 말들은 때때로 길을 잃고 비틀거렸는데, 알코올에 한번 적셔진 어떤 말들은 속도를 줄이지 못한 채 정지선 앞에 멈춰 선 누군가의 말을 들이받았다. 그들의 일그러진 얼굴에 말들이 그어놓은 스키드마크가 흉터처럼 선명했다. 어떤 말들과 말들은 물풀처럼 서로 엉겨붙어 공중의 바다를 둥둥 떠다니다가 누군가의 건배한마디에 부력을 잃고 물속으로 가라앉았다.

통장이 말했다.

"태몽에 관한 글이 적혀 있었다고 했어요. 한기호의 태몽 말예요."

관리소장이 입안에 엉긴 침을 삼켰다. 침이 목구멍을 통과하면서 옆자리의 통장에게 들릴 만큼 큰 소리가 났다.

"소독 아줌마가 되살린 기억에 의하면, '동굴 안이었다. 괴상한 가면을 쓴 사람들이 활활 타오르는 불 주위를 빙 둘러싼 채 알아들을 수 없는 말을 지껄이며 춤을 추고 있었다. 그들은 벌거벗은 채 두 발로 땅을 구르고 소리를 질렀다. 동굴 벽에 돌칼로 새긴 듯한 글자와 이해할 수 없는 그림들이 그려져 있었다. 어머니는 바위 뒤에 몰래 숨어 구경을 하고 있었다. 무섭지 않았다. 갑자기 한 사람이 가면을 벗더니 불덩어리를 어머니 쪽으로 던졌다. 너무 뜨거워 비명을 지르며 눈을 떴다. 분명히 가면을 벗은 얼굴을 보긴 했는데 잠에서 깬 뒤 기억나지 않았다. 이튿날부터 입덧이 시작되었다.' 뭐 대충 이런 내용이었대요."

통장이 출입문 유리창을 힐끗거리며 말했다. 한기호는 보이지 않았다.

"태몽도 그자만큼이나 괴이하구만."

최 씨가 말했다. 태몽조차 마음에 안 드는 모양인지 입맛을 쩝쩝
다셨다.

"난 한기호가 정말 못마땅해. 주는 것 없이 괜히 미운 사람 있잖
아. 그자가 딱 그런 타입이야."

최 씨는 10년 전 우연히 엘리베이터 안에서 한기호와 마주친 적
이 있었다. 중개업소를 개업한 지 두 달도 되지 않은 초여름이었다.
본격적인 여름이 시작되려는지 후덥지근하고 불쾌지수가 높은 날
들이 며칠째 계속되었다. 그는 손님과 함께 11층에 있는 집을 살펴
보고 내려오는 중이었다. 승강기에는 에어컨이 가동되지 않아 사우
나에 갇혀 있는 것처럼 이마와 등짝에서 끈적거리는 땀이 흘러내렸
다. 최 씨가 손수건을 꺼내려 하는데 엘리베이터가 8층에서 땡, 소
리를 내며 멈췄다. 6월인데도 감청색 긴팔 티셔츠를 입은 남자가 천
천히 들어섰다. 주민이겠거니 생각한 최 씨가 엉겁결에 고개를 숙
여 인사를 건넸지만 남자는 아무 말 없이 곧바로 등을 돌려 층수 표
시등을 올려다보고 있었다. 무안함으로 얼굴이 화끈거렸다. 주민들
에게 얼마나 이미지가 안 좋으면 이런 대접을 받을까, 동행한 고객
이 그런 생각을 하며 자신을 힐끗거리는 것 같아 1층으로 내려오는
시간이 몇 시간처럼 느껴졌다. 사무실로 돌아오는 내내 최 씨는 그
자의 정체가 궁금했다. 자신에게 모욕감을 안겨준 그 남자가 한기
호라는 사실을 알게 되기까지 그리 오랜 시간이 걸리지 않았다. 집
을 내놓은 주민들은 오며 가며 중개업소에 들렀고, 대충의 정보를
습득할 즈음이면 그들은 누가 묻지도 않았는데 한기호에 관한 이야
기를 먼저 끄집어냈다. 남자들은 한기호의 무위도식과, 양파처럼

아무리 벗겨내도 똑같은 속살밖에 드러나지 않는 불분명한 그의 정체성에 대하여. 여자들은 막장 드라마를 많이 본 탓인지 양파 씨앗이 변종으로 자라나기까지의 바람과 햇빛과 토양 같은, 이를테면 그의 숨겨진 과거에 대해 궁금해했다. 고객들이 끄집어낸 것들은 한기호에 대한 정보라기보다 오히려 질문에 가까웠다. 최 씨가 가게 유리창에 붙은 반투명 셀로판지를 떼어낸 시기가 바로 그때부터였다.

"다들 여기 계셨네요."

유규태였다. 205동 동대표를 맡고 있는 그는 평소의 활달한 성격대로 문을 열고 들어서자마자 큰 소리로 외쳤다. 5년 전부터 아파트 상가 2층에서 태권도장을 운영하고 있었다. 올림픽 대표를 가장 많이 배출한 Y대학 출신으로서 활달하고 정의감이 넘치는 사내였다. 작년 이맘때 동네 불량배들에게 성폭행당할 뻔한 여고생을 맨주먹으로 구해 관할 경찰서로부터 '용감한 시민상'까지 받은 적이 있었다.

"여어, 정의의 사도가 왔구먼."

관리소장이 오른손을 번쩍 들어 자기 옆에 앉으라는 제스처를 했다.

"사무실에 갔더니 사장님이 퇴근했다고 해서 바로 이리로 달려왔지요."

유 관장이 너스레를 떨며 소장과 통장 남편 사이에 엉덩이를 들이밀었다. 방금 샤워를 마치고 나온 듯 머리에서 샴푸 냄새가 진동했다.

"화장실에 다녀올 테니 한잔하고 있게."

최 씨가 유 관장에게 술을 따라준 뒤 비틀거리며 자리에서 몸을 일으켰다.

"예, 빨리 갔다 오세요. 형님이 계셔야 술맛이 나거든요."

유 관장이 최 씨의 손을 잡아주며 통장과 통장 남편에게 목례를 했다.

"형님은 술이 많이 된 것 같네요. 우리끼리 거국적으로 한잔 하시죠."

그의 등장만으로 한기호로 인해 눅눅했던 분위기가 사라졌다. 유 관장은 30대답게 피부가 탱글탱글했다. 건강미가 넘쳤으며 골격이 단단했다. 술잔을 움켜쥔 오른손 주먹 뼈에는 오랜 단련으로 만들어진 동전 크기만 한 굳은살이 훈장처럼 박여 있었다. 남편이 들으면 기분 나쁘겠지만 통장의 눈에 비친 관장은 사내 중의 사내였다. 지난번 여고생 사건 때 주먹을 휘두르지도 않는데 불량배들이 꼬리를 말아 넣고 줄행랑을 친 이유를 알 것 같았다. 그는 씩씩하면서도 상황에 맞춰 시의 적절하게 애교까지 부릴 수 있는 남자였다. 그런 모습이 듬직하면서도 귀여워 보였다. 한마디로 어떤 자리에서나, 그 어떤 누구하고도 잘 어울릴 수 있는 분위기 메이커이자 존재감이 넘쳐나는 사내였다.

"누님도 한잔 들어요. 제가 시 한 수 읊어드릴게요."

"시?"

"놀라시긴, 이래 봬도 저 시 좋아해요."

"그래, 놀라지 않도록 한 번 읊어봐."

통장 말에 관리소장뿐 아니라 웬만해선 웃지 않는 통장 남편까지 웃음보가 터졌다.

"인생은 짧고 예술은 길다."

"……."

"어때요? 좋죠?"

"에계계, 그게 시야?"

통장이 한 대 때릴 듯이 주먹을 들어 올렸고, 관리소장은 두 사람이 노는 모습을 흐뭇한 표정으로 바라보았다.

"누님이 뭘 모르시네. 열심히 일하고 주말에 마음 맞는 사람들끼리 어울려 불타는 삼겹살에 불타는 소주 한잔, 이런 인생이 시가 아니고 예술이 아니면 뭐가 시고 예술이에요?"

네 사람이 동시에 웃었다. 유 관장의 남성미와 전혀 어울릴 것 같지 않은 익살스러운 표정이 묘하게 웃음을 만들어냈다. 거기에 걸려들면 누구라도 웃지 않을 수 없었다.

최 씨가 화장실에 간 지 5분쯤 됐을 때였다. 갑자기 가게 안쪽이 소란스러워졌다. 화장실 바로 앞에 있는 테이블에서 고함소리가 들려 세 사람이 일제히 고개를 돌렸다. 그 테이블에 건장해 보이는 남자 다섯이 둘러앉아 있고, 최 씨가 비틀거리며 그들 곁에 서 있었다. 홀 바닥에 삼겹살과 야채들이 볼썽 사납게 떨어져 있었다. 30대 중반쯤 돼 보이는 검은 가죽점퍼를 입은 남자가 "당신 취했어? 취했으면 집에 갈 것이지 왜 상을 엎고 난리야!" 하며 금방이라도 때릴 것처럼 최 씨를 향해 주먹을 쥐었다 폈다 했다. 최 씨도 지지 않고 "내가 지나가는데 당신이 팔꿈치를 테이블 밖으로 내밀었잖아."

하며 물러서지 않았다. 그 순간 그 남자가 벌떡 일어나 우람한 어깨로 들이밀었다. 중심을 잃은 최 씨가 옆 테이블에 부딪히면서 벌러덩 나자빠졌다. 옆 테이블에 앉아 있던 사람들이 비명을 지르며 일어섰다. 쟁반과 맥주 컵들이 바닥에 부딪치고 의자가 뒤집히며 아수라장이 됐다. 몇몇 여자들이 비명을 질러대며 구석으로 피했다. 반대편 테이블의 사람들까지 주섬주섬 옷가지를 챙기기 시작했다. 그 와중에도 가죽점퍼를 입은 사내의 테이블에 앉아 있던 네 사람은 별로 당황해하는 기색도 없이 태연하게 술을 마시고 있었다. 통장과 통장 남편, 유 관장과 관리소장이 "어어" 하는 사이에 일어난 일이었다. 유 관장이 벌떡 자리에서 일어나 최 씨 쪽으로 달려갔다. 관리소장의 낯빛이 변하면서 어깨가 움츠러들었다. 통장은 최 씨의 전화를 받을 때부터 왠지 내키지 않았던 자신의 예감을 되새김질했다. 유 관장의 성격이나 테이블 남자들이 뿜어내고 있는 아우라로 볼 때 한바탕 큰일이 벌어질 것만 같았다. 한편으로는 가죽점퍼에게 달려가는 유 관장의 넓고 단단한 등을 보니 자신의 불안감이 기우에 불과한 것임을 깨달았다. '유가 멋있게 해치울 거야.' 그런 생각을 했다.

관리소장이 최 씨를 데리고 올 생각인지 의자에서 천천히 몸을 일으키는 순간이었다. 넘어져 있던 최 씨가 일어나 멱살을 움켜잡으려는 자세를 취했다. 두 팔을 벌린 채 가죽점퍼에게 달려들었다. 가죽점퍼가 몸을 슬쩍 재낀 뒤 최 씨의 오른팔을 낚아채 뒤로 꺾었다. "악!" 최 씨가 비명을 질렀다. 통장의 어금니가 틀니처럼 달그락거리며 부딪혔다. 자신도 모르는 사이에 "젊은 사람이 나이 든 분에게 지금 뭐 하시는 거예요?" 소리치며 유 관장 쪽을 바라보았다. 관리소장과 통장 남편이 의자를 뒤로 빼며 몸을 일으키려다 다시 제자리에 주저앉았다. 두 사람이 일어서면서 가죽점퍼 남자와 눈이 마주쳤고, 그가 나치 장교처럼 오른손을 앞으로 뻗어 공기를 누르듯 집게와 중지손가락을 아래로 내렸다. 그 동작은 꼼짝하지 말라는 명령처럼 보였다. 손가락 두 개를 까딱거렸을 뿐인데 두 사람은 잘 훈련된 애완견처럼 한 뼘이나 들어 올렸던 엉덩이를 조용하게 제자리로 갖다놓았다.

유 관장은 아까부터 테이블 중간에 앉은 50대의 남자 앞에서 고개를 조아린 채 네네, 만 연발하고 있었다. 싸움을 뜯어말리던 가게 주인의 부인이 50대의 남자에게 "과장님, 오늘은 그냥 가세요. 죄송해서 음식 값은 받지 않을게요."라며 화를 달래려 애를 쓰고 있었다. 통장이 카운터에서 멀뚱하게 싸움을 지켜보고 있던 남자에게 가서 물었다.

"사장님, 저기 저 과장이라는 분은 누구예요?"

"남부서 형사과장이요."

"나머지 사람들은요?"

"이 지역 조폭이고 과장 옆에 앉아 있는 사람은 지역 사이비 신문 기자예요. 이 바닥에서는 악명이 자자해요."

"기자가 왜 악명이……."

"부녀회장 되실 분이 그것도 모른단 말이오?"

"왜요?"

"저 친구한테 걸리면 뼈도 못 추려요. 한번 물면 상대가 죽을 때까지 절대 놓지 않는 핏불테리어란 말이오."

이해가 되지 않아 통장이 재차 물었다. 가게 사장이 세상 물정에 너무 어둡다는 표정으로 통장을 쳐다보았다.

"중소기업이나 음식점, 심지어 경찰 간부와 구청의 말단 공무원까지 박 기자에게 약점이 잡히면 돈으로 처바르든가 옷 벗을 각오를 해야 돼요."

통장은 그제야 싸움이 벌어졌는데도 남자의 일행들은 태연하게 술을 마시고 있고, 유 관장은 왜 과장이라는 남자에게 연신 고개를 주억거리고 있는지 알 것 같았다. 아무 잘못도 없는 최 씨가 젊은 놈한테 봉변을 당하고 있는데도 제압은커녕 조폭과 형사과장 앞에서 꼼짝도 못 했다. 통장의 머릿속이 그물을 쳐놓은 것처럼 얽히고설키면서 지끈거렸다. 공복의 쓰린 느낌이 위벽을 긁으며 역류성 식도염처럼 목구멍으로 꾸역꾸역 올라왔다. 관리소장도 처음부터 그들이 누군지 알고 있는 듯했다. 그는 승강기 보수업체로부터 뇌물을 받았다는 주민자치회장의 고발 때문에 최근에 경찰 조사를 받은 적이 있었다. 수사는 아직도 현재진행형이었다. 만약 박 기자가 냄새를 맡는다면, 그는 마약탐지견처럼 코를 킁킁대며 끝까지 추적할 테고, 관리소장이 관행이라는 비닐에 꽁꽁 싸 좌심실에 숨겨놓은 손톱만 한 양심까지 찾아내고 말 것이다. 남편이야 싸움 따위는 네안데르탈인 같은 구석기 원시인들의 습성이라고 생각하는 위인이니까 탓할 생각이 없었다. 술 좋아하고 남 말하기를 즐기지만 인사성 밝고 베풀기를 좋아하는 최 씨가 젊은 녀석에게 팔이 꺾이고 뒤로 나자빠지고 이마가 찢겨 피를 철철 흘리는데도 아무도 나서지 않는 이 상황이 부끄러웠다.

　형사과장과 조폭, 사이비 신문기자 일행이 주인 여자의 부탁대로 담배와 라이터를 챙겨 자리에서 일어나고 있었다. 유 관장이 최 씨를 부축해서 테이블로 돌아왔다. 벌겋게 충혈된 최 씨의 눈에 그렁그렁 눈물까지 맺혀 있었다. 관리소장과 유 관장이 최 씨의 양쪽 팔을 부축해 형사과장 일행과 몇 발자국 떨어져 삼겹살집을 나섰다. 음식 값은 최 씨의 카드를 건네받은 통장 남편이 계산했다.

＊

　밖으로 나오니 바람이 네 사람의 얼굴을 향해 세차게 불어왔다. 상가 바로 옆 주민센터 2층에는 10시가 넘었는데도 불빛이 환했다. 동네 주민자치위원회에서 운영하는 헬스센터의 러닝머신 위에서 사람들이 뛰고 있었다. 뛰어야 하기 때문에 뛰고 있는 아프리카 초원의 포식자와 피식자처럼, 그들은 통 유리창을 향해 더운 입김을 뿜어냈다.

　두 무리, 아홉 명의 사람이 신호등 앞에 앞뒤로 멈춰 섰다. 야구모자를 눌러 쓴 조폭이 맞은편 길가에 주차된 차량을 향해 손짓을 했다. 짙은 선팅에 가려 내부가 보이지 않지만 일행이 차 안에서 대기하고 있는 것 같았다. 유 관장과 통장이 부축한 최 씨는 고개를 푹 숙인 채 혼잣말로 뭐라뭐라 중얼거렸다. 하이에나에게 목이 물려 사지를 버둥거리는 누의 울음소리 같기도 했다. 찢겨진 이마에서 흘러나온 피가 딱딱하게 말라 있었다.

통장 남편이 관리소장 대신 최 씨의 겨드랑이에 팔을 집어넣으려 할 때였다. 최 씨가 갑자기 팔을 뿌리치며 고함을 지르며 가죽점퍼를 입은 폭력배에게 달려들었다. 폭력배 두 사람이 반사적으로 몸을 틀었다. 가죽점퍼가 팔꿈치로 최 씨의 안면을 가격했다. 그가 두 손으로 얼굴을 감싸쥔 최 씨의 발목을 걸어챘다. 폭력배 세 명이 쓰러진 최 씨를 한꺼번에 덮쳤다. 한 명이 쓰러져 있는 최 씨의 목을 두 손으로 눌렀다. 형사과장은 최 씨의 손목에 수갑을 채운 뒤 톱니바퀴가 맞물려 돌아가는 소리가 더 이상 들리지 않을 때까지 조였다. 나머지 한 명은 무릎을 세워 최 씨의 비쩍 마른 등판을 눌렀다. 최 씨가 돼지 멱 따는 소리를 질렀다. 경동맥을 관통당한 돼지가 이승에서 마지막으로 토해내는 비명 같았다. 행인들 몇이 빠른 걸음으로 지나갔다. 통장과 세 사람은 눈앞에서 벌어지고 있는 집단폭행에 대해 어찌할 바를 몰라 그냥 멍하니 내려다보기만 했다.

"이 자식, 아직도 정신을 못 차렸구나. 이놈 질 나쁜 조폭인 거 같으니 경찰서로 끌고 가!"

형사과장이 구두 끝으로 최 씨의 옆구리를 툭툭 차며 부하 형사에게 명령했다.

최 씨가 비명을 질러대며 땅바닥에 붙은 채 떨어지지 않으려 했다. 폭력배들은 길바닥에 달라붙은 껌딱지를 떼어내듯 허리춤과 머리칼을 우악스럽게 잡아당겼다. 최 씨의 목이 뒤로 젖혀지고 옆구리에서 우두둑거리는 소리가 났다.

*

한 사내가 빠르게 뛰어오고 있었다. 주민센터와 공원 사이 벤치에 앉아 있던 그 사내는 덥수룩한 머리칼을 말갈기처럼 휘날리며 바람을 단면으로 갈랐다. 어둠을 머리에서 발끝까지 뒤집어쓴 그 물체가 빛의 영역 안으로 들어서기까지 아무도 한기호라는 것을 눈치채지 못했다. 빛이 완전히 차단된 동굴 속에서 막 뛰쳐나온 듯한 그가, 가죽점퍼의 목덜미에 헤드록을 걸어 뒤로 잡아당기며 오른발로 최 씨의 등을 누르고 있는 폭력배의 얼굴을 걷어찼다. 가죽점퍼가 캑캑거리며 마른기침을 뱉어냈다. 수갑을 채운 형사가 한기호를 향해 헛주먹을 날렸다. 형사과장이 윗도리를 벗어 사이비 신문기자에게 던진 뒤 한기호를 덮쳤다. 주먹을 날린 형사와 발차기에 나가떨어졌던 폭력배가 그물을 치듯 이중 삼중으로 한기호 위에 올라탔다. 한기호가 고통스럽게 팔을 내저었다. 소매가 딸려 올라간 한기호의 팔목이 가로등 불빛에 희미하게 드러났다. 그가 형사들에게 잡힌 팔을 빼내려 몸부림칠 때마다 소매는 점점 더 위로 올라갔고 팔 중간쯤에 그려진, 동굴벽화 같은 울긋불긋한 문신이 통장의 눈에 들어왔다. 길 건너편에 주차된 차의 문이 열리더니 남자 한 명이 도로를 가로질러 달려오기 시작했다. 그때였다. 통장 얼굴만 내내 쳐다보고 있던 유 관장이 갑자기 기합을 내지르며 오른발을 위로 들어 올렸다가 한기호의 관절을 꺾고 있는 형사 한 명의 등을 향해 내리찍었다. 동시에 관리소장과 통장 남편이 형사과장과 폭력배 두 명을 향해 향해 몸을 날렸다.

두 개의
문

두 개의 문

나뭇잎이 파랄 때 나뭇잎은 정말 파란 것일까.

나뭇잎이 파랄 때, 나뭇잎은 파랗다.

주형이 마지막을 향해 달려가고 있을 때 성희도 마지막을 향해 달려가고 있었다. 두 사람은 가파른 언덕을 올라가고 있는 두 대의 증기기관차처럼 거친 숨을 뱉어내다가 한순간 수면무호흡증 환자처럼 정지 상태가 되었다. 기차는 오래전부터 그 자리에 멈춰 서 있었다는 듯, 꼼짝도 하지 않았다. 한 대는 완전히 시동이 꺼져버린 채, 다른 한 대는 아직 기관의 엔진을 끄지 않은 듯 어둠 속에서 공회전하며.

주형과 연결된 심장박동 그래프가 바람 한 점 없는 잔잔한 아침 바다의 수평선처럼 일직선을 그었다. 성희는 모텔 천장의 조명을 받아 반짝거리는 희고 깨끗한 시트로 아직도 발갛게 부풀어 있는 두 개의 젖꼭지를 끌어 덮었다.

"운명하셨습니다."

담당의가 주형의 심장박동 측정기 모니터를 바라보며 짧게 말했다. 남자 세 명과 여자 한 명이 울음을 터뜨렸다.

"좋았어?"

사내가 발갛게 상기된 성희의 얼굴을 쳐다보며 말했다. 성희가 시트를 얼굴까지 잡아당기며 배시시 웃었다.

6월 22일, 밤 9시 25분이었다. 한 주가 시작되는 월요일이자 빛과 어둠의 길이가 같은 하지였고, 낮 최고기온이 섭씨 29.1도까지 치솟았다. 날씨는 맑았으나 바람이 많이 불었다. 그날 그 시간에 주형은 천국의 문 안으로 입장했고, 성희는 섹스를 경험한 이후 처음으로 천국 밖에서 천국을 맛보았다.

한때는 함께 열리고 함께 닫혔던 문이었다. 닫혀 있었지만, 빗장을 지르지 않아 둘 중 어느 한 사람이 손으로 슬쩍 밀기만 해도 쉽게 열리던 문이었다. 그 문 중 하나는 영원히 닫혔고, 또 하나의 문은 잠시 닫힌 채 다시 열리려고 하고 있었다. 사내가 시트 속으로 얼굴을 파묻자 둔테에서 빗장이 조금씩 빠져나오며 신음이 흘러나왔다.

주형은 보고 있었다. 아니 보였다. 하얀 가운을 입은 의사 두 명―그중 한 명은 응급실 당직 전공의였다―과 간호사, 형님과 경희 누나와 조카 영석이 눈을 감고 있는 자신을 둘러싸고 있는 것을. 레지던트로 보이는 젊은 의사가 오른쪽 젖꼭지 부근과 왼쪽 겨드랑이 아래에 패드를 붙인 뒤 심장 충격기의 버튼을 누르는 것을. 몸이 한 뼘 정도 공중으로 치솟았다가 가라앉으면 AED라고 쓰인 파란색 버튼을 끄고 당직의가 깍지 낀 손바닥으로 가슴을 수차례 압박하고 있는 장면을.

　가슴이 내려갔다가 올라오면서 허파에서 바람이 빠져나가는 듯한 소리가 들렸다. 그러기를 수차례, 형님과 조카가 일련의 조치들을 지켜보고 있는 동안 경희 누나는 고개를 돌려 훌쩍거렸다. 당직 의사의 이마에서 땀방울이 맺혔고, 레지던트가 혼잣말처럼 "반응이 없네" 하며 고개를 돌려 심장박동 측정기의 모니터를 쳐다보았다.

　위에서 내려다보고 있는 주형에게 이 모든 장면이 다 보였고 들렸다. 의사끼리 나누는 대화와 경희 누나의 울음소리, 간호사가 바지 주머니 속에서 뭔가를 끄집어내며 부스럭대는 소리까지 들렸다.

　주형은 캄캄한 터널을 지나고 있었다. 바닥도 공중도 없었다. 무엇인가 있다는 것은 차원의 세계였다. 그가 통과하고 있는 세계는 차원이 없었다. 닿는 것도 없었고 닿지 않는 것도 없었다. 닿지 않았다고 생각하는 순간 닿아 있었고, 닿지 않았다고 생각하자마자 그런 생각은 모든 것에 닿았다. 죽은 몸을 빠져나온 혼백은 아니었다. 하늘로 돌아가는 혼이나 육신과 함께 땅에 묻히는 백도 아니었다. 하늘로 돌아가지 못해 이승을 떠돌아다니는, 귀(鬼) 같은 것은 더더욱 아니었다. 종교적인 영도 아니었다. 그것은 일종의 생각이었다. 그러나 생각이 주형은 아니었다. 생각은 생각하고 있다고 생각해야 생각이 되는데, 그는 생각 그 자체였으므로 생각이라 부를 수 없었다. 존재로서의 생각, 존재 자체가 생각인 존재, 주형은 그것이었다.

　여행하고 있었다. 조금씩 속력을 내면서 어두컴컴한 터널을 통과해, 주형은 거리를 가늠하기 불가능한 어느 지점에서 새어 나오는 한 줄기 빛을 향해, 직선으로 때론 나비처럼 펄럭이며 나아갔다. 그

리고 마침내 광휘에 가득 찬 희고 신비스러운 빛의 덩어리 앞에 도
착했다. 빛과 조우한 느낌은 말로 표현하기 힘들 정도로 아름다웠
다. 살면서 수없이 느꼈던, 아름답다는 말들이 그 빛들이 터뜨리고
있는 '아름다움' 앞에서 무참하게 쓰러졌다. 빛이 주형을 감싸 안았
고, 그는 빛과 하나가 된 느낌에 휩싸였다. 빛은 강렬했지만 눈부시
지는 않았으며 하나의 완벽한 세계를 이루고 있었다. 그 빛의 일부
분에 닿은 주형은 이곳에 계속 머무르고 싶었다. 그것은 되돌아가
고 싶지 않다는 느낌과 비슷했다. 좁고 어두운 산도를 빠져나와 난
생처음 맞닥뜨린 분만실의 인공적인 빛과는 달랐다. 빛의 정체는
온유했고 평화로웠다. 양수에 잠겨 있는 듯 따스했다. 그 빛들은 끝
없이 펼쳐져 있어 부드러운 뭉게구름이 피어 오르고 있는 하늘의
초원 같았다. 주형이 그 초원 속으로 스며들었다. 그리고 지난 일들
이 빛으로 이루어진 홀로그램이 되어 환영처럼 펼쳐지기 시작했다.

*

"애인이라고 해주세요."

"예?"

"애인 모르세요? 사랑하는 남녀 사이 말이에요."

"우리는 애인이 아니……."

"그러니까 청원형으로 말씀드리잖아요?"

"예?"

"해주세요, 라고."

상대가 너무 당돌해서 주형은 불쾌한 기분이 들었다. 본론부터 치고 들어오는 스타일이 마치 자신을 돈 주고 고용한 용역쯤으로 여기는 것 같아서였다. 경규의 부탁에 마지못해 나오긴 했지만, 처음부터 내키는 일은 아니었다.

주형과 경규는 고교 동창이었고 경규는 여자의 분자생물학과 선배였다. 여자가 경규에게 부탁한 일은 누군가의 기선을 제압하는 일이었고, 자신이 없던 녀석은 고민 끝에 주형을 찾았다. 말하자면 경규가 여자로부터 받은 부탁을 다시 주형에게 떠넘긴 셈이었다. 주형은 두 사람과 같은 대학교 체육대학 유도학과 졸업반으로, 전국대회에서 두 번씩이나 우승컵을 거머쥘 만큼 실력을 인정받고 있었다. 졸업 후 대학원에 진학해 학교에 남을 계획으로, 훈련을 마치면 곧장 도서관으로 달려가 이론 공부도 게을리하지 않았다. 며칠 전 도서관을 급습한 경규가 주형을 다짜고짜 술집으로 끌고 갔다. 소주가 서너 병 비워졌을 때 그가 말했다.

"야, 친구 한번 살려주라."

경규는 여자처럼 희고 가느다란 손가락으로 머리를 긁적거렸다.

"너 이 자식, 또 지갑 안 가져왔다는 말하려는 거지? 오늘도 사기 치면 정말 죽인다."

주형이 으름장을 놓으며 며칠 전 술자리에서 일을 상기시켰다.

"아냐, 오늘은 정말 내가 이 차까지 쏜다."

경규가 지갑에서 빳빳한 5만 원권 지폐 세 장을 꺼내 흔들었다. 지난주 이모가 운영하는 노래방에서 계산대 일을 봐주고 받은 돈이라 했다.

"무슨 일인데?"

"강성희, 내가 말했던 과 후배 있잖아?"

"강성희?"

"그래, 학과대표 맡고 있는 삼 학년 여자애."

주형은 그제야 생각났다. 경규가 한동안 술에 취할 때마다 들먹이던 이름이 성희였다. 애가 예쁜데 콧대가 너무 세서 포기하고 대신 선후배로 친하게 지낸다는 얘기를 들었다.

"접었다더니 금세 마음이 바뀐 모양이네."

"그게 아니라 해결사 노릇하게 생겼어."

경규가 헛기침을 했다.

"스토커가 괴롭히는 모양이야. 그것도 아주 지독하게."

"스토커라니, 갑자기 무슨 말이야?"

주형이 입으로 가져가던 술잔을 멈칫거렸다.

"길 건너 T대학 친군데……."

원래부터 답답한 녀석이었다. 친구가 아니라면 엎어치기 한판으로 바닥에 메다 꽂고 싶을 때가 많았다. 주형이 벌컥 화를 냈다.

"인마, 뜸들이지 말고 퍼뜩 말해봐."

"소리 지르지 마. 나 심장 약하단 말이야."

경규의 놀란 눈을 쳐다보며 주형이 장난스럽게 말했다.

"쏘리 쏘리, 소리 안 지를 테니까, 친구여 빨리, 제발 빨리만 말해주오. 기다림에 지쳐 내 심장이 펑크 날 것 같아요."

종강을 며칠 앞두고 학교 후문 쪽 호프집은 학생들이 빽빽하게 들어차 있었다. 빈자리를 찾기 힘들 정도였다. 저녁이 가까워져오는데도 통유리 바깥은 환했다. 탑 블라우스만 걸친 여자 둘이 신호가 끊기기 직전, 횡단보도로 들어섰다. 우회전을 하던 트럭의 사이드미러와 아슬아슬하게 어깨가 스쳤다. 여자들은 도로 한가운데 껌을 내뱉더니 맞은편 유흥가 골목 안으로 빠르게 사라졌다.

"오 개월 전부터 강의실 앞에서 죽치고 있나 봐. 공대생인데 수업이고 뭐고 다 때려치우고 성희만 졸졸 따라다닌다고 하네. 성희가 타고 내리는 지하철역 오 번 출구 앞에서까지. 이러니 사람이 안 미칠 수 있겠니. 따로 만나서 타일러보기도 했는데 요지부동이래. 심지어 사랑을 못 이룰 바엔 같이 죽자고까지 했대."

"그 자식 부모가 불쌍타."

주형이 창문에 붙어 있던 시선을 떼내며 말했다. 유리창으로 한 움큼의 석양빛이 쏟아져 들어왔다.

"오죽했으면 나한테 부탁했겠냐? 네가 봐도 나 비실거리잖아."

경규가 여자처럼 희고 가느다란 팔목을 주형에게 내밀며 웃었다.

"하긴 오죽했으면."

"처음엔 그러거나 말거나 했는데 이젠 생명의 위협까지 느끼나 봐."

"같이 죽자며 칼이라도 들이밀었대?"

"그건 아닌데, 얼마 전엔 알랭 드 보통의 소설책 『왜 나는 너를 사랑하는가?』를 던져주고 갔는데 성희가 펴보니 첫 장에 혈서가 쓰여 있더래."

"혈서씩이나? 그 자식 무슨 독립운동하냐."

해거름 녘의 석양이 유리창에 스며들면서 주형의 얼굴이 조금씩 불그레해지기 시작했다. 경규가 백태가 낀 혓바닥으로 마른 입술을 훔쳤다.

"당신의 내세까지 함께 할 W로부터, 이렇게 적혀 있더라는 거야."

"열대야에 납량특집까지, 야, 올여름 진짜 덥다 더워."

주형이 손바닥으로 탁자를 내려치더니 벌떡 일어섰다.

"너, 오늘 노래방도 책임지는 거야, 알았지!"

그날 경규는 지갑을 탈탈 털었다. 주형이 만취한 녀석의 호주머니에 택시비를 찔러주었다.

＊

주형은 다음 날인 오늘 오후 5시에 성희와 마주하고 있다.

"애인? 이것 참, 알았어요. 한 시간 내로 올 테니 술이나 사주세요."

"엘 아모르에서 기다릴게요."

여자가 약속 장소를 일방적으로 정했다. 주형은 그 길로 지하철 5번 출구로 달려갔다. 성희가 말한 대로 스토커는 팔짱을 낀 채 누군가를 기다리는 것처럼 주위를 두리번거리고 있었다. 생각했던 거와는 달리 상대는 쉽게 고개를 꺾었다. 날씨도 더운데 굳이 완력을 써가며 땀을 흘릴 필요조차 없었다. 주형의 이글거리는 눈빛과 반팔 라운드 티를 가득히 밀어내고 있는 단단한 근육에 눌린 녀석은 "죄송합니다"라는 말을 내뱉고는 지하철 계단을 도망치듯이 뛰어 내려갔다. 주형은 남자의 흔들리는 등짝을 바라보다 발걸음을 옮겼다. 잘 해결되었다고 경규에게 전화를 해줄까 생각하다 픽, 웃음이 났다. 술병이 났다는 핑계로 코빼기도 비치지 않은 녀석. 7월의 태양이 짧은 머리칼이 겨우 가리고 있는 두피 속으로 열기를 쏟아부었다.

*

엘 아모르. 카페 겸 주점인 이곳은 학생들 사이에 인기가 있었다. 스페인어로 '사랑'을 의미하는 가게 이름 그대로, 사랑하는 연인들끼리 분위기를 잡고 싶거나 특별한 날―이를테면 생일이든지 만난지 100일째 되는 날 따위―에 찾는 곳인데 앉았다 하면 10만 원을 훌쩍 넘기는 비용이 부담스럽긴 했지만 그윽한 눈빛으로 서로를 바라볼 수 있다는 것만으로 커플들은 기꺼이 지갑을 열었다. 엘 아모르가 유명해진 데는, 주인이 퍼트렸는지 모르겠지만 여기서 고백을하면 사랑이 이루어진다는 루머가 한몫을 했다. 썸을 타는 중인 학생들은 이곳을 수시로 들락거리며 소문의 진위를 확인하곤 했다.

실내는 넓고 조용했다. 주형이 계산대를 지나치는데 구석진 자리에서 손이 번쩍 올라왔다. 천장의 간접조명이 벽을 타고 은은하게 흘러내리는 곳이었다. 출입문을 밀고 들어설 때부터 여자가 보고 있었던 것 같다. 한 시간 전 커피숍에서 처음 만났을 땐 몰랐는데, 민소매 밖으로 빠져나온 동그란 어깨가 예뻤다. 어깨뼈를 감싸고 있는 피부가 조명을 빨아들이며 우윳빛으로 반짝거렸다.

"해결하셨겠죠?"

여자가 웃고 있었다. 조명이 도톰한 입술을 반사했다. 아침이슬을 머금고 있는 풀잎처럼 촉촉해 보였다.

"이젠 댁이 애걸복걸해도 안 만나줄 겁니다."

주형이 그녀의 어깨 쪽으로 시선을 옮기며 말했다.

"아, 아, 좋아라. 정말 수고하셨어요."

도도하고 무례해 보이기까지 하던 첫인상과는 달리, 여자는 두 발을 구르며 어쩔 줄 몰라 했다. 생일선물을 받아들고 아빠 어깨에 폴짝 매달리는, 가식이라고는 전혀 부릴 줄 모르는 철부지 어린아이처럼 보였다. 북방 여인처럼 눈꼬리가 살짝 찢어져 있었고 쌍꺼풀도 없어 성형을 하지 않은 것 같았다. 자연 그대로 타고난 미인이었다. 쇼윈도의 마네킹 같은 인공 미인들과는 달랐다. 입을 크게 벌리고 웃어 목젖이 다 드러났다. 내숭이라고는 눈곱만큼도 없었다. 그녀는 본능에 따라 희로애락을 가감 없이 보여주었다. 그 모습에 주형은 처음엔 당황했다. 그러나 차츰 순수함으로 다가왔다. 스토커 녀석이 이 여자에게 왜 그렇게 목 매달았는지, 왜 혈서까지 썼는지 알 것 같았다

"근데, 여기는 내 주량을 감당하지 못할 것 같은데."

주형이 영어로 복잡하게 쓰인 메뉴판을 뒤적거리며 웃었다.

"그래도 오늘은 소주 사절이에요."

"그럼 제 몫까지 알아서 시켜주세요."

"정말요? 그래도 오늘의 주인공은 주형 씬데."

"운동만 하는 놈이라 복잡한 건 질색이거든요. 메뉴판에 쓰

인······."

여자가 알아들었다는 듯 고개를 끄덕거리며 웨이터를 불렀다.

"경규, 불러낼까요."

주형이 여자의 검은 눈을 들여다보며 말했다.

"아니요. 오늘은 우리 둘이서만 축하하고 싶은데요."

잠시 후 남자 웨이터가 병마개에 빨간 망토를 뒤집어씌운 듯한 와인 한 병과 치즈, 청포도와 잣이 담긴 은쟁반을 놓고 나갔다.

"나쁜 사람같이 보이진 않았어요."

"싸우셨나요?"

"웬걸요. 그 친구도 오늘이 최고 더운 날이라는 것을 알고 있었나 봐요."

"여차하면 후리기 한 판으로 제압할 줄 알았는데, 싱겁게 끝났네요."

여자가 깔깔거렸다. 웃을 때마다 턱 아래 양쪽에 보조개가 패었다. 유도 기술에 관한 주형의 말이 잘 이해되지 않을 땐 상대의 말을 가슴으로 끌어안듯 숨을 깊이 들이마셨다가 내뱉곤 했다. 말이 끊어지면 청포도 가지에서 알을 떼 주형에게 건네주기도 했다. 주형도 굳은살이 박인 두툼한 손바닥으로 잣을 집어 여자에게 건넸다. 와인 두 병이 비워지자 주형이 여자에게 허락을 얻어 보드카를 주문했다. 그 술도 금세 바닥을 드러냈다.

"술이 정말 세네요."

주형이 대답 대신 여자의 이름을 처음으로 불렀다.

"성희 씨."

"네."

"성희 씨."

"네?"

"성희야."

"취하셨네요."

"안 취했어요."

"취했는데요. 오늘 하루만 봐줄게요."

"세 시간 전에 나보고 애인해달라고 부탁했죠?"

"그거야 음……, 그래야만 스토커가 물러설 것 같아서."

"이젠 내가 부탁해도 될까요?"

"아아, 어쩌나."

"왜요?"

"들어줘야 할 것 같아서요."

그렇게 주형과 성희는 애인이 되었다. 엘 아모르의 여주인이 퍼뜨렸을 소문을 증명이라도 하듯.

연인이 된 둘은 1년 동안 대한민국을 샅샅이 훑었다. 최북단인 강원도 고성부터 땅끝마을까지. 제주도와 우도, 울릉도와 독도도 다녀왔다. 내년부터 틈나는 대로 국내 오지마을과 남미로 진출할 계획을 세웠다. 해가 바뀌자 성희는 바이오 관련 기업체에 취직할 요량으로 스펙 쌓기에 몰두했다. 주형은 석사과정에 진학해 학과 조교를 맡았다. 인터넷에 떠도는 '사랑의 유효기간'이라는 말은 엘 아모르의 루머에 비하면 신뢰도 0퍼센트에 가까웠다. 약효가 떨어지면 사랑도 식는다는 주장은 엉터리에 불과한 속설이었다. 도파민과

옥시토신이 끝없이 흘러나왔으며 주형과 성희의 사랑은 무적의 엑스칼리버 검이었다. 칼을 휘두르기만 해도 사랑의 유효기간은 고통스럽게 피를 뿜어내며 숨을 거두었다. 시간이 끝까지 움켜쥐고 있던 방패는 도끼를 맞은 마른 장작처럼 반으로 갈라졌다. 사랑에 눈이 먼 연인답게, 가진 것 모두를 서로를 향해 아낌없이 쏟아부었다. 결혼하기 전까지 100번을 채우자는 목표를 세워 사랑도 나누었다.

왕십리 토박이인 주형과 달리 성희는 전라도 장흥에서 올라온 국내 유학파였다. 3학년까지 기숙사에서 생활하다가 신청 마감일을 깜빡 놓치는 바람에 4학년 1학기부터는 원룸을 얻었다. 방값과 생활비의 절반은 고향에서 부쳐주는 대신 나머지는 아르바이트로 해결했다. 경희가 다니는 생물학과는 분자생물학 분야에서는 국내 대학 중 최고였다. 취직률에 있어서 선두를 빼앗긴 적이 없었다. 교수들은 작년까지의 통계로 볼 때 올해도 졸업생의 90퍼센트 이상이 국가연구소나 기업체에 무난히 입사할 수 있을 것으로 내다봤다. 성희에게는 새로운 꿈이 생겼다. 취직 후 바로 결혼식을 올리고 주형이 전임을 딸 때까지 뒷바라지를 하겠다는 결심이었다. 일주일을 머뭇거린 끝에 주형도 성희의 제안을 받아들였다. 교수가 되기만 하면 그동안의 희생을 천 배로 갚아준다는 조건을 내걸었다. 하루에 키스 열 번, 사흘에 한 번 천국행 몸 기차 태워주기, 국내여행은 최소한 2박 3일로. 여름휴가 때는 해외여행.

성희가 목젖을 드러내며 깔깔거렸다. 두 사람은 가위바위보 게임을 하며 가파른 계단을 오르기 시작했다.

*

늦가을이었다. 캠퍼스는 황금빛으로 넘실거렸다. 백양나무와 모과나무의 노란 잎들과 두 나무들 사이에 낀 노르웨이 단풍나무는 붉게 물든 이파리를 흔들며 마지막 자태를 드러내고 있었다. 성희가 다니는 생명과학대는 정문에서 100여 미터 정도 떨어진 본관 옆에 있었다. 체육대학과 대학원 건물은 캠퍼스 맨 안쪽 후문 가까이 있었다.

주형은 오전에 두 시간짜리 유도트레이닝방법론에 관한 이론 수업을 듣고 다음 주까지 제출해야 할 리포트 작성을 위해 도서관으로 가고 있었다. 타원형의 캠퍼스는 정문에서 후문 방향으로 오르막길이 계속되어 학생들은 대개 후문을 이용했다. 각종 편의시설과 음식점, 주점, 피시방들도 그쪽에 몰려 있었다. 그는 이마를 짧게 덮고 있는 머리칼을 손으로 한번 빗어 올리고는 하늘을 올려다보았다. 오전까지만 해도 돌멩이를 던지면 쨍그랑하며 유리창 깨지는 소리를 낼 것처럼 맑고 청아한 하늘이었는데, 먹구름이 잔뜩 몰려와 있었다. 바람이 캠퍼스 광장을 가로지를 때마다 나뭇잎들이 공중으로 흩어졌다가 종이비행기처럼 머리 위를 지그재그로 날아다녔다. 방향을 잃은 잎들은 광장 한가운데로 떨어졌다가 다시 바람에 실려 학생들이 걸어 다니는 도로 양옆으로 떼 지어 몰려다녔다. 어떤 잎들은 단과대학 입구까지 쫓겨났다가 더 이상 물러날 데가 없다는 듯 출입구 옆 구석진 곳마다 야트막하게 쌓였다. 주형이 숨을 몰아쉬며 분수대를 지나가고 있을 때 바지 호주머니에 넣어둔 핸드폰이 바르르 떨리며 허벅지를 간지럽혔다. 수업 때 진동으로 해놓은 걸 깜빡 잊고 풀지 않았다. 홈 버튼을 누르자 화면에 '베아트리체'라는 문자메시지가 떠 있었다. 베아트리체는 주형이 지어준 성희의 애칭이었다. 단테가 사랑한 여인, 그것도 아홉 살 때 첫눈에 반해 죽을 때까지. 『신곡』의 첫 장부터 마지막 장까지 도배한 여인. 단테가 그녀의 아름다움과 선량함에 반한 일생토록 무한한 존경을 바친 여인. '연옥'편에서 그곳을 여행하는 자신을 줄곧 눈부시게 비춰주다가 마침내 천국으로 올라가는 영적인 존재 베아트리체. 주형에게 성희는 베아트리체와 같은 불멸의 여인이었다. 주형이 벤치에 가방을 내려놓고 문자를 읽었다.

　─주형 씨 미안ㅠㅠ. 내 침대 옆에 분자생물세포학2 책이 있을 거야. 좀 갖다줄래. 비밀번호 알지? 어제보다 더 사랑해.

＊

　성희가 없는 성희의 방은 낯설었다. 수시로 들락거렸고 한 달에 두어 번 같이 술을 마시다 자고 가기도 했던 방이었다. 그때는 제 집처럼 편안하고 익숙했는데 그것은 성희가 있기 때문이다. 아무도 없는 원룸에 들어선 주형은 자신이 빈집털이범이라도 된 것처럼 마음이 편치 않았다. 계단을 올라오는 사소한 발자국 소리에도 신경이 쓰였고, 5층에 사는 집주인이 문을 열고 들어올 것 같아서 잠금장치를 확인하기까지 했다. 손바닥만 한 원룸이라 책은 금방 눈에 띄었다. 침대 머리맡에 『분자생물세포학』이라고 쓰인 두꺼운 양장

본과 김애란, 공지영의 소설책 두 권이 이불 위에 페이지가 펼쳐진 채 있었다.

주형이 들를 때마다 성희의 원룸은 깔끔하게 정리되어 있었는데, 똥 누는 모습 외에 감추는 것이라고는 전혀 없을 것 같던 성희에게도 이런 면이 있구나 생각하니 웃음이 나왔다. 찬찬히 살펴보니 늘 잠겨 있던 맨 아래쪽 책상 서랍도 빼꼼히 열려 있는 데다 꽃무늬 양말 한 짝과 아무렇게나 접어놓은 민소매 블라우스가 의자 팔걸이에 구겨져 있었다. 화장실 문도 열려 있었고 역한 냄새가 나서 고개를 돌려보니 싱크대에 퉁퉁 불은 라면과 김치 조각들이 양은냄비에 담겨 있었다. 주형은 소설책들을 집어 책꽂이에 가지런하게 꽂은 뒤 서랍을 닫으려 허리를 숙였다.

허리를 숙이지 말았어야 했다. 발끝으로도 얼마든지 닫을 수 있었는데, 허리를 굽히자 고개가 자연스럽게 숙여졌다. 서랍을 닫으려다 자신도 모르게 서랍 고리를 당겼고 서랍이 통째로 빠져나왔다. 맨 안쪽에 까만 가죽장정이 입혀진 수첩 같은 것이 눈에 띄었다.

주형은 수첩의 똑딱 단추를 끌렀다. 힘을 가하자 수단추가 암단추의 앙 다문 세계를 밀어냈다. 맞물려 있던 두 개의 세계가 분리되면서 똑, 하는 소리가 났다. 하나의 세계를 잃어버린 공간은 눈알이 빠져나간 눈구멍처럼 텅 비어 있었으나 안쪽까지는 보이지 않았다. 오랫동안 합체된 세계였을, 그러나 주형에게 하나의 세계를 빼앗겨버린 암단추의 깊고 어두컴컴한 세계에서 지금까지 한 번도 보지 못한 무언가 튀어나올 것 같았다.

주형이 수첩의 표지를 넘기고 떨리는 손으로 그 수첩을 다시 덮는

데는 10분이나 걸렸다. 조금 전부터 손가락 끝이 파킨스병 환자처럼 떨렸다. 아무리 힘을 줘도 떨림은 잘려나간 도마뱀 꼬리처럼 주형의 손끝에서 꿈틀거렸다.

*

수첩에는 성희의 지난 5년이 연대기로 기록되어 있었다. 고등학교 2학년인 열여덟 살 때부터 주형을 처음 만났던 작년 7월까지, 그녀가 만난 남자들과 특별히 기억에 남을 만한 사건이나 이벤트, 헤어진 날짜가 시간 순으로 적혀 있었다.

기록에 따르면 주형은 다섯 번째 남자였다. 과거가 좀 복잡하긴 해도 성희는 매력적인 여자였으므로 몇몇 남자들과 연애하고 헤어진 것쯤이야 충분히 이해하고 넘어가줄 만했다. 놀라운 것은 스토커가 네 번째 남자였다는 사실이었다. 송철규, 단추를 끄르기 전까지 주형의 대뇌에 스토커로 저장되어 있던 남자의 이름이었다. 자신과 눈치 빠른 경규마저 속아 넘어갔다는 배신감에 친구에게 확인하기 위해 핸드폰을 꺼냈다가 도로 집어넣었다. 흥분이 경규가 일본으로 유학을 떠났다는 사실조차 깜빡하도록 만들었다. 주형은 머릿속에 달라붙은 벌레를 떼어내는 것처럼 고개를 좌우로 흔들었다. 머리를 흔들고 있을 동안 거꾸로 덮어놓은 수첩 밑에서 흉측한 가면을 뒤집어쓴 배신과 분노, 미움과 의심 같은 요상한 괴물들이 스멀스멀 기어 나왔다. 그것들은 한순간 수십 마리의 날 것으로 변해 주형의 눈앞을 어지럽게 날아다녔다. 서로 부딪힐 때마다 한 마리가 두 마리, 두 마리가 네 마리씩으로 체세포분열을 거듭하더니 마침내 온 방 안이 벌레들의 날갯짓 소리로 가득 찼다.

불가피한 사정이 있었을 거야. 자세를 고쳐 앉으며 주형은 되도록이면 평정심을 유지하려고 애썼다. 상대와 마주한 경기장에서처럼, 숨을 깊게 빨아들인 뒤 천천히 내뱉었다. 평정심을 잃으면 그 경기는 해보나마나야. 실력이 종이 한 장 차이인 본선에선 그것이 승부를 결정짓는 거야. 감독이 예선을 통과한 선수들에게 귀에 딱지가 앉을 만큼 강조하던 훈시였다. 하지만 이것은 이기고 지고의 문제가 아니다. 배신과 분노의 급류를 맨몸으로 헤엄쳐 용서와 이해의 초원이 펼쳐져 있는 강 너머로 건너가야 했다. 강 한가운데 회오리치고 있는 불신의 소용돌이 속으로 빨려 들어가지 않기 위해 버둥거려야 했다. 성희를 이해하려면 2년 전의 기억을 떠올리는 게 필요했다. 도대체 그녀는 옛 애인에 대한 아무런 설명 없이 단지 '스토커'라는 말로 경규와 자신을 속였을까. 스토커가 된 네 번째 애인인 철규가 도망치지 않고 자신의 정체를 밝혔다면 금방 탄로 날 거짓말이 아닌가. 머리 좋은 성희가 그 정도도 예상하지 못할 만큼 어리석지는 않을 것이다. 그렇다면 경규와 자신을 철저하게 무시했다는 것으로밖에 설명이 안 된다. 옛 애인을 떼어내기 위해서 무슨 짓이라도 할 수 있는 여자, 지금껏 내가 사랑한 베아트리체가 바로 이 여자란 말인가. 문득 철규와 처음 대면했던 장면이 떠올랐다. 그때는 꼬리를 말아 넣고 도망쳤다고 생각했는데 가만히 생각해보니 그는 도망친 것이 아니었다. 겁먹은 얼굴도 아니었고 다만 예의가 바른 청년이었을 뿐이었다. 성희에게 새 애인이 생겼다고 판단한 그

친구는 남자답게 순순히 물러났던 거였다. 지하철 출입구에서 바라본 철규의 흔들리는 등짝은 비겁함보다는 슬픈 남자의 속울음이었을 가능성이 높았다. 그것을 꼬리를 말아 넣고 줄행랑쳤다고 착각해 성희에게 우쭐거렸던 자신의 치기가 부끄러워졌다.

아까부터 핸드폰이 울렸지만 주형은 받지 않았다. 술이 필요했다. 그는 현관문을 잠그지도 않고 원룸건물 앞 '미니스톱' 편의점에서 소주와 맥주를 사와 안주도 없이 병째 술을 들이켰다. 한 시간이 지나자 술 세 병이 바닥을 드러냈다. 그때쯤 채광창이 어둑어둑해지면서 벽지에 장식된 동백꽃들의 목이 뚝뚝 부러졌다. 천장이 사이키 조명처럼 빙글빙글 돌아가더니 한쪽으로 기울어진 방바닥이 공중으로 떠오르기 시작할 때쯤, 주형은 정신을 잃었다.

＊

눈을 감고 있어도 누군가의 안광이 눈꺼풀 속으로 파고들 때가 있다.

"무슨 짓이야!"

성희가 한손에 핸드폰을 들고 큰 대자로 누워 있는 주형을 위에서 노려보고 있었다. 방 안이 정돈된 것으로 보아 도착한 지 한참이나 된 듯 보였다.

"왔어?"

주형이 술이 덜 깬 벌건 얼굴로 몸을 부스스 일으켰다.

"지금 내 집에서 무슨 짓을 한 거냐고 묻고 있잖아."

"그건 내가 묻고 싶은 말이네."

주형이 널브러진 술병들을 한쪽으로 치웠다.

"수업 때문에 책 좀 갖다 달라 했더니 대낮부터 만취해서. 자기, 알코올중독자였어?"

성희가 두꺼비처럼 양볼에 바람을 잔뜩 불어넣었다. 화가 났다는 표시다.

"차라리 내가 알코올중독자였음 좋겠다. 중독자들은 술 마실 동안 오직 술만을 생각하잖아."

"서랍은 왜 뒤졌어! 치사하게 남의 일기장이나 훔쳐보고!"

성희가 서랍에서 수첩을 꺼내 방바닥에 내팽개쳤다.

"그건 미안해. 하지만 보려고 본 건 아니야. 그냥 열려 있길래."

"아무리 사랑하는 사이라도 프라이버시가 있는 거야. 넌, 네 똥 누구에게 보여주니?"

"내가 너한테 누구밖에 안되니?"

"살아 숨 쉬는 모든 것들은 서로에게 다 누구밖에 안 돼. 그게 살아 있다는 증거야."

"그런 건 괜히 똥 폼 잡는 개똥철학자들이나 하는 말이지. 생물학 전공한다고 유식한 척하지 마."

성희가 수첩에 아무것도 적혀 있지 않는 듯, 분을 삭이지 못하고 팔짱을 끼었다 풀었다 했다. 주형은 어이가 없었다. 정작 화를 낼 사람이 누군데? 성희가 위기를 모면하기 위해 선수치고 있다는 생각이 들었다.

"제발 내가 유식한 척 굴지 않도록 행동해줬으면 좋겠어."

평생 유도와 관련된 전공책 외엔 독서를 하지 않는 주형을 비꼬는 말이었다. 아킬레스건을 걷어차인 주형이 소리쳤다.

"그러는 넌 얼마나 유식해서 걸……."

아무리 화가 나도 결코 입에 담아서는 안 되는 말이었다. 주형이 혀끝에서 떨어져나가려고 하는 뒤 음절을 빠르게 낚아챘다.

"그래 난 걸레다. 걸레는 빨아도 걸레라며? 그럼 걸레 년하고 노는 넌 뭐니?"

성희가 두 손으로 얼굴을 감싼 채 주저앉더니 울음을 터뜨렸다. 죽을 만큼 욕을 얻어먹다가 겨우 멱살 한 번을 잡았는데, 주형이 옴팍 뒤집어쓴 꼴이 되었다. 성희가 경규와 주형을 속인 것과 복잡한 애정 행각들은 온데간데없어지고 수첩을 훔쳐본 사실만 뻥튀기 과자처럼 크게 부풀려졌다. 한 번 밀리기 시작하자 수첩에 적힌 것들을 물어보기는커녕 그녀가 뱉어내는 불만에 대해 반격할 기회조차 주어지지 않았다. 지지난달 성희의 생일날, 초대한 친구들 앞에서 술에 취해 횡설수설했던 일, 여자가 먼저 결혼 이야기를 끄집어내도록 만든 눈치 없음, 어깨에 비듬을 잔뜩 묻히고 다니는 지저분함, 그물에 걸린 고기라 생각하지 않고선 전화를 제때 받지 않는 일이 절대 생길 수 없다는 둥, 말도 되지 않는 불만을 끝없이 쏟아내기 시작했다.

주형은 성희가 위선적으로 느껴졌다. 성희의 터뜨린 불만은 사실이라 해도 일기장을 들키기 전까지 한 번도 불평을 늘어놓은 적이 없었던 것이었다. 그중 어떤 것들은 오히려 "그런 점 때문에 내가 끌렸어."라고까지 했던 적이 있었다. 주형은 문득 철규가 생각났다.

옛사랑을 못 잊어 성희 곁을 맴돌다가 하루아침에 스토커가 된 남자. 전례로 볼 때 어느 날 격투기 챔피언이 찾아와 주형을 스토커로 몰아붙일지도 모를 일이었다. 더 이상 끌다간 성희의 뺨을 한 대 때릴지도 모를 일이다. 그런 일이 벌어진다면 지난 2년간의 추억은 고사하고 추한 기억만 남을 것 같았다. 주형이 가방에 넣었던 분자생물학 책을 꺼내 그녀의 책상에 올려놓았다. 그리고 현관문을 향해 걸어갔다. 등 뒤에서 성희의 울음 섞인 목소리가 들렸다.

"그 문 나서면 우리 끝이야."

주형이 그 문을 열고 나갔다.

조용한
혁명

조용한 혁명

분명히 이 근처였는데…….

등산용 삽으로 흙을 파다가 혁재가 중얼거렸다. 삽날이 딱딱한 땅에 부딪힐 때마다 금속성의 진동이 전류처럼 손바닥을 타고 올라왔다. 계속된 한파에 땅이 얼어붙어 있었다. 손가락 한 마디 정도를 파내려가는 데 30분이 걸렸다. 혁재는 장갑을 가져오지 않은 경솔함을 후회했다. 조금씩 손의 감각이 사라지고 뻣뻣해지기 시작했다. 바람이 파카 깃 안으로 파고들자 땀에 젖은 몸이 으스스 떨려왔다. 겨울 산은 속살을 쉽게 드러내지 않았다. 눈으로 뒤덮인 소실봉은 등산로에서 몇 발자국만 벗어나도 어디가 어디인지 구분할 수 없었다.

어제 오후 네 시쯤 꼬맹이를 묻고 있을 때였다. 등산복 차림의 아주머니 두 명이 두런거리며 옆을 지나갔다. 그중 한 명과 눈이 마주쳤는데 여자가 먼저 눈길을 피했다. 살인한 시체 매장 현장을 들킨 것처럼 가슴이 철렁 내려앉았다. 혁재는 어제 오후 낙엽으로 매장 흔적을 도드라지게 덮은 뒤 산을 내려왔다. 하루가 지난 지금, 어느

곳에도 낙엽 더미는 없었다. 등산 진입로에서 올라와 상수리나무를 끼고 우측으로 꺾인 후미진 곳, 이 장소에 꼬맹이를 묻었다. 무언가에 홀린 기분이었다.

땅을 파다 말고 혁재는 무심결에 고개를 왼쪽으로 돌렸다. 멀리 S 아파트가 장승처럼 서 있었다. 어제 꼬맹이를 묻는 도중 허리께가 끊어질 듯 아팠다. 잠시 몸을 일으켰을 때 아파트 측면이 비스듬하게 눈에 들어왔다. 브랜드를 상징하는 푸른색 로고 밑에 205라는 동 수가 고딕체로 쓰여 있었다. 혁재는 누군가 발코니에 빨래를 널다가 매장 현장을 보고 있을까 봐 서둘러 땅을 팠다. 기억을 더듬자 매장 당시의 일이 또렷하게 떠올랐다. 그런데 아무리 부근을 샅샅이 훑어도 매장한 흔적이 보이지 않았다. 등산로를 착각할 리는 없었다. 이 아파트에 이사 온 지 10년이 넘었다. 주말마다 올랐던 산이라 부근의 지리는 손금 보듯 꿰뚫고 있었다.

사흘 전이었다. 꼬맹이가 설사를 하기 시작했다. 기른 지 14년이된 순종 몰티즈 수컷이다. 열네 살이라는 나이는 사람으로 치면 칠순을 넘긴, 말하자면 할배였다. 털이 재스민 꽃잎처럼 새하얬다. 꼬맹이는 가을에 접어들면서 자주 아팠다. 동물병원에 데려가면 노견이라 그렇다고 했다. 그날은 전과 달리 변이 심상찮았다. 쌀뜨물 같은 설사를 현관과 방 앞에 흘려놓았다. 아내는 병원에 전화를 걸었고 수의사는 오전에는 예약이 많으니 오후에 데려오라고 시큰둥하게 대답하곤 먼저 전화를 끊었다. 개자식! 화가 났다. 강아지가 죽어가고 있는데 오후라니! 자동차 정비회사에 다니는 정우와 대학원생 딸 순경은 걱정스럽게 꼬맹이를 지켜보다가 집을 나섰다. 혁재는 출근을 미루고 다른 병원에 전화를 걸었다. 여자 수의사는 지금 당장 오라고 했다. 꼬맹이는 사흘간 병원 치료를 받았으나 차도가 없었다. 옆으로 늘어진 채 헉헉거리며 숨을 몰아쉬었다. 토요일인 어제 아침 혁재 가족이 지켜보는 가운데 숨을 거두었다. 눈을 감은 모습이 요 며칠간 신음소리를 낼 때보다 편안해 보였다. 죽음이란 죽음의 과정에 들어가는 것보다 편할 수도 있다. 아내와 아들은 눈시울을 붉혔고 딸은 하루 종일 울음을 그치지 않았다. 혁재는 울지 않았다. 가슴이 먹먹했지만 가족 앞에서 눈물을 내비치긴 싫었다. 딸아이가 소리 내 울고 있을 동안 슬픔을 이겨내는 사람이 가장이라는 듯, 그는 억지로 눈을 치켜떴다. 그때 순경이 고민을 말했다.

"꼬맹이를 어떻게 처리하지?"

순경은 감성과 이성이 고르게 발달한 아이였다. 슬픔은 슬픔대로, 이성은 이성대로 다른 회로를 통해 작동하고 있는 것 같았다. 꼬맹이의 죽음에 맘껏 슬픔을 드러내면서 한편으로 시체를 어떻게 처리할지 고민했다. 아무도 대답을 하지 못했다.

혁재는 자신의 첫 직장이었던 가구공장 사장이 공장 앞마당에서 기르던 누렁이를 잡아먹던 날의 장면이 떠올랐다. 당시 사장은 폐결핵으로 고생하고 있었다. 볕이 좋은 날, 사장은 마당에서 뛰어노는 누렁이를 바라보며 입맛을 쩍쩍 다시곤 했다.

"두 달은 더 키워야 되겠네. 그때가 강생이 때보다 살점이 더 쫄깃하거든."

사장은 경상도 창녕 출신이었다. 강아지를 항상 강생이라 불렀다. 누렁이는 사장의 의도를 알아챈 듯 며칠 뒤 쥐약을 먹고 죽었다. 가구공장에는 쥐들이 들끓었으며 혁재가 다니던 공장도 예외는 아니었다. 사장은 슬퍼하기는커녕 화를 벌컥 냈다.

"저놈의 새끼, 밥도 충분히 줬는데. 왜 쥐 밥까지 뺏어 먹었어!"

사장은 하루 종일 누렁이의 주검 주위를 배회했다. 그날 오후 사장의 처가 공장 뒷마당에 솥단지를 내걸었다. 쥐약 때문에 누렁이는 위와 창자만 제거된 채 사장의 뱃속으로 들어갔다. 푹 삶아진 누렁이는 양동이에 담겨 바람이 잘 통하는 공장 식당 뒤쪽에 보관되었다. 사장 처는 끼니때마다 메밀묵처럼 단단하게 굳어진 보신탕을 한 국자씩 퍼서 연탄불에 끓였고, 사장은 땀을 뻘뻘 흘리며 누렁이를 먹었다. 사장은 그해 겨울을 무사히 넘기고 다음 해 회사가 망하자마자 각혈을 하며 죽었다.

혁재가 한 줌밖에 안 되는 꼬맹이의 주검을 바라보다가 말했다.

"순경아, 뒷산에 묻어주는 게 어때. 꼬맹이도 한 번씩 산책을 갔던 곳이니 덜 낯설 테고."

"이 한겨울에?"

순경이 울음에 잠긴 목소리로 물었다.

"방법이 없잖아. 그냥 내다 버릴 수는 없고."

혁재도 차가운 땅속에 꼬맹이를 묻는다는 것이 마음에 내키지 않았다. 그러나 모든 생명은 숨이 끊어지는 순간 산 사람의 눈에 띄어서는 안 되는 것이 아닌가. 사람도 그런데, 짐승이야 당연한 것이 아니냐는 생각이 들었다. 숨을 쉬고 있는 한, 삶도 죽음도 모두 잔인했다. KBS에서 방영하는 〈동물의 왕국〉에서 아프리카 들개 리카온이 살아 있는 누의 창자를 꺼내 먹는 장면이 눈앞을 어른거리며 지나갔다. 어느 책에서 읽은 "살아 있다는 것은 일종의 폭력이다"라는 글귀도 떠올랐다.

혁재는 저녁 약속이 잡혀 있었다. 송년모임을 신년하례로 대체한 중학교 동창 모임이었다. 양재동 횟집에서 여섯 시에 만나기로 되어 있었다. 혁재는 아직 전철이 들어오지 않은 용인 외곽 지역의 아파트에 살고 있었다. 약속 장소까지 가기 위해선 버스와 전철을 세 번이나 갈아타야 했다. 적어도 두 시간 전에 집을 나서야 제 시간에 도착할 수 있었다. 시계를 보고 있는 동안 아내와 아들은 아무 말이 없었다.

"화장해줘야 할 것 같아. 십사 년이나 함께 살았는데 가족이나 마찬가지잖아. 제대로 해준 것도 없었는데 가는 길이라도 정성껏 해줘야지."

딸의 말이 채 끝나지도 않았는데 아내가 끼어들었다.

"화장이 매장보다 정성스럽다는 거야?"

아내의 말은 화장하는 데 돈이 얼마나 드는지 알고 하는 소리야? 라고 되묻는 것이다.

"옆 동에 사는 친구 있잖아, 왜 남편과 이혼하고 푸들 두 마리 키운다는 그 집."

아내가 무슨 말을 끄집어내려 하는지 짐작 가는 것이 있다. 얼마 전에 그 집에서 키우던 푸들이 죽었는데 애견가인 아내의 친구 남편이 화장을 했는데 오십만 원이나 들었다는 이야기를 하고 싶은 거였다. 그 일로 부부 싸움까지 했던 모양이었다.

*

꼬맹이는 유기견이었다. 13년 전 여름, 장맛비가 세차게 내리는 저녁이었다. 순경이 중학교 2학년 때였다. 학원 과외를 마치고 집으로 돌아오다가 아파트 출입문 앞에서 바들바들 떨고 있는 강아지 한 마리를 데리고 왔다. 이빨을 살펴보니 태어난 지 1년이 채 안 돼 보였다. 딸은 강아지가 온몸이 비에 흠뻑 젖었고, 검고 반짝이는 눈이 너무 슬퍼 보여 그대로 놔두고 올 수 없었다. 꼬맹이와 혁재 가족의 동거가 시작되었다. 개를 싫어하는 아내는 처음엔 반대했다. 하지만 자식의 미래 앞에서 무릎을 꿇었다. 순경이 다음 모의고사 때 전교에서 3등 안에 드는 조건이었다. 순경은 아내와 약속을 지켰을 뿐 아니라 전교 1등이라는 기적을 만들어내었다. 그때부터 꼬맹이는 우리 집 보물이 되었다.

얼마 지나지 않아 꼬맹이는 사회성을 잃어버린 개라는 것을 알게 되었다. 전 주인에게 학대를 받았고, 버려진 뒤 더 심한 학대를 경험한 것 같았다. 혁재 가족이나 외부인이 가까이 다가서면 뒷걸음질을 치기 일쑤였고 손이 몸에 닿기라도 하면 자지러질 듯 비명을 질러댔다. 목욕이라도 시키려 하면 쉴 새 없이 몸부림을 치는 바람에 가족 모두 목욕을 시키려 하지 않았다. 가위바위보를 해서 목욕 담당을 정했다. 사실 혁재 가족 중 아무도 진심으로 꼬맹이를 좋아하지 않았다. 혁재 부부는 딸애를 위해 마지못해 꼬맹이를 받아들였고, 아들은 게임에 빠져 처음부터 유기견 따위에 관심이 없었다. 딸애가 그나마 꼬맹이를 데려온 죄 때문에 하루에 한 번씩 의무적으로 놀아

줄 뿐이었다.

혁재는 물류기업에 다니고 있었다. 월급만으로는 다달이 갚아야 하는 집 대출금과 홀로된 장모의 생활비를 빼고 나면 가계를 꾸려나가기가 힘들었다. 절약하고 또 절약해도 저축은커녕 통장은 마이너스 그래프를 그렸다. 주임이 되고 과장이 되어도 마찬가지였다. 아이들이 성장하자 쥐꼬리만큼 오른 봉급보다 지출이 더 많아졌다. 실질임금인상률은 물가 때문에 마이너스였다. 첫째인 아들은 고교 졸업 후 일찌감치 자동차정비공장에 취직했다. 부모에게 기댈 것이 없다고 판단했는지 월급은 결혼자금으로 저축했다. 순경은 사립대학 국제학과를 졸업한 뒤 박사과정을 밟고 있다. 학비는 시간강사와 몇 개의 아르바이트로 충당했다. 가구공장은 직원의 근속연수가 짧았다. 혁재의 정년은 2년 정도밖에 남지 않았다.

"화장하면 돈이 많이 들 텐데."

혁재가 순경에게 말했다. 아내가 하고 싶던 말을 그가 대신했다. 순경이 입술을 깨문 채 혁재 앞으로 당겨 앉았다. 미간이 찌푸려져 있고 심사가 뒤틀린 듯했다.

"주검 앞에서 그런 얘기 하면 안 되지. 아빠는 주식에 칠천만이나 투자했다가 한방에 다 날려먹었잖아."

혁재는 생각지도 않은 순경의 뾰족한 언사에 머릿속이 멍해졌다. 꿈에서조차 떠올리기 싫은 기억이었다. 연년생인 애들이 고등학교에 다니고 있을 때 주식 붐이 일었다. 자고 나면 주가가 쑥쑥 올랐고 전 종목이 상한가를 치는 날도 많았다. 혁재에게 수도권 외곽의 25평짜리 전세 아파트를 제외하면 5천만 원이 그동안 모은 전 재산이었다. 정확히 말하면 4,900만 원이었다. 애들은 점점 자라고 이 상태로는 평생 가난에서 벗어날 수 없을 것 같았다.

"개미들은 결국 다 깡통 차잖아."

그때 아내는 주식 투자를 극렬하게 반대했다. 집안에서 큰 소리가 그칠 날이 없었다. 결국 아내 몰래 신생 벤처기업에 통장에 들어 있던 돈과 친구에게 빌린 2천만 원까지 몽땅 걸었는데, 그날부터 주가는 내리막길을 걷기 시작했다. 안 되는 놈은 뒤로 넘어져도 코가 깨진다더니, 혁재가 그랬다. 두 달도 되지 않아 그가 산 주식은 휴지 조각이 되었다. 신문은 개미 투자자의 자살 기사로 연일 도배되었다. 아내는 가사도우미와 식당 주방 일을 찾아 나섰다. 보험 아줌마를 거쳐 길거리에서 붕어빵 장사까지 했다. 친구는 하루가 멀다 하고 빚 독촉을 했다. 그때마다 혁재는 모든 울분을 아내에게 쏟아 놓았다. 순경은 학원을 끊었고 한동안 방황했다. 전교에서 1, 2등을 다투던 성적이 20위권 밖으로 떨어졌다. 혁재의 무모한 주식 투자와 실패, 애들한테만은 비밀에 부치기로 했는데, 아내가 다 까발린 모양이었다.

"언제 적 이야기를 하는 거야! 그래도 아빠 열심히 살았어."

혁재의 말이 떨어지자마자 순경이 되받아쳤다.

"그때가 내 인생에서 제일 중요한 시기였거든. 아빠가 갖다 버린 돈의 반의반만 내게 투자했더라도 난 서울대 가고도 남았어. 수석을 했을지도 모르지. 내가 전교 일등일 때 삼사 등을 하던 석현이는 서울대 갔고 지금은 잘나가는 로펌 변호사잖아."

"그건 순경이 말이 맞네. 당신은 입이 열 개라도 할 말이 없어."

잠자코 있던 아내가 역성을 들었다.

"정우도 인 서울 대학쯤은 합격했을 거고. 그랬더라면 지금 기름 밥 먹으며 저 고생은 하지 않지."

아내는 그동안 쌓인 불만을 다 털어내기라도 하듯 말을 멈추지 않았다. 사태가 딴 방향으로 돌아가고 있었다. 꼬맹이 시체 처리 방법을 두고 의견을 모은다는 것이 화장 비용 때문에 혁재에 대한 성토장으로 변해버렸다. 침묵을 지키고 있던 정우는 문을 쾅 닫고 나가버렸다. 방문이 부딪히는 소리에 아들의 감정이 실려 있었다. 문짝이 틀어져 있어 쉽게 여닫기 힘든 문이었는데 한 번에 닫힌 것으로 봐서 분노에 가까운 감정을 고스란히 드러낸 것이라고 볼 수 있었다. 혁재가 아들의 돌발행동에 놀라 소리를 질렀다.

"저 녀석은 왜 또 저러는 거야."

"놔둬요. 당신이 돈을 까먹은 데 대해 뭔가 쌓인 불만이 있었던 게지."

자신이 택한 진로에 대해 불만을 털어놓은 적이 없었던 아들이었다. 혁재는 라면 박스에 담긴 채 눈을 감고 있는 꼬맹이를 바라보았다. 몸뚱이와 다리는 뻣뻣하게 굳었고 송곳니가 입 밖으로 튀어나와 있었다. 죽은 지 두 시간밖에 안됐는데 이미 몸뚱어리는 경직됐다.

아들의 행동에 대한 혁재의 불편한 심기가 아내에게 옮겨붙었다.

"말 한번 잘했다. 나는 뭐 당신한테 불만이 없는 줄 알아. 내가 원래 그 돈으로 시골 땅 사려고 했잖아. 당신이 반대만 하지 않았더라면 그걸 샀을 테고, 그랬더라면 주식에 투자하지도 않았지. 지금 그 땅이 얼마나 올랐는지 모르지? 그 지역이 직할시로 편입되면서 열

배나 뛰었어. 상가 지역으로 용도 변경되면 더 오를 거래. 내 말대로만 했다면 우리는 부자가 됐어. 가난의 고리를 끊어버릴 수 있었어."

"그만하세요. 지나간 기차잖아요."

딸 순경이 짜증을 내며 혁재의 말을 가로 막았다.

"그때 기차는 출발하기 전이었어. 얼마든지 탈 수 있었던 기차였단 말이다. 내가 한쪽 발을 디딤판에 올려놓았는데 네 엄마가 허리춤을 잡아당기는 바람에 승강장에 주저앉고 말았던 거야."

아내가 지지 않고 대들었다.

"그토록 타고 싶었으면 날 뿌리치고 얼마든지 탈 수 있었거든. 힘이 나보다 모자라 뭐가 모자라! 자기가 겁이 나서 올라탈까 말까 망설이다가 내가 슬쩍 잡아당기니까 얼씨구, 하며 뛰어내린 장본인이누군데 그래! 당신은 비겁한 남자야!"

말로써 여자를 이기기란 낙타가 바늘구멍을 통과하는 것보다 힘들었다. 아내와 딸 순경은 살면서 가슴속에 꾹꾹 눌러놓았던 불만들을 한꺼번에 쏟아내기 시작했다. 고지식함, 완고한 성격, 경제적인 무능 등. 가족에게 혁재는 아버지로서, 남편으로서, 가장으로서, 그 어느 것 하나 마음에 차는 것이 없는 남자였다.

"아빠 늘 일 핑계를 대며 제 졸업식에 참석한 적이 없었죠. 대학 졸업식엔 얼굴만 내비치고 금방 가셨잖아요. 졸업선물은커녕 그 흔한 짜장면 한 번 사준 적이 없었어."

"너희 아버지라는 사람은 원래가 그런 사람이야. 일밖에 모르고 짠돌이잖아. 자기 없으면 회사가 망하는 줄 아는가 봐. 그래봐야 기껏 과장인데."

아내가 순경보다 한술 더 떴다. 남들 다 하는 차장, 부장 한 번 달아보지 못하고 만년 과장으로 퇴직해야 하는 혁재를 무시하는 듯한 말투였다.

"당신 정말, 보자 보자 하니까 이젠 못 하는 말이 없네!"

머리 뚜껑이 열렸다. 혁재는 냉장고에서 캔 맥주 하나를 꺼내 선 채로 다 마셔버렸다. 오늘은 쉽게 끝날 싸움이 아닌 것 같다. 총무 휴대폰에 오늘 모임에는 못 갈 것 같다고 문자를 보냈다. 휴대폰 자판을 누르는 손가락 끝이 자꾸 떨려 오타가 여러 번 났다. 짠돌이라는 아내의 말이 비수처럼 혁재의 고막에 꽂혔다. 그 말을 듣는 순간 어떤 분노 같은 감정이 회오리를 일으키며 가슴 저 밑바닥에서 스멀스멀 올라오기 시작했다.

*

나름 열심히 살았다고 생각했다. 짧은 가방끈을 늘리기 위해 40대에 검정고시로 고등학교 졸업장을 얻었고 방송통신대학교 중국어과에 진학해 7년 만에 졸업을 했다. 요즘은 개도 안 물어가는 게 대학 졸업장이라지만 혁재는 박사학위를 받은 것보다 뿌듯했다. 무취미가 취미라는 조롱을 아내에게 들을 만큼 회사일과 공부에만 매진한 결과였다. 무식한 남편, 무식한 아버지가 되고 싶지 않았다. 어떻게든 자랑스러운 가장이 되고 싶었다. 그것만이 찌그러진 고무풍선 같았던 혁재의 일생에 빵빵하게 바람을 불어넣어주었다. 까먹었던 돈을 만회하려고 한 달 용돈은 10만 원으로 줄였다. 차비는 통근버스로, 점심은 365일 구내식당에서 해결했다. 담뱃값과 이발비 빼면 수중엔 몇천 원밖에 남지 않았다. 웬만큼 아파도 병원에 가지 않았다. 동창회는 회비 때문에 중학교 모임 하나로 줄였다. 혁재도 가족들에게 불만이 없진 않았다. 겉으로 내색하지 않았을 뿐이다. 젊은 시절에 저질렀던 주식 투자 실패가 켕겼다. 혁재는 그 모든 것을 속죄라고 여겼다. 언제부턴가 집안일을 제쳐두고 친구 모임이다, 뭐다 하며 밖으로만 도는 아내. 눈도 마주치지 않는 자식들. 영화 속에서만 등장하는 줄 알았던 투명 인간이 바로 자신이라는 사실을 깨달았을 땐 퇴직이 코앞으로 다가와 있었다.

*

벽시계의 시곗바늘이 세 시를 향하고 있었다. 시곗바늘이 가리키고 있는 방향이 발코니 쪽이다. 북향으로 지어진 아파트는 오전에 한두 시간 정도 잠깐 해가 비칠 뿐 하루 종일 어두컴컴했다. 현관에서 거실로 통하는 통로에는 대낮에도 전등을 켜지 않으면 사물을 식별하기 쉽지 않았다. 남향 집으로 이사를 하고 싶어도 수중에 돈이 없다 보니 엄두를 내지 못했다. 혁재는 해가 떨어지기 전에 꼬맹이를 묻어야 할 텐데, 생각하며 식탁에 앉아 창밖을 바라보았다. 아파트를 둘러싼 해발 200미터쯤 되는 소실봉(韶室峰)이 보였다. 동네 야산인 소실봉은 높이가 낮고 산세가 완만해도 숲이 울창했다. 이 산은 아파트 주민의 산책로로 애용되었다. 어제저녁부터 내린 눈이 밤새 얼어붙어 소실봉은 거대한 빙하처럼 보였다.

"아빠, 저도 할 말 있어요. 잠깐 들어와보세요."

거실에 쪼그리고 있던 아들이 혁재가 뛰쳐나온 방으로 다시 들어가며 말했다. 갑자기 머릿속에서 윙, 하고 전기톱으로 통나무를 잘라내는 것 같은 통증이 몰려왔다. 방 안의 공기가 무겁게 내려앉아 있었다.

"아빠, 저기 보이세요?"

아들이 눈짓으로 자개장롱을 가리키며 입을 떼었다. 아들의 시선이 닿은 장롱 문 가장자리에 새끼손가락 한 마디 정도가 패어 있었다.

"아빠가 투자한 회사가 법정관리에 들어가자, 술이 잔뜩 취해 들어왔잖아요. 엄마와 싸우다가 폭언을 하며 물컵을 집어던졌죠. 제 눈가에 파편이 박혀 다섯 바늘이나 꿰맸던 일, 기억나세요?"

혁재는 뜨끔해서 말까지 더듬는다. 그는 주식에 엄청난 돈을 날린 후 살아 있어도 죽어 있었다. 술에 취해 자살을 결심하기도 했다.

"그, 그건 미안했다. 아빠도 반성 많이 했어. 네 엄마가 이혼하자며 고래고래 악을 쓰는 통에 그만……."

꼬맹이의 죽음은 어느새 혁재 가족으로부터 저만치 멀어져 있다. 혁재의 고개가 아래로 기울어졌다. 손찌검은 아니라도 폭력이라면 폭력이다. 주식 투자와 실패, 그로 인한 좌절과 2년간의 방황. 한 번의 실수가 가족에게 평생의 상처를 남겼구나, 그는 생각했다.

"미안하다. 순경이 꿈을 꺾은 것, 정우를 기름밥 먹게 한 것, 네 엄마를 고생시킨 것, 모든 게 내 잘못이야. 하지만 꼬맹이는 아빠 뜻대로 뒷산에 묻어줘야겠다. 난 화장이 싫어. 그딴 건 인도에서나 하는 짓이지."

혁재가 가족을 둘러보며 말했다. 미안한 것과 화장 문제는 달라, 하는 것처럼.

"아빠, 개를 산에 묻는 게 불법이라는 것 알고 계세요?"

순경은 쉽게 물러서지 않았다. 쉽게 뜻을 꺾는다면 순경이 아니었다. 자기주장이 뚜렷하고 고교 때부터 각종 토론 프로그램에 참여해 '킬순경'이라는 애칭까지 얻었던 딸이었다. 순경이와 맞섰던 상대는 예외 없이 5분을 넘기지 못하고 나가떨어졌다. 어떤 패널은 토론 도중 분을 삼키지 못하고 막말을 했다가 강제 퇴장당했다. 어떤 여성 토론자는 청중들이 지켜보는데도 울음을 터뜨리기도 했다. 최근에는 토론자가 자리를 박차고 나가는 바람에 녹화가 잠시 중단된 적도 있었다. 마음은 착하지만 매사 논리정연했고 악착스러운 성격이다.

"법적으로 따지자면 애완동물의 사체는 생활쓰레기로 분류돼요. 죽으면 종량제 봉투에 넣어 버리도록 되어 있단 말이에요."

순경은 꼬맹이의 죽음을 예상하고 시체를 처리할 방법에 대해서도 알아보았던 것 같았다. 법을 들먹이면서 매장을 반대하는 근거를 들이댈 정도라면 그랬을 것 같다. 아내도 순경의 말을 듣고 처음과 달리 매장에 반대했다. 아들은 아버지의 옹고집과 가부장제 의식이 싫어 순경이 편이 되었다. 혁재는 그래도 뜻을 굽히지 않았다. 그가 주장하는 매장, 그것은 시체를 처리하는 방법이라기보다 가장으로서 마지막 남은 자존심이었는지도 모른다. 별 뜻 없이 불쑥 내뱉은 말이지만 가족들이 순종해주길 바라고 있었다. 가족들은 더 이상 말이 없었다. 침묵은 불합리한 지배에 대해 불만을 표시하는 가장 강력한 수단이니까.

*

방혁재는 고아였다. 갓 돌이 지난 상태로 고아원 앞에 버려졌는데 한 번도 친부모가 찾아오지 않았다. 중학교 1학년 때는 고아원을 뛰쳐나왔다. 굶지 않기 위해 매일매일 지옥과도 같은 생활고를 치러야 했다. 고아원에 있을 때 형뻘인 조직폭력배의 꾐에 빠져 어두운 세계에 발을 디뎠던 적도 있었다. 그 세계에 몸을 담은 지 2년 뒤 가구공장에 취직을 해서 15년을 다니다 폐업과 동시에 백수가 되었다. 일 년쯤 빈둥거리다가 지금의 물류회사에 재취업했다.

그때부터 사람이 변했다. 혁재는 이전과 완전 다른 사람이 되었다. 혁재는 타고난 성실성 하나로 관리자급인 과장까지 승진했다. 다른 업종에 비해 박봉이었다. 그는 완고했으며 다소간 권위적이었다. 태생이 부드러움, 다정함과 거리가 먼 사람이었다. 그러나 한푼이라도 허투루 돈을 쓴 적이 없었고, 일벌레라는 놀림을 받을 만큼 맡은 일에 밤낮을 가리지 않았다. 결혼기념일과 아내의 생일을 한번도 잊은 적이 없었고 나름 애들에게도 신경을 썼다고 자부했다. 쓴잔을 마시기는 했지만, 주식에 거액을 투자한 것도 가족에 대한 사랑이 없었다면 엄두조차 내지 못했을 것이다.

몇 달 전 추석 무렵이었다. 평소보다 택배 물량이 엄청나게 쌓였다. 회사는 임원부터 말단 사원에 이르기까지 총동원령을 내렸다.

전 직원이 현장에 투입되었다. 50대 후반의 나이에 추석 선물 같은 중량이 무거운 물건을 나르고 트럭에 옮겨 싣는 일은 만만치 않았다. 혁재는 과일 상자를 들다가 허리가 삐끗했고 중심을 잃었다. 옆으로 쓰러지면서 시멘트 모서리에 머리를 찧었다. 정신을 차렸을 땐 응급실이었고 담당 의사는 출혈이 있었을지도 모르니 입원해서 정밀검사를 받으라고 했다. 순간 최근 회사가 벌이고 있는 정리해고의 음산한 그림자가 머릿속을 스치며 지나갔다. '입원하면 잘린다!' 해고 대상자는 대부분 50대에 몰려 있었다. 늙은 직원 한 사람을 자르면 그 봉급으로 빠릿빠릿한 젊은 직원 두 명을 쓸 수 있다. 퇴직이 곧 백수를 뜻하는 고참들은 불안에 떨었다.

혁재는 침상에서 몸을 일으켜 응급실을 도망쳐 나왔다. 현기증이 났고 어지러웠다. 다행히 팔다리는 움직일 수 있었다. 그는 아무 일이 없었던 듯, 회사에 복귀했다. 추석 전날까지 야근이 계속되었고 그는 숨을 쉬는 것이 아까울 만큼 열심히 일했다. 연말에는 사장이 주는 표창장과 포상금까지 받았다. 혁재는 눈물을 흘렸다. 그는 어느새 회사를 위해 자기 한 몸을 희생하는 충성 직원이 되어 있었다. 그날 이후, 하루에도 몇 차례씩 찾아오는 불규칙적인 두통에도 불구하고 병원에 들르지 못했다. 한창 성장기에 있는 회사는 하루가 다르게 물동량이 늘어났다. 혁재는 매일매일 커다란 톱니바퀴에 맞물린 수많은 톱니바퀴들 중 하나가 되어 빠르게 돌아가고 있었다. 회전을 멈추고 싶어도 맞물린 톱니바퀴가 돌아가고 있는 한, 멈출 수 없었다. 지구가 스스로의 힘으로 자전과 공전을 멈출 수 없듯, 혁재도 마찬가지였다. 찜찜한 의사의 말을 떠올리는 가운데, 사무실

벽면에 회사 로고가 새겨진 새 달력이 걸렸다. 회사 정문엔 사장이 복무한 특전사 구호인 캐치프레이즈가 큼지막하게 내걸렸다.

'안 되면 되게 하라!'

해가 바뀌면서 두통과 두통 사이의 간격이 짧아졌다. 가족에겐 비밀로 했다. 대수롭지 않게 받아들일 아내와 자식의 반응이 두렵기도 했다. 병원에 가보고 싶은 마음과 수술에 대한 불안감이 반비례 곡선을 그리며 교차했다. 응급실 의사에 말대로 조만간 정밀검사를 받긴 받아야 할 것 같았다. 진통제를 먹어야 할 만큼 머리가 빠개질 듯 아픈 날도 있었다. 그런 날이면 혁재는 퇴근길에 집 앞 꽃집에 들러 재스민 꽃을 샀다. 배송과 최 대리에게 재스민 향기가 스트레스성 우울증뿐만 아니라 심신안정과 두통에도 좋다는 말을 들은 뒤부터다. 혁재가 꽃을 들고 현관을 들어설 때마다 아내는 눈을 동그랗게 뜨고 큰 소리로 외쳤다.

"이 사람 요즘 미쳤는가 봐. 평생 안 하는 짓을 다 하고."

"피부미용에도 좋대, 한번 맡아봐."

아내의 빈정거림을 혁재는 어물쩍하게 넘겼다. 재스민이 혁명과 관련된 꽃이라는 것은 한참 뒤에 알게 되었다.

*

야근을 끝내고 퇴근 준비를 하고 있을 때였다. 누군가 TV를 틀었다. 아홉 시 뉴스가 끝날 무렵이었다. 화면에 피부가 까만 사람들이 저마다 하얀 꽃을 들고 거리로 뛰쳐나오는 장면이 펼쳐졌다. 아나운서는 오늘은 시민들이 승리한 날이며, 재스민 혁명이라고 떠들어댔다. 아프리카 튀니지 시민들이 높은 실업율과 독재에 항거해서 정부가 무너지고 대통령이 해외로 망명했다. 시민들이 한 송이씩 손에 들고 있었던 것은 재스민 꽃이었다. 그것은 북아프리카에 위치한, 튀니지라는 나라의 국화(國花)였다. 혁재는 가슴이 울렁거렸다. 말로 표현하기 힘든, 뜨거운 것들이 숨구멍을 밀고 나오는 느낌이 들었다. 동시에 심장의 고동이 빠르게 뛰기 시작했다. 오십 평생에 이런 기분은 처음이었다. 오랫동안 막혀 있던 변기통이 뻥, 하고 뚫리며 똥 덩어리가 회오리를 일으키며 오수관 속으로 빠져나갈 때의 느낌. 그런 느낌과 비슷했다. 그날 밤늦게 꽃집에 들른 혁재는 팔다 남은 재스민을 몽땅 구입했다. 꽃집 여주인은 고맙다는 인사를 반복했다. 오늘을 넘기면 시들어 버려야 할 꽃인데 혁재가 그 꽃 모두를 샀으니 꽃가게 주인의 분에 넘치는 감사 인사는 당연했다.

꼬맹이를 산에 묻고 돌아온 날 저녁부터 머리 통증이 더 심해졌다. 매장이냐 화장이냐를 두고 한바탕 다툰 것 때문이겠지, 생각하며 혁재는 거실 화병에 수북이 꽂아둔 재스민 꽃향기를 들이마셨다. 그때 아내와 아이들이 거실로 나와 자기들끼리 두런거리며 화병 옆으로 지나갔다. 협탁 위의 화병이 허리 중간쯤 놓여 있어서 잠깐 동안 그들과 재스민 꽃이 겹쳐졌다. 얼핏 보면 하얀 꽃을 손에 쥐고 누군가를 향해 행진을 하는 것처럼 보였다. 어디선가 많이 본 듯한 모습이었다. 말하자면 혁재가 TV에서 보았던 재스민 혁명의 한 장면과 오버랩되었다. 꽃을 들고 불합리한 지배에 항거하던 성난 군중들. 혁재가 두통이 심할 때마다 재스민 꽃을 샀듯이 아내와 자식들도 혁재의 독재에 시달릴 때마다 한 움큼씩 재스민 꽃을 사 모았던 것이 아닐까. 자신만 모르고 있었을 뿐, 그동안 아내는 주방 찬장에, 아이들은 자기 방 붙박이장 속에 재스민 꽃을 몰래 키우고 있을지도 모른다는 생각에 소름이 오소소 돋았다. 재스민 줄기가 비단구렁이처럼 혀를 날름거리며 이 집 구석구석을 휘감고 있는 것만 같았다. 혁재는 슬그머니 안방으로 자리를 피했다.

뜬눈으로 밤을 꼬박 새웠다. 머릿속은 두통으로 여전히 지끈거렸다. 커튼을 그러쥐고 있던 어둠이 악력을 풀었을 때, 혁재는 하루 월차를 내기로 마음먹었다. 연월차 휴가는 입사 후 한 번도 사용한 적이 없었다. 사용하지 않은 월차와 연차는 연말에 고스란히 월급통장에 꽂혔다. 꼬맹이의 화장비용은 아내 몰래 회사 서랍에 꼬불쳐둔 야근수당으로 충당하기로 했다.

*

혁재는 자신의 과거를 캐내듯 언 땅을 계속 파내려 갔다. 땅속엔 아무것도 없었다. 죽은 나무뿌리 같은 것들이 흙을 단단하게 움켜쥐고 있을 뿐, 비닐봉지에 싼 꼬맹이 시체는 보이지 않았다. 언 나무뿌리에 부딪힌 삽날이 용수철처럼 튕겨 나왔다. 해가 뉘엿뉘엿 지고 있었다. 겨울산은 어둠에게 조금씩 자리를 내어주고 있었다. 저녁의 차가운 공기들이 혁재 얼굴에 달라붙었다. 눈을 들어 하늘을 바라보았다. 보름달이 앙상한 나뭇가지 사이에 걸려 있었다. 달 속에서 어머니가 잔잔하게 웃고 있었다. 처음 보는 당신의 미소가 낯설지만 슬프지는 않았다. 그는 눈을 내리깔았다. 다시 삽을 쥔 손아귀에 힘을 주었다. 매장이나 화장은 이제 혁재에게 중요하지 않았다. 자신의 어린 시절처럼 하루하루를 외롭게 견뎌야 했던 꼬맹이의 마지막 가는 길을 가족 전체가 따뜻하게 배웅해주고 싶었다.

혁재는 똑똑한 딸 순경의 말대로 화장을 한 후 납골당에 안치해주기로 마음을 바꿔먹었다. 그러기 위해서 시체부터 찾아야 했다. 언 땅을 아무리 파도 꼬맹이를 찾을 수 없었다. 매장했다고 생각되는 장소에서 반경 50미터까지 샅샅이 훑었으나 흙을 팠던 흔적조차 보이지 않았다. 이 한파에 산짐승들이 꽁꽁 얼어붙은 땅을 뒤져 꼬맹이를 물고 갔을 리는 없다. 날이 완전히 저물었다. 더 이상의 수색은 불가능했다. 혁재는 삽을 챙겨들고 산을 내려가기 시작했다. 내일 해가 뜨면 이 일대를 다시 꼼꼼히 살펴봐야겠다, 생각하며.

올라올 때와는 달리 캄캄해진 하산길은 발걸음을 옮기기가 힘들었다. 두통은 여전히 뾰족한 송곳으로 왼쪽 머리를 찔러대고 있었다. 혁재는 엄지손가락으로 관자놀이를 누르며 휴가를 이틀 더 연장해야겠다고 생각했다. 내일 아침엔 반드시 꼬맹이의 시체를 찾아 오후에는 가족들이 지켜보는 가운데 화장하기로 마음먹었다. 저녁엔 얼마 전에 있었던 자신의 낙상사고에 대해 가족에게 설명해야겠다고 생각했다. 휴가 마지막 날엔 아내와 함께 병원에 들리리라. 그는 아내의 눈을 바라보며 CT를 찍으러 용감하게 걸어가는 가장의 뒷모습을 상상했다.

*

　인적이 끊어진 소실봉은 침묵이 지배하는 세계였다. 혁재가 낙엽을 밟으면 겨울산은 깊은 잠에서 깨어나 바스락거렸다.
　쪼그마한 것이었다.
　그때 꼬맹이만 한 물체가 발자국 소리에 놀란 듯 등산로를 가로질러 반대편으로 사라졌다. 캄캄한 숲속에서 두 개의 하얀 빛이 반짝거렸다. 재스민이 어둠 속에서 두 송이의 흰 꽃을 막 피워 올리고 있는 것 같았다. 그 빛은 어둠의 단단한 막을 뚫으면서도 소리를 내지 않았다. 빛은 조용하게 어둠의 존재를 인정하고 있을 뿐이었다. 그것은 무혈이었고 어둠에 대한 매우 합리적인 지배 방법이었다. 혁재는 문득 꼬맹이를 묻지 않았을지도 모른다는 생각이 들어 발걸음을 멈추었다. 그가 가까이 다가서자 빛이 두어 번 흔들리더니 산등성이를 향해 움직이고 있었다. 반짝거리던 그 빛은 몇 걸음 움직이다가 잠시 멈추고 혁재 쪽을 바라보곤 했다. 그 옛날 이 산에 오를 때 앞서가던 꼬맹이가 뒤돌아보던 것처럼. 그는 내려가던 길을 되돌아 불빛을 따라 산을 오르기 시작했다.

내가 더 많이

내가 더 많이

기억력과 지남력에 심각한 문제가 생긴 양민정은 병원에서 MRI 뇌 영상을 찍었다. 민정은 내 첫사랑이었고, 가족에게 버려져 있었다. 나는 지인의 병문안을 간 요양원에서 46년 만에 기적처럼 그녀를 만났다. 그녀의 말과 행동이 이상하다고 느낀 나는 네 번째 방문한 날 민정을 병원에 데려갔고, 그녀는 알츠하이머 치매 판정을 받았다. 다섯 번째 방문한 날, 고민 끝에 그녀를 양평 내 집으로 데려왔다. 아내는 9년 전 암으로 죽어서 줄곧 나는 혼자였다.

민정을 종합병원에 데려가 치매 판정이 내려졌을 때의 일이다. 의사가 마우스 커서를 소시지를 구부려놓은 듯한 영상에 갖다 댔다.

"알츠하이머 치매가 오면 해마부터 손상됩니다. 사진상으로 지금 해마가 많이 위축되어 있습니다. 그동안 부인의 기억력에 문제가 있었지요? 남편분께선 부인의 지남력 장애 같은 것을 느끼지 못했나요?"

"지남력이 뭔가요?"

"육하원칙 아시죠? 언제, 어디서, 누가, 무엇을, 어떻게, 왜, 중에서 앞의 세 가지 즉 언제, 어디서, 누가를 인식하는 능력이 없는 겁니다. 시간, 장소, 인물에 대한 판단이 안 되는 것이라 할 수 있습니다. 부인에게서 이런 장애를 못 느꼈습니까?"

나는 민정이 요양원에 있을 때 그녀와 외출하여 속초 횟집에서 농어회를 먹었던 때를 떠올리고 있었다. 민정이 매운탕에 한가득 밥을 말아먹은 뒤 채 10분도 되지 않아 배가 고프다고 짜증을 부리며 여기가 어디냐고 물었던 일이다.

"치료를 하면 회복될 수 있을까요?"

"최선을 다해봅시다."

진료실 창밖으로 구름에 걸쳐진 낮달이 보였다. 낮달은 의사의 모호한 대답처럼 내가 고개를 돌릴 때마다 보이다가 보이지 않다가 했다. 의사는 온 김에 인지지능 검사를 해보자고 했다.

4인용 테이블만 있는 내실이었다. 간호사가 민정의 맞은편에 앉아 녹음기 전원 단추를 눌렀다. 낯익은 단어들이 세 개씩 흘러나왔다. 세 개의 단어가 끝나면 녹음기는 한동안 말을 멈췄다. 간호사는 민정에게 따라 해보라고 했다. 그녀는 첫 단어밖에 말하지 못했다.

"비행기, 연필, 소나무."

"비행기……."

"비행기, 연필, 소나무."

"비행기……."

"비행기, 연필, 소나무."

"비행기……."

민정은 결국 연필을 기억하지 못했고 검사가 계속되자 얼굴을 찌푸렸다.

"뇌 영상 사진과 인지지능 검사 결과로 봐서 알츠하이머 중기로 판단됩니다. 환자가 연필과 소나무를 기억하지 못하는 것을 심각하게 받아들이지 마세요. 이 병은 보호자의 태도가 중요합니다."

의사가 해쓱해진 내 얼굴을 보며 말했다. 나는 48년 전 재수학원에서 민정을 처음 봤던 그날을 생각하고 있었다. 심장마비가 올 것처럼 펄떡거리며 두방망이질하던 내 심장. 그녀가 내 책상 옆을 지날 때 침조차 삼킬 수 없었던 그때. 필기하려던 볼펜을 바닥에 떨어뜨리고서는 한참 동안 주울 생각조차 못 하고 그녀를 바라보던 열아홉 살의 내가 떠올랐다. 치매일지도 모른다는 생각을 하고 있었지만 생각과 의사의 통보는 다른 영역이었다. 양민정은 알츠하이머 치매 판정을 받았다.

*

아들 윤택이 멀쩡하게 다니던 직장을 그만두고 아파트를 판 돈으로 횟집을 열었다가 최근 가게를 접었다. 집이 없어진 아들은 나를 모시겠다는 핑계로 며느리와 다섯 살이 된 손자 호영을 데리고 양평 내 집으로 무작정 쳐들어왔다. 나는 먼저 아들 내외를 앉혀놓고 민정에 대해서 설명했다. 처지가 다급해진 아들은 아무 토도 달지 않았다. 가져온 짐들을 정리한 뒤 아들은 집 주변을 구경한다면서 차를 끌고 나갔다가 한 시간쯤 후에 "아빠 집터가 좋은가 봐." 하며 웃으며 돌아왔다. 마침 직원 모집 공고가 붙어 있는 동네 인근의 마스크 제조공장에 사무 계약직으로 취직을 했다는 것이다. 일손이 달리는지 사장이 내일부터 출근하라고 했다며 기뻐했다. 자식 이기는 부모는 없었다. 나는 아들 부부에게 1층을 내주고 민정과 둘이 2층에서 생활하기로 했다.

아들 내외가 쳐들어온 다음 날 아침, 아들의 첫 출근 날이었다. 아침 여덟 시쯤 2층 침대 옆 벽에 달아놓은 벨이 울렸다. 계단 층계참에 이르자 구수한 소고기 냄새가 코에 스며들었다. 나는 유난히 소고기국을 좋아했다. 경상도식 소고기국은 내 입맛에 맞았다. 간도 적당했다. 내가 국에 밥을 말려고 할 때였다.

"너무 짜!"

민정이 숟가락을 입에 가져가다 말고 식탁에 탁, 소리가 날 만큼 세게 놓았다. 그 바람에 밥알들이 사방으로 튀었다. 큰일 났다. 나는 가늘게 치켜뜬 민정의 눈을 보며 공격성 치매가 발작한 것을 알았다. 일순간 한밤중에 정전이 된 것처럼 캄캄한 침묵이 식탁 위에 내려앉았다. 윤택과 며느리의 눈이 휘둥그레졌다. 나는 갑자기 닥친 이 폭풍을 어찌할 바 몰라서 식탁 밑에 떨어진 밥알을 주우며 안절부절못했다.

"어머님, 물 좀 더 붓고 다시 끓여드릴게요."

며느리가 당황하지 않고 민정의 국그릇을 집어 들었다. 그때였다. 민정이 뺏기지 않으려는 듯 무서운 속도로 국그릇을 잡아당겼다. 두 명의 여자 손 사이에서 국그릇이 미끄러져 식탁에 뒤집혔다. 나와 윤택의 얼굴에 시뻘건 국물이 튀었다. 아들의 얼굴이 일그러졌다. 민정은 이 사태에도 아랑곳하지 않고 며느리를 향해 고함을 질렀다.

"이것이 내 밥을 빼앗아간다!"

"어머님!"

윤택이 화를 참으며 행주를 가져와 말없이 식탁을 닦았다. 나는 지금 무슨 말인가 해야 할 때라고 생각했다.

"오해하지 마라. 이분이 좀 아프단다."

"치매?"

며느리의 입에서 치매라는 말이 반사적으로 튀어나왔다. 부친이 치매를 앓고 있는 며느리는, 민정의 행동이 의미하는 것을 눈치챘던 것 같았다.

"그래. 병원에서 사돈과 같은 알츠하이머라고 하더구나."

나는 미안한 마음에 사돈이 앓는 알츠하이머 치매를 민정의 병에 연결시켰다. 나이가 들면 누구라도 치매에 걸릴 수 있다는 듯. 윤택이 화가 난 얼굴로 출근을 했다. 나는 며느리의 눈치를 보며 난장판이 된 식탁을 정리한 후 서둘러 민정을 데리고 2층으로 올라갔다. 그녀는 내 손에 끌려 계단을 올라가면서 계속 "저년이 내 밥을 훔쳤어"라며 말도 되지 않은 소리를 질렀다. 나는 하루 종일 2층에서 내려오지 않았다. 민정은 "나, 밥 안 먹었어"라며 계속 짜증을 부렸다. 나는 그때마다 바나나를 까서 잘게 나눈 후 한 토막씩 입에 넣어주었다. 새벽 한 시쯤 민정이 잠들었다. 평화가 찾아왔다. 그녀는 코를 가볍게 골았다. 나는 잠든 그녀를 바라보며 이마에 입을 맞추었다. 민정의 발작은 아들 내외만 들어오지 않았다면 내가 오롯이 감당하면 될 일이었다. 최악의 경우 똥오줌을 가리지 못한 버릇 나쁜 아기를 키운다고 생각하면 감당할 수 있겠다 싶었는데, 아들 가족이 들어오자 모든 것이 틀어져버렸다.

며칠 뒤 민정이 또 사고를 쳤다. 며느리의 얼굴이 하얗게 질려 있었다. 손자 호영이 안방에서 자고 있는데 민정이 라이터로 커튼에 불을 붙이고 다녔다는 것이다. 마침 외출해서 돌아온 며느리가 이 장면을 발견하고 소화기로 불을 껐다고 했다. 며느리는 조금만 늦었다면 손자 호영이 타 죽을 뻔했다며 눈물을 흘렸다. 그런 위태위태한 날들이 이어졌다. 마침내 우려하던 일이 벌어졌다. 민정이 대소변을 가리지 못했다. 내복 안에 대소변을 싸서 악취 때문에 겨울에도 하루 종일 창문을 열어놓아야 했다.

*

양민정을 처음 본 것은 대학에 떨어진 다음 해였다. 46년 전 일이었다. 1973년 3월, 재수학원의 개강 날, 한 여학생이 교실의 앞문을 열고 안으로 오른발을 내디뎠다. 1교시 영어 수업이 시작된 지 막 5분쯤 지났을 것이다. 봉긋한 그녀의 가슴 상체는 이미 교실문 안으로 들어와 있었다. 여학생은 미안한 표정으로 영어 교사에게 가벼운 목례를 한 뒤 교실의 빈 책상을 찾아 걸음을 옮겼다. 얼굴이 희고 턱선은 동그란 편이었다. 검은 헤어네트가 그녀의 머리칼을 둥글게 감쌌고, 삐져나온 머리칼은 이마와 관자놀이 뒤로 넘겨서 파란 머리끈으로 돌돌 묶었다. 여학생은 흰 티셔츠 위에 니트로 짠 보라색

카디건을 걸치고 푸른 빛깔 코르덴 바지를 입고 있었다. 그녀가 자리를 찾아 책상들 사이로 천천히 걸음을 옮겼다. 걸음을 옮길 때마다 카디건이 출렁거렸다. 순간 나는 온몸이 감전된 것 같은 전율을 느꼈다. 용광로 안에서 뼈와 살이 활활 타들어가는 느낌이었다. 나는 열아홉이 되도록 여자와 말조차 변변히 나누어본 적이 없는 숙맥이었다. 나는 고개를 돌려 그녀가 걸어가는 뒷모습을 훔쳐보았다. 여학생은 자리가 비어 있는 내 뒷줄 맨 끝 왼쪽 자리에 앉았다.

"야, 퀸카네."

"끝내주는군."

휴식 시간이면 봄 햇살이 들어찬 교실 동쪽 창가에 짓궂은 남학생들이 모여 그녀를 힐끗거리며 쑥덕였다. 그럴 만했다. 천여 명의 여학생들 중에서 민정은 단연 군계일학이었으니. 그날 밤 나는 그녀 생각에 처음으로 밤을 꼴딱 새웠다.

다음 날 국어 수업 시간이었다. 앞 앞줄에 민정의 뒷모습이 잡혔다. 목에서 어깨로 떨어지는 선이 고왔다. 그녀는 첫날과 달리 노란색 니트 상의를 입고 있었다. 보풀이 일어난 실이 성기게 직조되어 그녀가 몸을 움직일 때마다 안에 받쳐 입은 하얀색 블라우스가 동그랗게 벌어진 실 사이에 언뜻언뜻 내비쳤다. 사랑의 물결이 동심원처럼 퍼져 내 얼굴을 덮었다. 얼굴이 화끈거리며 열이 났다. 그날 이후 먼발치에서 그녀를 보기만 해도 가슴이 두방망이질 쳤다. 첫사랑을 색깔로 표현하면 어떤 색일까? 첫사랑이 짝사랑이라면 코발트빛의 블루가 아닐까? 민정의 코르덴 바지 색깔이 바로 그 색이었다.

학생들은 수업 때마다 자유롭게 좌석을 선택할 수 있었다. 나는 개강 후 반이 정해진 뒤에 한 번도 민정의 앞자리를 선택한 적이 없었다. 늘 그녀가 앉는 의자에서 두 좌석쯤 뒤에 자리를 잡았다. 수업 내내 민정의 뒷모습을 보는 것이 큰 기쁨이었다. 돌이켜보면 일생 동안 그때만큼 순수한 기쁨을 느껴본 적이 없다. 수업에 집중하다가도 그녀가 조금이라도 움직이면 어느새 내 눈동자는 방울을 쫓는 고양이처럼 민정의 움직임을 따라가고 있었다. 책상 위에 괸 그녀의 동그란 팔꿈치, 판서를 하는 선생의 방향을 따라 목을 돌릴 때마다 핑크빛 스웨터와 위로 끌어올린 머리칼 사이에 언뜻언뜻 보이는 하얀 그녀의 뒷목, 그리고 한 번씩 엉덩이를 들어 올려 자세를 바로잡는 섹시한 몸짓 등이 내 시선을 괴롭혔다.

*

집 방향이 같은 나와 민정은 수업이 끝나면 같은 입석버스를 탔다. 30분쯤 버스를 타고 가다가 그녀가 나보다 두 정류장 먼저 내렸다. 봄꽃들이 흐드러지게 핀 수요일이었다. 그날, 기적이라고 불러도 될 만한 사건이 일어났다.

수업을 마치고 평소대로 친구와 학원 앞 정류장에서 버스를 기다리고 있는데 고교 동창인 정태가 말했다.

"너, 오늘 좋은 일 있나?"

"좋은 일은 무슨? 재수생에게 그런 일이 뭐 있겠니."

나는 자조적으로 대답했다. 그런데 기적이 버스 안에 있었다. 늘 미어터지던 버스 안이었는데 빈자리가 보였다! 버스 중간 문 옆에 빈자리가 하나 있었다. 봄꽃들이 흐드러진 그날, 내게 일어난 기적은 빈 좌석 하나가 아니었다. 내가 좌석에 앉고 정태는 운전석 옆 튀어나온 엔진룸 위에 책가방을 얹고 엉덩이로 비스듬히 걸터앉았다. 1970년대 당시의 시내버스는 프런트 엔진 방식으로, 엔진이 버스 앞쪽에 있었는데 운전석 옆에 유선형의 엔진룸이 튀어나와 있었다. 엔진룸은 여름엔 짐 보관대로 쓰였고 겨울엔 승객이 옹기종기 앉아 따스한 엔진 열을 쬘 수 있는 난로가 됐다.

두 번째 기적이 일어났다. 내 좌석 바로 앞에 민정이 서 있었다. 그녀의 코르덴 바지 허벅지 부근이 내 눈앞에 닿았다. 이것은 두 번째 기적의 서막이었다. 클라이맥스는 민정이 동의나 부탁하는 말도 없이 책가방을 내 무릎 위에 턱하니 올려놓더니 뚱보에게 말을 거는 등 딴전을 피우고 있는 것이다. 나는 어찌할 바를 모르고 무릎 위에 놓인 그녀의 가방을 바라보았다. 그 순간 나를 향한 그녀의 조근조근한 말소리가 들려왔다.

"다음 정류장에 좀…… 내려줄래?"

"왜?"

내가 물었다.

"내리면 이야기해줄게."

감히 내가 내리라고 하는데 감히 말대답이라니, 하는 오만한 표정이 그녀의 얼굴에 스쳐 지나갔다.

민정과 내가 각자의 가방을 들고 차 문으로 다가가자 정태가 말했다.

"넌 두 정거장 더 가야 하잖아."

"민정이가 할 말이 있다고 여기 좀 내려보라고 하네."

"양민정?"

녀석은 찢어진 눈을 동그랗게 치켜뜨며 귓속말로 말했다.

버스에서 내리니 한 줄기 꽃샘추위 칼바람이 귀를 때렸다. 민정은 도로 옆 전신주 앞에 서 있었다. 그녀는 바람 방향으로 노출된 귀를 감싸는 나를 바라보고 있었다. 두려웠다. 나는 멈칫멈칫 민정에게 다가갔다. 그녀는 인쇄소 간판이 걸려 있는 낡은 2층 건물에 붙은 골목길을 쳐다보고 있었다. 내 눈동자도 그녀의 눈빛을 따라갔다.

"저기 뭐가 보이지."

민정이 턱으로 골목길을 가리키며 말했다.

그녀가 턱으로 가리킨 골목에 신장이 1미터 80센티쯤 돼 보이고, 장발머리에 어깨가 딱 벌어진 한 남자가 인쇄소 건물 벽에 등을 기대고 한쪽 다리를 건들거리며 서 있었다.

"저기 골목길에 서 있는 남자 말이야."

"……."

"저 남자 좀 처리해줘."

"……."

"아침부터 밤까지 내가 있는 곳이면 어디든 나타나서 괴롭혀."

"괴롭힌다고?"

"응, 사귀자고 집요하게 매달려."

나는 담배에 라이터로 불을 붙였다. 길게 빨아들인 후 한 모금 내뱉으니 어쩐지 내가 껄렁껄렁한 학생처럼 느껴졌다.

"쟤 때문에 신경이 쓰여서 공부가 안 돼. 나 좀 도와줘."

나는 피우다 만 담배를 땅바닥에 버리고 발로 비벼 밟아 껐다. 민정의 부탁을 들으며 나는 골목길의 그 사내에게 온 신경이 팔려 있었다.

"삼수생이라고 하는데 진짜 학생인지 모르겠어. 아닐지도 몰라."

우리 두 사람으로부터 떨어져 있던 뚱보와 정태가 다가왔다.

"야, 너희들 연애하니?"

정태가 놀렸다. 녀석의 얼굴에 장난기가 가득했다. 뚱보가 웃었다.

"아니, 싸워야 할 것 같아."

"누구와?"

"저기 저 골목길의 덩치 큰 남자와."

"왜?"

"민정이가 부탁하니까."

나는 주먹을 불끈 쥐었다. 아침에 비가 온 탓으로 보도블록이 떨어져 나간 땅바닥이 질펀거렸다. 비둘기 두 마리가 날아와 물기가 질퍽한 흙 속에서 무엇인가 발견한 듯 부리로 쪼았다. 나는 바지 주머니에 찔러 넣은 손을 빼냈다. 주먹이 쥐어져 있었다.

"그런데 하나 물어봐도 돼?"

"물어봐."

민정이 대답했다.

"저 녀석이 나보고 넌 누구냐고 물으면 뭐라고 해야 돼?"

민정이 잠시 생각에 잠긴 눈치였다.

"……내 애인이라고 말해."

애인? 그 말을 듣는 순간 가슴이 쿵쾅쿵쾅 뛰기 시작했다. 민정이 자신의 애인이라고 말하라고 하자 나는 목숨이 끊어지더라도 오늘 저 녀석을 처리하겠다고 결심했다.

"정태, 너 먼저 가."

나는 민정 앞에서 나 혼자 힘으로 이 일을 처리한다는 것을 보여주고 싶었다. 그녀가 웃었고 새하얀 송곳니가 살짝 드러났다.

"일 끝나는 대로 명동의 뉴욕제과로 와."

민정은 코르덴 바지 호주머니에 두 손을 찔러 넣고는 뚱보를 데리고 앞서 걸어갔다. 나는 하늘을 올려다보았다. 오전까지 하늘을 뒤덮었던 먹구름이 사라지고 파란 하늘이 드러났다. 투명한 낮달이 가로수로 심어놓은 플라타너스 가지 사이에 걸려 있었다. 나는 버스정류장에서 10미터쯤 떨어져 있는 인쇄소 골목길의 그 사내 쪽으로 걸어갔다. 그리고 민정을 괴롭히는 그 녀석과 싸웠고 끝내 항복을 받아냈다. 내 싸움 실력을 처음 확인한 날이었다.

뉴욕제과의 문을 열고 들어갔다. 민정과 뚱보가 빵을 먹다가 나를 발견한 그녀가 손을 들었다.

"빵 더 가져올게."

뚱보가 자리에서 일어났다. 잠시 자리를 피해준 것 같았다.

"처리했어. 앞으로 네 곁에 얼쩡거리지 않겠다는 다짐도 받았어."

나는 인쇄소 골목의 도랑에 처박힌 그 녀석의 얼굴을 떠올리며 말했다. 주먹다짐할 때 함께 뒹굴어서 내 몰골도 처참했다. 녀석의 부탁으로 낮술까지 마셨으니 입에서는 악취가 났을 것이다.

"해결했어."

"말로 안 되었던 모양이네. 나 때문에 미안해."

민정이 케이크 조각 하나를 포크로 집어서 내게 주었다. 홀가분한 표정으로 케이크를 맛있게 먹는 그녀를 보며 나에게 맞은 녀석이 울면서 말하던 것이 자꾸 떠올랐다.

"미안하다. ……근데 네가 애인이라고 해도 덩치가 더 큰 내가 왜 너한테 맞아야 하는지 모르겠어. 너 혹시 운동했냐?"

"나, 아마추어 권투선수였어."

나는 녀석의 자존심을 생각하여 거짓말을 했다.

＊

내가 46년 만에 민정을 다시 만난 것은 수도권 외곽에 있는 요양원이었다. 지난주 내가 다녔던 회사의 퇴직자 모임에 갔다가 안 좋은 이야기를 들었다. 내가 신입이었을 때 상사였던 최 부장이 요양원에 있다는 것이다. 최 부장은 뇌졸중을 당한 후 자식들에게 짐이 되기 싫다며 제 발로 요양원에 들어갔던 모양이었다. 현직에 있을 때 깐깐하고 자존심 센 그 모습 그대로였다.

최 부장은 뇌졸중 환자답게 말보다 손짓으로 반가움을 표현했다. 말이 어눌할 뿐 최 부장의 손은 정상이었다. 우리는 잠시 동안 필담을 나누었다. 커피를 마시고 싶다는 그를 데리고 요양원 5층에 있는 카페로 올라갔다.

카페는 통유리로 되어 있어 전망이 확 트였다. 우리는 아메리카노를 주문했다. 잠시 뒤, 테이블 위 진동 벨이 파르르, 떨었다. 조금 전

들어올 때 카페에는 우리밖에 없었다. 내가 자리에서 일어났을 때 출입문에 걸어놓은 놋쇠종이 청아한 소리를 냈다. 할머니 한 사람이 문을 열고 몸부터 들이미는 것이 보였다. 그 동작에 훅, 하고 기시감이 몰려왔다. 우리 두 사람의 눈이 마주쳤다.

"민정 씨!"

"……."

할머니는 양민정이었다. 내 놀람에 대해 그녀는 침묵했다. 뭔가 조금 이상했다.

요양원을 세 번째 방문했을 때 나는 원장의 허락을 받고 민정을 데리고 외출했다. 나는 민정을 차에 태우고 속초로 향했다. 오후 5시경에 횟집에 들어갔다. 농어회는 싱싱했고 머구리가 수심 20미터에서 직접 잡았다는 멍게에서 바다향이 진하게 났다. 식사를 마친 뒤 사방이 어스름해질 때 우리는 횟집에서 나왔다. 속초항 해변의 하늘이 붉은빛으로 물들고 있었다. 나는 목적지도 정하지 않은 채 그녀를 태우고 무작정 차를 몰았다. 새로 아스팔트 공사를 한 해변도로는 헤드라이트 불빛에 반사돼 노란 선이 더 산뜻해 보였다. 사이드미러에 비친 중앙선이 차와 일렬로 달렸다. 그렇게 속초 해변도로를 몇 시간 달렸던 것 같다.

그토록 보고 싶었던 민정과 수십 년 만에 만나 드라이브라니……. 나는 가슴이 터질 것 같았다. 이 여자가 내가 한순간도 잊지 못한 그 여자가 맞나 싶어 운전을 하면서 고개를 돌려 조수석을 쳐다보곤 했다. 차창 밖 멀리서 불빛들이 반짝거렸다. 이따금 불빛들은 성게처럼 가시를 세워 몸을 부딪치기도 하고 부딪친 불빛들은 가시가 꺾인 채 밑으로 떨어졌다. 그때였다. 민정이 갑자기 내 얼굴을 뚫어져라 쳐다보더니 "배고파"라며 얼굴을 찡그렸다. 불과 10분 전에 농어 매운탕으로 밥을 한 그릇 깔끔하게 비워놓고 배가 고프다며 짜증을 부리다니. 조금 전 민정은 횟집에서 며칠 굶은 사람처럼 농어 매운탕으로 밥을 싹 비웠다. 밥그릇 바닥을 숟가락으로 달달 긁기까지 했다. 밥을 먹을 동안은 어떤 말도 하지 않았다. 아무래도 뭔가 이상했다.

네 번째 방문 때 나는 민정을 병원에 데려가 치매 검사를 받았고, 알츠하이머라는 진단이 내려졌다. 일주일 뒤 나는 그녀를 양평 내 집으로 데려왔다. 요양원에 버려져 있는 민정을 보살펴주고 싶었다.

＊

민정은 좀 특별한 치매 환자였다. 하루에 한두 번씩 잠깐 제정신이 돌아오는데, 그때는 최근에 자신이 한 일을 기억하고 있었다. 소고기국 그릇을 잡아당겨 식탁에 쏟았다는 것, 라이터로 커튼에 불을 붙였다는 것, 양평 집에 온 1년 뒤에는 대소변을 가리지 못해 악취 때문에 하루 종일 창문을 열어놓았다는 것까지.

오늘 오후 5시경, 민정은 제정신으로 돌아온 것 같았다.

그녀가 말했다.

"명수 씨, 나 사랑하지?"

"물론, 하늘만큼 땅만큼 사랑하지."

내가 농담조로 대답하자 그녀가 웃었다.

"그럼, 우리 오늘 술 마시자."

"응? 무슨 술?"

치매 환자가 술이라니? 나는 조금 놀랐다.

"소…… 맥."

민정의 태도는 은밀했다. 마치 술을 마시면 안 되는 미성년자인 것처럼.

"좋아, 내가 오늘 자기한테 소맥 제조 끝내주게 해줄게."

우울해 보이는 민정의 기분도 풀어줄 겸 나는 상남자처럼 으스댔다.

"술 마시고 블랙아웃 돼본 적 있어?"

"있어. 자기가 처리해달라는 그 스토커와 술 마시고 명동 뉴욕제과에 갔을 때."

"그럼 명동제과에서 나에게 무슨 말을 했는지도 모르겠네."

오늘 민정은 평상시보다 제정신인 상태가 길었다.

"어떻게 명동제과까지 갔는지도 기억 안 나."

"바보야, 택시비 내가 줬잖아."

"내가 택시 타고 갔었나? 기억이 하나도 안 나.

"조금도 기억이 안 나지?"

그녀가 다짐을 받듯이 물었다.

"그래, 조금도."

"내가 그래."

"무슨 이야기야?"

"나, 조금 있으면 내가 무슨 말을, 무슨 짓을 했는지 또 기억 안 날 거야."

이렇듯 제정신이 돌아오면 민정은 자신이 치매 환자인 것을 확실히 인정하고 있었다.

"언젠가는 지금은 알고 있는, 내가 기억하지 못한다는 사실조차 기억하지 못할 거야."

"걱정하지 마. 내가 있잖아. 내가 자기보다 더 나중에 죽을게."

"그래서 말인데…… 소원 하나 들어줘."

나는 그녀의 강단 있는 성격을 생각하자 덜컥 겁이 났다.

"들어줄 만하면……."

"아니, 내가 말을 하면 꼭 들어줘야 해!"

그녀는 슬픈 듯도 하고 홀가분하기도 한 듯한, 모호한 표정을 지었다. 내가 저 표정에 반했지. 그런 생각을 하자 갑자기 그녀가 가슴에 품은 채 망설이고 있는 말이 무엇인지 궁금해졌다.

"들어줄게, 말해봐."

"남자가 두말하기 없기다. 약속 안 지키면 죽여버릴 거야!"

민정이 작은 주먹을 둥글게 말아 쥐고 협박하는 것처럼 위로 들어 올렸다.

"술 가져올게. 말하기 힘들면 한잔하고 말해봐. 그러면 용기가 생길 테니."

내가 그녀를 달랬다.

"사랑에 도덕이 섞이면 진짜 사랑이 아닌 거야."

양민정이 심각한 말투로 말했다. 나는 대답하지 않았다.

내가 냉장고에서 술을 꺼내 왔을 때 민정이 명령조로 말했다.

"명수 씨, 나 내일 안 깨게 해줘!"

어색해진 나는 다시 농담으로 맞받았다.

"그럼 우리 내일 하루 종일 침대에서 빈둥거릴까?"

내 말을 무시하고 민정이 말했다.

"오늘…… 날 가져도 돼."

"허락하면 가질 거야. 자기를 처음 만나고 사십구 년 만에 내 여자로 만들 거야."

"응, 허락할게."

나는 민정을 침대로 데려가 눕혔다. 위에서 아래로 블라우스의 단추를 풀기 시작했다. 그녀는 몸을 모로 세워 옷 벗기기가 수월하도록 해주었다. 나는 등 뒤로 손을 집어넣어 브래지어의 클립을 풀었다. 나는 침을 꿀꺽 삼켰다. 침이 목구멍으로 넘어가는 소리가 내 귀에 크게 들려 민망한 기분이 들었다. 민정은 똑바로 누워 눈을 감은 채 첫날밤을 보내는 처녀처럼 부끄러운 표정으로 내게 몸을 맡기고 있었다.

바지 끝단이 그녀의 발목을 빠져나오는 것을 보다가 내 눈 밑이 뜨뜻해졌다. 눈물이 사정없이 흘러내리고 있었다. 나는 민정의 발가락에 입을 맞추었다.

"간지러워."

민정이 어리광을 피우는 듯한 목소리로 말했다. 추울까? 나는 어떤 의식을 치르기 전의 마지막 동작처럼 난방 스위치를 2도 더 올렸다.

"사랑해."

내가 민정의 귀에 대고 속삭였다.

그녀가 황홀한 듯 눈을 감았다. 동시에 내 양손이 그녀의 목을 양쪽에서 잡았다. 혼신의 힘으로 목을 조여 들어갔다. 1분, 2분, 3분, 민정의 얼굴이 붉어졌다가 점차 하얗게 변해갔다. 공중에서 버둥거리던 발이 제자리를 찾은 듯 침대 위에 떨어졌다. 어느새 내 몸 아래에는 한 여자가 미동도 없이 편안한 자세로 누워 있었다. 그녀는 맑은 물이 가득 고인 옹달샘 같은 눈으로 나에게 말하고 있었다.

다음 정류장에 좀 내려줄래?

응. 저기 골목에 서 있는 남자 보이지? 저 애 처리 좀 해줘. 저 남자 때문에 공부가 안 돼. 저 녀석이 내가 누구냐고 물으면? 내 애인이라고 말해. 끝나면 뉴욕제과로 와! 응. 알았어. 바보같이, 술이 취해가지고서. 그 녀석이 나한테 맞았잖아. 울면서 널 포기할 테니 술 한잔 사달라고 했어. 그 부탁을 거절하기 힘들었어. 그래도 그렇지, 명수 씨는 그날 한 여자의 프러포즈를 엉망으로 만들어버렸어. 스토커를 해결해달라고 부탁한 것이 당신의 프러포즈였어? 그래, 이 바보야. 좋아하지 않는 남자에게 그런 은밀한 부탁을 하는 여자가 어디 있어? 내가 학급회장이라서가 아니었어? 자기는 그때나 지금이나 바보 같아. 그래, 난 지금 바보짓을 한지도 몰라. 겁 나! 내가 숨이 끊어지는 순간까지도 날 사랑했어? 응, 당신을 처음 본 이후 지금까지 평생 사랑했어. 고마워, 불쌍해서 인정해줄게. 근데 이번에는 전혀 바보 같지 않았어.

＊

나는 112에 전화를 걸었다.

"사람을 죽였습니다."

상대의 말이 잘 들리지 않아 나는 휴대폰의 스피커폰 버튼을 눌렀다. 방 안에 112 담당자의 목소리가 울려 퍼졌다.

"예? 뭐라고요?"

"내가 목을 졸랐다고요!"

"거기가 어디예요? 주소를 말씀해주세요!"

"양평……."

나는 민정이 인지기능 검사 때 '비행기' 외 다른 낱말을 기억하지 못했던 것처럼, 양평 다음에 말해야 하는 번지수가 기억나지 않았다. 나는 전화를 끊었다. 통화 기록만 있으면 GPS로 위치 추적이 가능하다. 곧 경찰차가 사이렌 소리를 울리며 들이닥칠 것이다.

무표정하게 누워 있는 그녀를 내려다보며 내가 다시 말했다.

"사랑해."

민정의 얼굴이 처음으로 편안해 보였다. 입술이 달싹하는 것 같았다.

"내가…… 내가, 더 많이."

이 말은 그녀의 전매특허였다.

민정은 한 인간으로서 죽음을 선택할 권리가 있을까. 사랑했다면 내가 그 고귀한 권리를 대신해도 될까. 나는 천장을 향해 펴진 민정의 작은 손바닥을 가만히 내 큰 손바닥으로 덮었다.

낙엽을 쓸다

낙엽을 쓸다

추성호가 건축현장 잡역부로 일을 시작한 것은 두 달 전인 11월이었다. 초겨울이 시작되기 전 나무들은 세찬 바람을 몸으로 받아들였다. 바람이 불 때마다 간신히 나뭇가지에 매달려 있던 낙엽이 춤을 추듯 흔들리며 우수수, 떨어졌다.

가림막처럼, 공사장 주변을 두르고 있는 단풍나무 가지에서 하루 종일 낙엽이 떨어져 공사장 마당 여기저기에 수북이 쌓였다. 그 낙엽을 쓸어서 버리는 것도 추성호 같은 잡역의 몫이었다. 귀찮고 성가신 일이었다. 잡역부들은 공중을 날아다니는 낙엽을 올려다보며 투덜댔다.

잡역부의 정식 명칭은 '건설 단순 노무자'로서 건설기능공(목공, 철근공, 콘크리트공, 배관공 등)의 작업을 지원하고 보조한다. 철근, 벽돌, 시멘트, 몰탈 등 공사자재를 정리하고, 공사자재를 설치 장소로 운반하며 건설현장에서 각종 청소 및 심부름을 맡아 했다.

건축주는 구두쇠였다. 건설기능공들은 단체로 현장 식당(함바)에서 점심을 먹었지만 잡역부는 도시락을 가져오거나 자기 돈으로 짬뽕이나 짜장면을 시켜 먹었다. 씨팔 그깟 돈 몇 푼 한다고! 잡역부들은 짜장면을 먹으며 불평을 늘어놓았다.

오늘도 현장에서 짜장면을 먹는데 어디선가 불어온 바람이 그의 얼굴을 향해 맹수처럼 달려들었다. 성호는 숨을 쉴 수조차 없었다. 바람은 흙먼지를 일으키며 한 장의 신문을 성호 앞으로 배달했다. 신문은 구겨지고 빛이 바래 있었다. 공사장 바로 뒤에 폐지 버리는 곳이 있었다. 요즘은 종이가 돈이 되지 않아 박스나 신문을 수거해 가는 사람이 없었다. 신문은 그곳에 한동안 버려져 있다가 묶은 줄이 끊어지고 그중 맨 위에 놓인 것이 바람을 타고 돌아다니다가 성호가 먹는 짜장면 그릇 앞으로 날아온 것일 터였다.

그가 신문이 쓸어온, 얼굴에 묻은 먼지를 닦으며 짜장면 그릇을 들어 국물을 마셨다. 성호는 짜장면을 먹으면 유독 국물이 흥건해졌다. 짜장면을 먹을 때 생기는 국물은 전분 속 녹말이 침 속의 단백질인 아밀라아제라는 성분과 반응하여 녹은 것인데, 성호의 침에는 아밀라아제가 일반인보다 몇 배나 많았다.

그가 국물을 다 마신 뒤 그릇을 내려놓으려는 순간 그 신문 맨 위의 큰 글자가 눈에 들어왔다. '급전 필요한 서민 등쳐먹은 장기매매 알선'라는 헤드라인이었다. 성호는 손으로 신문을 집어 그 기사를 읽어 내려갔다. 기사 내용은 이랬다.

M경찰서는 29일 급전이 필요한 서민들을 대상으로 장기매매를 빙자, 간 기능검사 비용 등으로 수천만 원을 가로챈 혐의(사

기)로 안모(53) 씨를 구속했다. 경찰에 따르면 안 씨는 지난해 10월부터 최근까지 서울 · 경기 · 부산 · 광주 등 전국의 터미널 및 종합병원 등의 공중 화장실에 '장기 삽니다. 간 1억, 신장 5천'이라는 내용의 광고를 게시한 뒤 이를 보고 연락해온 20여 명으로부터 간 기능 검사 비용 및 신분세탁 명목으로 1인당 100~300만 원씩 총 4천 500만 원 상당을 받아 가로챈 혐의다. 경찰 조사 결과 안 씨는 피해자들이 연락을 해오면 미리 각 지역 병원의 이름과 전화번호를 알려주고 조직 검사를 유도해 피해자들을 안심시킨 것으로 드러났다. 피해자 가운데는 기초생활수급자, 사업실패자 등 사회적 약자가 대부분인 것으로 나타났다.

"이런 처 죽일 새끼들!"
성호는 그 기사를 읽자마자 화가 나서 욕이 나왔다.

*

추성호가 장기매매 사기 신문기사를 읽은 날은 아내의 서른일곱 번째 생일이었다. 아침에 미역국을 끓여주지는 못했지만, 그녀의 생일을 잊지는 않았다. 핑계 삼아 오랜만에 가족 외식을 할 생각이었다. 아침에 집을 나서면서 저녁 준비를 하지 말라 했다. 그때 "알긴 아나 보네" 하며 아내 경순의 얼굴이 밝아졌다. 성호가 대답했다.
"당연하지. 마나님 생일을 머슴이 어떻게 까먹어!"

머슴이라는 말에 까르르, 그녀의 웃음이 터졌다. 평소 빈틈없고 야무진 그녀가 성호의 농담에 무방비로 웃음을 터뜨리는 때가 있었다. 남편의 농담은 그가 노가다 일을 견딜 만하다는 표시로 받아들였다. 추성호의 원래 직업은 어엿한 K가죽제품 중소기업 사장이었다. 주로 지갑이나 여성용 핸드백을 만들었고 직원만 40여 명 됐다. 제품은 모두 총판에 넘겼는데 총판 사장이 대금을 반 년째 차일피일 미루다가 돈을 떼먹고 외국으로 도망쳤다. 직원 급여와 원자재비 등 지불해야 할 돈은 쌓여갔다. 추성호는 돈을 빌리려고 눈물을 흘렸지만 한 남자의 눈물만으로 해결될 돈이 아니었다. 결국 회사는 부도를 냈다. 살던 집은 경매로 넘어갔고 집 안에 있는 모든 물건이 압류됐다. 빨간 딱지가 붙었다. 두 달 뒤 경매 낙찰자로부터 집을 한 달 안에 비워달라는 내용증명이 날아왔다. 그리고 그 한 달을 하루 앞두고 추성호의 인생은 끝났다.

그는 집이 경매에 넘어간 그날부터 10여 개나 되는 동네 의원 전부를 들락거렸다. 불면이 심하다고 처방받기 시작한 수면제가 약통에 가득 쌓이자 그는 나쁜 마음을 먹었다. 100여 알의 수면제를 통째로 입안에 털어 넣고 자살을 시도했는데 마침 학교에서 돌아온 딸 경희가 발견해서 목숨을 건졌다.

집을 비워주기로 한 날이 다가왔다. 추성호는 아내와 연년생인 딸 경희와 아들 경호를 처가에 맡기고 자신은 고시원을 전전하며 일용직 노동자가 됐다. 그 상황에서도 돈이 생기면 가장 노릇을 한다며 아내에게 송금했다. 그러기를 2년, 고시원에 낼 방값조차 없어지자 몇 달간 노숙자가 된 적도 있었다.

오늘은 아내의 서른일곱 번째 생일이었다. 성호는 아들과 딸에게 전화를 걸어 가족 외식을 하니 여섯 시까지 들어오라고 했다.

"엄마 생일?"

중2병을 앓는 사춘기 소녀인 경희가 아는 체한 데 비해 아들은 이상하다는 듯 "왜?"라며 되물었다. 어제 경호는 오늘 수업 마치고 학급별 축구 시합이 있다고 했다.

여섯 시를 10분 남기고 가족이 다 모였다. 성호는 20만 킬로를 더 달린 중고차에 세 명을 싣고 동네 옆 돼지불고기 가게로 향했다. 집으로 돌아오는 길에 동네 빵집에 들러 케이크도 준비해서 차 트렁크에 넣어두었다. 그는 오랜만에 생일 핑계를 대고 소주도 한잔 할 생각이었다. 아내도 운전을 잘했다. 사업이 부도나기 전 고급 세단을 몰며 주위에서 사모님 소리를 들었었다. 성호는 거머리처럼 뇌 깊숙이 파고든 지나간 악몽을 씻어내고 싶었다.

그는 지게차 운전학원에 다니고 있었다. 다음 달이면 지게차 면허증을 따게 될 것이다. 면허증을 따면 물류회사의 지게차 운전기사에 응모할 계획이었다. 몇 년만 더 고생하면 매달 불안에 떨지 않고 가족 생계는 책임질 수 있겠다는 생각에 행복했다. 그는 아내보고 먼저 들어가서 자리를 잡으라 했다. 성호는 트렁크에서 케이크를 꺼내 짜잔- 하며 나중에 등장할 생각이었다. 계획대로 됐다. 아내와 경희, 경호가 가게 문을 열고 들어갔고 그는 허리를 굽혀 트렁크에서 케이크를 꺼내 들었다. 차 진동 때문에 케이크 상자 한 귀퉁이가 찌그러져 있었다.

맛집으로 소문난 곳이어서 저녁 식사 시간이 되기도 전에 자리가 꽉 차 있었다. 손님들이 바글댔고 그들이 나누는 잡담으로 귀가 먹먹했다. '사는 게 이런 거지.' 성호는 그 시끄러움조차 행복으로 받아들였다.

"경희 아빠!"

화장실 옆 4인용 테이블에서 아내가 손을 들었다. 그가 케이크를 탁자 위에 올려놓았다. 경희가 웃으며 박스 뚜껑을 열고 케이크를 꺼냈다. 경호는 멀뚱한 표정으로 누나가 하는 것을 지켜보았다. 딸이 케이크 중간에 양초 큰 것 세 개, 작은 것 여섯 개를 꽂더니 생글거리며 엄마에게 말했다.

"엄마, 한 개 더 꽂을까 말까?"

"마지막 한 개는 네 아빠에게 꽂으라고 해. 네 아빠 때문에 한 살 더 늙었으니까."

성호가 아내가 시키는 대로 양초를 꽂으며 말했다.

"여보, 생일 축하해. 그리고 미안해."

아내는 검소하고 치밀한 성격이지만 그 반대편에 대범한 면을 숨기고 있었다. 그 대범함은 정체를 숨기고 있다가 어느 순간 벼락처럼 울린다. 그때가 바로 지금이었다. 그녀가 놀라운 말을 했다.

"오늘 대리 부를까?"

성호는 "우리 처지에?"라는 말을 입안에 삼켰다. 오늘은 아내의 생일이다. 살면서 얼마나 그녀에게 얼마나 아픔과 상처를 남겼던가. 이제 그녀의 말은 성호에게 곧 법이었다.

"웬일이야? 당신도 한잔하게?"

"나, 요즈음 조금씩 행복해지려고 하나 봐."

아내가 핸드백에서 손수건을 꺼내 눈 주위를 닦았다.

"여보, 그동안 미안했어. 당신이 참고 따라와주지 않았다면 이런 날도 오지 않았을 거야. 모든 게 당신 덕분이야. 나 때문에 가정이 파괴될 뻔했어."

"정말? 그럼 나 오늘 한잔한다!"

"오케이, 열 잔이라도."

성호는 아내가 죽으라면 죽을 시늉이라도 하고 싶었다. 그래 둘이 한잔하자. 이틀간 연장근무를 해서 일일 추가 수당 3만 원을 받아서 주머니에 6만 원도 있었다. 집이 가까워 대리운전비는 2만 원이면 될 것 같았다.

"그런데 여보, 이런 거 알고……."

성호는 갑자기 오늘 점심때 짜장면을 먹다가 바람에 날려 온 신문의 기사를 읽은 것이 떠올랐다. '급전 필요한 서민, 등쳐먹은 장기매매 알선'이라는.

"밑도 끝도 없이 이런 거 알고, 라니?"

아내가 가볍게 타박하며 성호의 말을 잘라먹었다.

"장기매매 사기꾼들이 간이나 신장을 일억에서 오천만에 구입한다는 전단지를 화장실에 붙여놓고 전화한 사람에게 '검사비'라는 핑계로 돈을 뜯어냈대. 피해자 대부분이 은행 빚에 시달리는 서민이나 기초생활수급자였대. 이런 나쁜 새끼들!"

성호는 자꾸 욕이 나왔다. 아내가 아이들 앞에서 욕을 하지 말라는 뜻으로 눈을 깜빡했다. 그가 조그맣게 "미안"이라며 사과한 후 아내의 빈 잔에 소주를 따라주었다.

"벌써 뉴스에 나왔어. 언제 적 이야기인데 당신만 오늘 알았나 보네."

"그런가?"

성호가 아내에게 놀라는 눈빛을 보냈다.

"당신은 항상 반 박자 늦지. 장점이자 단점이기도 하지."

"장점은 무슨? 완전 단점이지. 부도가 나기 전 남들이 다 알고 있는 총판 사장의 도망 낌새를 미리 알아챘더라도……."

아내의 소주잔이 또 비었다. 하긴 연애하던 시절 아내의 주량이 성호보다 셌다. 주량과 상관없이 술을 마시는 방법이 달랐다. 아내는 조금씩 잔을 비워 자리가 파할 때까지 취하지 않았다. 그는 원샷이었고, 술자리 끝 무렵에는 탁자에 머리를 처박는 둥 취한 모습을 보여주곤 했다. 성호와 아내 둘 다 성호가 물류회사 지게차 기사로 채용되는 꿈을 가지고 있었다.

"한 병만 더, 안 될까?"

아내 경숙이 애원하듯 말했다. 눈빛은 애원하듯 했지만 성호에겐 명령처럼 들렸다. 가족이 모두 모여 생일파티를 해본 적이 몇 년 만인가. 그는 사업체 부도, 집 경매, 압류딱지, 고시원, 노숙자 생활, 자살 시도 등을 떠올리며 그때의 절망과 지옥 같은 세월을 떠올렸다. 동시에 물류회사에서 지게차를 몰며 이마의 땀을 훔치며 일을 하는 자신의 모습을 상상했다. 경희와 경호, 두 아이도 그 지옥 같은 시간을 견뎌내며 탈선하지 않았다. 이제는 희망이 생겼다.

"그래 한 병만 더 마시자. 한 시간 후에 대리 부를게."

성호는 카운터에 가서 음식점 주인에게 한 시간 후에 대리를 불러

달라고 부탁했다. 그리고 물었다.

"사장님, 성원연립까지 이만 원이면 되겠지요?"

"오늘은 불금이라 삼만 원을 달라고 할 텐데."

"하여튼 불러주세요. 대리도 먹고살아야 하니 삼만 원 주면 되지 뭐."

성호는 사회 하층에서 일하는 사람들에 대한 이해심이 컸다. 자신이 그런 생활을 경험한 뒤로부터 그랬다.

∗

아내가 술을 마시다 말고 배를 만졌다. 미간을 찌푸렸다.

성호가 놀라서 물었다.

"왜 그래? 갑자기 안 먹던 고기를 먹으니 위가 놀랐나?"

"한 번씩 배 위쪽이 아파. 그러다 괜찮아져. 걱정하지 말고 고기 많이 먹고 한잔해. 건설 현장일, 그거 안 하던 일이라 힘들지? 요즘 당신 얼굴이 별로야."

아내가 오히려 성호 걱정을 했다. 그가 엄마 옆에 앉아 있는 경희와 자리를 바꿔 앉았다. 아내 옆에 있어주고 싶었다. 누가 보건 말건 아내의 배를 쓸어주고 싶었다.

"나도 두 달 뒤면 불혹이구나."

성호가 석쇠 중앙에 거뭇거뭇하게 탄 고기를 가장자리로 옮겨놓으며 혼잣말로 중얼거렸는데, 경희가 재빠르게 끼어들었다.

"아빠, 학교에서 배웠어요. 불혹, 공자가 논어에서 한 말이지요?

나이 사십이면 유혹되지 않는다고."

경희는 똑똑하고 공부를 잘했다. 시험을 치면 반에서는 1등, 전교 3등 안에 들었다. 딸아이의 꿈은 로스쿨에 가서 변호사가 되는 것이었다. 사회적 약자를 위해 보람된 일을 해보고 싶다고 했다.

"그래 네 말이 맞다. 아빠가 내년이면 벌써 사십이구나."

"벌써가 아니라, 겨우 사십인데요."

"그래, 그 말도 맞다."

성호는 경희가 하는 말마다 황희 정승처럼 고개를 끄덕였다. 한동안 딸과 말을 주고받다 보니 아내의 상태를 살피지 못했다.

"당신 괜찮아?"

성호가 미안한 듯 물었다. 아내는 여전히 배를 만지고 있었고 접시 위의 놓인 고기를 한 점도 먹지 않았다. 성호는 걱정이 됐다. 일어서야 할 것 같았다.

"대리 빨리 오라고 해볼게. 일찍 집에 가서 쉬자."

"요즘 음식을 조금만 먹어도 배가 터질 것처럼 불러와."

"살도 좀 빠진 것 같네."

"너무너무 피로해. 감당이 안 될 것만큼."

"당신, 내 사업, 부도났을 때 B형 간염 앓았었잖아."

성호가 고개를 돌려 아내의 얼굴을 똑바로 응시했다. 맑고 새하얀 피부였는데 지금은 노리끼리해 보였다.

"얼굴빛이 노랗네."

"숯불에 비쳐 그렇게 보일 거야."

아내가 성호의 말을 부정했다. 자신 때문에 5년 만에 가진 생일과 티를 망칠 것 같아 그렇게 말하는 것 같았다.

"혹, 간염이 재발한 게 아닐까?"

"좀, 피곤하기는 해. 하지만 삼십 대 후반의 주부에게 하루하루의 생활 자체가 피곤한 것일 테니."

아내가 병 이야기를 스물쩍 넘어가려 했다. 그녀는 아무 관계도 없는, 30대 후반의 주부 일상과 연결해 병색이 드리워진 얼굴빛과 피로함을 피해 가려고 했다.

"내일 병원 가보자. 마침 건설현장 일도 없어."

"병원은 무슨? 며칠 쉬면 나아질 거야. 요즘 일이 좀 많았어."

"간염이 재발한 거라면 빨리 치료해야 해. 간경화나 간암 환자의 절반이 간염 환자였대."

"그런 말 하면 재수 옴 붙는다, 그만해."

*

성호는 기능공 중 배관 일을 눈여겨보았다. 휴식 시간에도 배관공을 따라다니며 열심히 일을 배웠다. 그리고 11개월 후 배관 전문 기능공이 되었다. 건설 단순 노무자인 잡역부에서 어엿한 건설기능공이 됐다. 점심도 도시락을 사 오거나 짜장면을 시켜 혼자 먹지 않고 동료들과 어울려 함바에서 먹었다. 하지만 생리 현상 해결은 함바 옆 기능공 전용 화장실이 있는데도 일용직 때의 버릇을 버리지 못했다. 짓고 있는 건물에 가려진 곳으로 가서 소변을 보았다.

성호가 건설현장 잡역부가 된 지 1년이 흘렀다. 다시 초겨울이 시작되면서 낙엽들이 건설현장 마당을 뒤덮었지만 이제 낙엽을 쓸지 않아도 됐다. 그것은 새로 고용한 일용직 잡역부의 일이었다.

12월을 며칠 남기고 아내의 병색이 두드러졌다. 국립대 대학병원 간암센터의 최종 진단 결과는 간암 4기였다. 얼굴은 황달이 와서 노랬다. 간암 증상이 하루하루 달라졌다. 크리스마스쯤엔 피부색뿐 아니라, 눈 흰자위까지 노랗게 변했다. 새해를 이틀 남기고 배에 물이 차는 복수 현상도 시작됐다. 배를 움켜쥐면 손에 잡힐 만큼 간이 비대해져갔다.

아내를 살리기 위해 간 이식 외에 방법이 없었다. 아내의 혈액형이 A형이고 그는 B형이라 두 사람 사이는 간 이식이 불가능했다. 성호는 그녀에게 간을 줄 수 없었다. 경희와 경호도 둘 다 B형이라 간 이식이 불가능했다. 가족 간 간 이식이 불가능한 상황은 성호에게 절망조차 존재하지 않게 했다. 뇌사 상태의 간 제공자도 나타나지 않고 아내는 어떤 통증에도 반응하지 않는, 간암 4단계인 간성혼수에 빠지곤 했다. 아내와 자식들이 그토록 바라던 물류회사 지게차 운전공이 됐는데, 4대 보험(국민, 건강, 고용, 산재보험) 대상자인 상용직 근로자(1일 8시간, 주당 40시간 근무자)가 됐는데, 조금만 더 고생하면 연립에서 주변 환경이 더 좋은 아파트로 이사 갈 수도 있는데, 아내의 목숨은 언제 꺼질지 모를, 바람 앞의 촛불처럼 흔들렸다. 풍전등화(風前燈火)라는 사자성어가 생각났다.

성호는 태어나는 순간부터 뚫린 창호지로 쏟아져 들어온 바람 앞의 신생아였다. 옥수동 달동네 쪽방촌에서 어머니가 그를 출산했을 때 곁에는 아무도 없었고 출산 후 당신은 기절했다. 그 무렵 아버지는 사람 하나 겨우 드나들 좁은 막다른 골목길, 그 얼어붙은 골목길의 맨 끝 집 노름판에 끼어들어 가진 돈을 다 잃곤 했다. 주머니가 텅텅 비어도 그는 집으로 오지 않고 담배 심부름을 하거나 술과 안주를 사 오곤 했다. 돈을 딴 자에게 몇 푼의 개평이라도 얻어볼 요량이었다. 성호를 제외한 2남 1녀 형제들은 겨울방학을 맞아 외갓집에 가고 없었다. 자식을 굶기지 않기 위해 어머니가 보냈다. 갓 태어난 신생아 성호는 방풍도 난방도 되지 않는 방 안에서 돌보는 사람조차 없었다. 돈이 없어 난방을 하지 못해 구들목조차 냉골인 방 안에서 언제 죽을지도 몰랐다. 성호는 울음을 터뜨리는 것 외 할 수 있는 것이 없었다. 기절한 어머니 옆에서 목이 쉬도록 울고 또 울었다. 엄마의 태반을 통해 호흡하던 그가 자신의 폐로 호흡하면서 처음 맞이하는 불안과 충격으로 울음을 터뜨렸다. 열 달 동안 엄마의 심장 박동 소리를 들으며 하나의 생명체가 되었던 그가 엄마의 심장 소리를 더 이상 들을 수 없게 되면서 알 수 없는 불안감과 두려움에 자지러지게 울다가 힘에 부쳐 울음을 멈추곤 했다. 다행히 밀린 월세를 받으러 온 주인 여자에게 발견되어 엄마는 목숨을 건졌다. 남편이 노름에 빠지면서부터 몇 달째 월세도 내지 못했다.

노름판을 기웃거리기 전 성호 아버지 추영호는 성실하고 능력 있는 가장이었다. 달동네 집들은 낡고 오래돼 집 안 기기들이 고장 나는 일이 잦았다. 전기가 나간다거나 수돗물이 안 나온다거나 아궁이 불이 구들목을 데우지 못하는 등, 인간이 살아가는 데 필요한 모든 것에 이상이 생기면 그를 부르러 달려왔다. 말하자면 그는 설비 일을 했다. 그때까지만 해도 달동네에서 살긴 해도 웬만한 도시 근로자 수입보다 많았고, 이웃들은 성호 집을 부러워했다. 하지만 노름은 악마였다. 소낙비가 내리던 어느 날 그 악마가 입을 벌리고 날카로운 이빨로 성호 아버지를 물어뜯었다. 그날 성호 아버지는 사기 노름꾼 박 씨의 꾐에 빠져 노름판에 끼었다. 전날부터 기온이 급강하하여 보일러를 고쳐달라는 이웃들의 부탁이 빗발쳤는데 그 부탁들을 제쳐놓은 채였다. 성호 아버지는 첫 노름에서 가진 돈을 다 잃었다.

술에 잔뜩 취해 집에 돌아와 엄마가 성호를 낳고 기절했다는 것도 모른 채 코를 골며 이튿날 오후까지 잤다. 그날 엄마는 천사 같은 집주인의 집에서 잤다. 그리고 집주인이 베푼 호의로 그녀 남편이 끄는 리어카에 실려 월세 집으로 돌아왔다. 남편은 없었다. 오후쯤에 일어난 남편 추영호는 다시 노름판에 갔다. 이번에는 자발적이었다. 어제 잃은 돈을 되찾고 싶은 욕망이 갈고리로 그의 코를 꿰어 노름이 벌어지고 있는 골목길의 막다른 집으로 끌고 갔다. 장롱 뒤편과 장판 사이 벌어진 틈에 숨겨둔 비상금을 꺼내 갔다. 성호 어머니가 부축을 받아 방 안에 들어섰을 때 도둑이 든 것처럼 집 안은 난장판이 펼쳐져 있었다. 순간적으로 눈길이 장롱 쪽으로 갔다. 원래 틈이 없도록 붙여놓았는데 장롱과 싱크대 사이가 벌어져 있었다. 도둑이 든 것이 아니었다. 이 쪽방촌에는 도둑이 없었다. 도둑도 가져갈 게 있어야 담을 넘는데 이곳 동네에는 오히려 물건을 훔치려 침입한 도둑이 자기 지갑 속 지폐 한 장을 떨어뜨리고 갈 정도였다. 하층민 중의 하층민들이 살았다.

성호 어머니 눈에서 눈물이 쏟아졌다. 누구 짓인지 금방 알아차렸다. 태어나 처음으로 욕을 했다. 그녀는 영양실조로 젖이 나오지 않 았다.

"이노무 새끼, 아이 분유 살 돈까지!"

욕을 내뱉자 기관지 깊은 곳에 붙어 있던 끈적끈적한 점액질의 가 래가 떨어져 나왔다. 가래를 뱉어내자 속이 후련해지고 잠깐이나마 행복한 기분이 들었다. 진드기처럼 달라붙어 떨어지지 않던 가래를 뱉어내기 위해 그동안 얼마나 억지 기침을 했던가. 가래를 떼기 위 해 기침을 할 때마다 몸이 뒤틀리고 얼마나 후들후들 몸이 떨리곤 했던가. 성호 엄마는 남편에게 물어보지 않고 그동안 저축해놓은 돈을 전부 찾아 남편 명의로 쪽방 집을 샀다. 통장에 저축해놓은 돈 은 그동안 남편이 번 돈이었다. 언제 재개발이 되어 집이 헐릴지도 모르지만 그런 것이 문제가 안 됐다. 도박을 끊기 위해서는 남편에 게는 돈이 없어야 했다. 통장에 돈이 있는 한, 남편은 그녀를 구타해 서라도 도박할 돈을 찾으려 할 게 틀림없었다.

남편의 도박 증세는 점점 더 심해져 성호가 다섯 살 때쯤엔 완전 한 중독자가 되었다. 그리고 우려하던 일이 벌어졌다. 남편을 도박 판에 끌어들이고 도박할 돈을 빌려준 박 씨가 집을 경매에 넘겼고, 어느 날 이를 알게 된 남편이 부엌칼을 가지고 박 씨를 찾아가 찔러 죽였다. 남편은 원래 법 없이도 살 인물이었다. 그런 그가 살인죄로 징역 20년을 선고받고 의정부 교도소에 갇혔다. 돈이 없어 변호사 를 선임하지 못했다. 애 셋 키우고 살기에 바빠 법원에 정해진 날짜 까지 제출해야 할 서류를 내지 않아 국선 변호사의 도움도 받지 못 했다. 문맹인 성호 어머니는 국선 변호사 제도가 있다는 것조차 몰랐다.

성호는 아버지 얼굴을 기억하지 못했다. 어머니가 면회를 다니는 것을 알았지만 그녀는 늘 혼자 갔다. 자식이 교도소 가까이 가는 것을 싫어했다.

시간이 흘렀다. 성수가 특전사에서 군 복무 중일 때 아버지는 형기를 마치고 출소했지만 집으로 돌아오지 않았다. 어머니에게 물어보면 "그 인간은 노름꾼으로 전국을 떠돌다가 어디에선가 죽었을 거야"라고 대답했다. 어머니의 대답은 교도소에서도 일을 하고 숙련도에 따라 한 달에 10만 원 정도를 받는다는 거였다. 그렇게 생각하고 계산기를 두드려봤다. 아버지는 20년을 만기복역하고 출소했기에 월 7만 원씩 계산하니 천만 원이 넘는 돈을 가지고 나왔을 것이다. "그 인간은 노름꾼으로 전국을 떠돌다가 어디에선가 죽었을 거야"라는 어머니 말에는 그럴 만한 근거가 있었다. 하지만 성호는 20년이 지난 아직도 화가 가라앉지 않은 어머니 말을 믿지 않았다. 어머니 말이 맞든 틀리든 그가 아버지 나이가 되도록 당신은 돌아오지 않았다. 아버지가 감옥에 있을 동안 옥수동 달동네는 재개발되었다. 성호네 가족은 그 집에서 쫓겨나—아버지의 노름빚으로 경매를 당했으니 쫓겨나고 말 것도 없었다—아내의 친정에서 빌려준 돈으로 현재의 연립으로 이사했다. 살았든 죽었든 추영호라는 아버지 이름은 이제 이 세상에서 존재하지 않았다. 어머니는 연립에서 10년을 더 살다가 폐렴으로 죽었다.

*

  S종합병원에서 최종적으로 아내에게 내린 진단은 간암 말기 단계
였다. 아내는 더 이상의 항암치료를 거부했다. 의사는 치료를 받으
면 여명을 두 배로 늘릴 수 있다고 했지만 그녀의 고집을 꺾지 못했
다. 두 배로 늘어난 여명이라고 해봤자 1년 정도인데, 기껏 1년을 더
살자고 고통스러운 항암치료를 받지 않겠다는 아내를 나무랄 수도
없었다. 남은 방법은 간 이식뿐인데 가족은 혈액형 때문에 안 됐다.
이제 간 공여자가 나타나는 걸 기다리는 것밖에 그녀를 살릴 방법
이 없었다. 하루하루가 빠르게 지나가는데 간 기증자는 없었다. 간
기증자가 나타난다 해도 아내의 간암이 혈관이나 다른 장기로 전이
되지 않아야 간 이식을 할 수 있었다. 다행히 아직 암이 다른 조직
에 전이된 상태는 아니지만 언제 전이가 될지 몰라 성호는 초조했
다. 시간이 없었다. 시간과의 전쟁이었다. 적군은 총칼을 들고 어둠
에 몸을 숨긴 채 야금야금 쳐들어오고 있는데 성호와 아내는 무방
비 상태였다. 어둠 속에서, 형체가 보이지 않는 적을 다만 적이라는
이유만으로 지켜보는 척해야 했다. 좀 더 잘 보기 위해 소매로 흐릿
해진 눈을 문지르는 동안 보이지 않던 적이 눈앞에 불쑥 나타날지
도 모를 일이었다. 총과 칼을 막아낼 방패조차 없었다. 지푸라기라
도 잡는 심정으로 성호는 교회에 나가기 시작했다.
  "주여, 제 아내를 살려주십시오."
  "살려만 주신다면 평생 당신을 믿고 따르겠습니다."
  그는 한 번도 해본 적 없는 기도를 올렸다. 절박한 사정을 알게 된

목사와 교인들이 그의 아내를 위해 '중보기도'를 해주었다. 성호는 중보기도라는 단어를 몰랐다.

*

성호가 다니던 K물류센터 노조에서 파업을 시작했다. 노조의 첫 번째 요구는 노동 여건 개선이었다. 야간 노동, 장시간 노동, 극심한 노동 강도를 개선해달라는 거였다. 회사는 최근 나빠진 경영 상태를 들먹이며 구조조정으로 맞섰다. 직원 대부분은 계약직이었고 성호 같은 정규직 직원은 일부였다. 회사는 정규직의 5퍼센트를 줄인다 했다. 사흘 전 입사한 신입 지게차 기사 윤호영이 작업을 하다가 지게차가 뒤집혀 죽었다. 성호의 생각으로는 윤은 아직 지게차 작업에 투입해서는 안 됐다. 윤은 학원에서 12시간 정도의 교육을 받고 3톤 미만 지게차 운전면허를 발급받은 상태였다. 그가 회사의 작업 지시를 받고 운전한 지게차는 5톤이었다. 3톤 이상은 '지게차 운전기능사 자격증'을 취득해야 운전할 수가 있는데, 인력이 모자라자 윤에게 5톤 지게차를 맡겼다. 회사의 잘못이 명백했다. 성호도 파업에 동참했다. 하지만 잘려서는 안 됐다. 어떻게 구한 직장인데, 가죽 공장이 파산하고 집이 경매당해 쫓겨나고, 고시원과 노숙자 생활이, 기시감이 아닌 기시감처럼 눈앞에 어른거렸지만 파업에 앞장섰다. 한 달 뒤 그는 새로 뽑은 노조 간부 투표에서 노조 부위원장을 맡았다.

노조와 회사는 팽팽하게 대립했다. 어느 한쪽도 물러서거나 양보

하지 않았다. 타협안 같은 것은 없었다. 양측 다 '죽기 아니면 까무러치기'였다. 성호는 회의감을 느꼈다. 이번에야말로 스스로 목숨을 끊어서라도 회사의 인력 경시 태도를 바로잡고 싶었다.

그러는 사이 아내의 목숨은 오늘내일했다. 아내는 계속 간성혼수에서 깨어나지 못했다. 병원 담당 의사는 성호를 따로 불러 마음의 준비를 하라는 말을 했다. 성호는 조선족 간병인을 그만두게 했다. 아내의 목숨이 얼마 후 꺼질지 모르지만 그동안만이라도 자신이 지켜보고 싶었다.

센터는 정리해고 명단을 발표했다. 노조 부위원장인 추성호도 해고자 명단 속에 들어 있었다. 해고자들은 노조의 도움으로 '해고 무효 확인 소송'으로 맞섰지만 성호는 자기 이름은 빼달라 했다. 아내의 마지막 가는 길을 함께하기 위해선 출근을 할 수 없었다. 마침 전에 일했던 건설현장 소장에게 배관공이 필요하다는 전화가 왔다. 그는 거절했다. 대신 당분간 일용직 잡역부로 써주면 안 되겠냐고 물었다. 소장은 이상하다는 듯 짧고 퉁명한 말투로, 그러라고 했다. 일용직 잡역부는 내가 일을 하러 갈 수 있을 때 나가면 된다. 아내의 상태를 보며 일을 할 수 있겠다는 판단에서였다.

소장의 전화를 받은 다음 날 성호는 일용직으로 건설현장에 나갔다. 그를 발견한 소장이 다가와 악수를 청했다. 의리가 있고 성품이 너그러운 사람이었다. 그가 손을 잡으며 말했다.

"부인은 좀 어때? 아직 간 못 구했어?"

"간 기증자는 포기해야 할 듯요……. 오늘내일해요."

성호의 말에 아무런 대답 없이 소장이 화제를 바꿨다. 이 상황에서 제3자가 해줄 말이 없을 테니까.

"자네, 밥은 함바에서 먹어. 할 수 있을 땐 여기서 배관일도 다시 하고."

소장이 특혜를 베풀었다.

"예, 소장님, 감사합니다."

바람이 세찬 날이었다. 그날 성호는 일용직으로 현장 곳곳이 쌓인 낙엽을 동료 인부 한 사람과 쓸었다. 그리고 소장의 배려대로 혼자만 현장 함바에서 점심 식사를 했다. 반찬이 맛깔스럽고 푸짐해서 밥 두 그릇을 비웠다. 그런데 과식한 건지 속이 더부룩하더니 배 속이 부글거렸다. 금방이라도 쏟아질 것 같아서 그는 배를 움켜쥐고 화장실을 찾았다. 건설 기능공 전용 화장실은 함바 옆에 붙은 컨테이너를 개조해서 쓰고 있었다. 변기통에 앉자마자 설사가 쏟아졌다. 그는 금연을 의식하지 않은 채 담배에 불을 붙여 깊게 한 모금 빨아들였다 내뿜었다. 그때 그가 앉아 있는 정면에 붙은 전단지가 눈에 들어왔다. 장기매매 알선 전단지였다. 그 옛날 그가 일용직으로 여기서 일하며 짜장면을 먹을 때 바람에 실려 날아온 S일보에 헤드라인의 '급전 필요한 서민 등쳐먹은 장기매매 알선' 기사처럼. 가장자리가 너덜거리는 사각의 총천연색 전단지에는 이렇게 적혀 있었다.

장기 상담
비밀보장, 1억 이상
100% 국내 연결 가능

폰번호 010-○○○○-○○○○

성호가 화장실을 나가서 전화를 하기 위해 그 전단지의 끝을 잡고 떼내려 할 때였다. 호주머니 속 전화기가 울렸다. 기분이 이상해서 무시하려다 통화 버튼을 눌렀다. 착 가라앉은 여자 발신자의 목소리가 흘러나와 화장실에 울려 퍼졌다. 중환자실 최 간호사였다.

"추성호 보호자분 핸드폰이죠?"

보호자? 보호자라면…… 아내 보호자밖에 없다는 생각이 들었다. 직감적으로 불길한 기분이 들었다.

"방금 아내분이 돌아가셨습니다."

"……."

추성호는 순간 단어 하나를 잊어버렸다. 그것은 '슬픔'이라는 추상명사였다. 슬픔을 잊어버리자 그 단어와 비슷한 말도 생각나지 않았다. 그러자 그는 그 어떤 슬픔도 자기 것이 아닌 양 천진난만한 얼굴이 되었다. "소로우 앤 낫싱 엘스." 그는 반쯤 뜯겨진 전단지를 잡은 손가락의 힘을 풀었다. 그리고 인간만이 가능한 울음을 터뜨렸다. 짐승의 목소리였다.

여자아이
리하

여자아이 리하

　여자는 자신을 여자라 하지 않고 여자아이라 했다. 문자를 주고받기 시작한 뒤 닷새째 되던 날 저녁이었다. 남자는 국어사전에서 '아이'라는 표제어를 찾아보았다. 그 말의 사전적 의미는 세 가지로, ① 나이가 어린 사람 ② 남에게 자기 자식을 낮추어 이르는 말 ③ 아직 태어나지 않았거나, 막 태어난 아이를 정의했다. 여자가 말한 아이는 ①번을 의미하는 듯했다.

　복합명사의 위력은 대단했다. 여자 뒤에 아이라는 명사 하나를 덧붙였는데, 두 사람이 우리은하와 안드로메다은하 같은, 시공간적으로 다른 세계에 살고 있다는 느낌이 들었다. 여자가 복합명사를 사용한 배경에는 두 은하의 생명체 또한 만날 수 없는 존재라는 전제가 깔려 있을지도 모른다. 두 은하는 까마득히 멀어 웜홀을 통하지 않고 상대가 사는 은하에 도달할 수 없는 거리였다.

　남자가 여자에게 답장을 보냈다.

　"탁월한 조어 능력이군. ㅋㅋ"

남자는 답장 끝에 요즘 젊은이들 사이에 유행하는 'ㅋㅋ'을 사용했다.

*

남자와 여자는 스물여덟 살의 나이 차가 났다. 남자는 쉰하나, 여자는 스물셋이다. 남자는 대기업의 경영 부문 임원을 지내다 퇴직 후 여자가 다니는 J대학원의 외래교수로 임용되었다. 바쁜 직장 생활에도 박사학위를 딴 노력파였다. 여자는 석사과정 2년 차의 대학원생이었다. 부산 출신의 여자는 대학교에 입학하면서부터 등록금과 생활비를 정부 융자와 아르바이트로 해결했다. 남자는 기업체에서 쌓은 현장 경험을 대학의 순수학문에 접목시키는 '신경영학' 강의를 맡았다. 여자는 자신의 전공과 상관없는 과목이지만 '맛있는 경영'이라는 강의 제목에 이끌려 수강 신청을 했다.

여자는 꼬박꼬박 수업에 들어왔다. 그때까지 여자는 10여 명 수강생 중 한 명이었다. 미인이라기보다 귀엽게 생긴 얼굴이었다. 얼굴은 동그랗고 웃을 때 볼우물이 팼고, 속눈썹이 짙었으며 눈꼬리가 약간 올라갔다. 첫 인상은 몽골 여자처럼 보였다. 러디어드 키플링의 단편소설 「정글북(The Jungle Book)」의 늑대소년 '모글리'처럼 '보이시'하게 보일 때도 있었다. 지각을 했을 땐 목례 후 개구리처럼 볼에 바람을 집어넣는 보디랭귀지로써 미안함을 표현하곤 했다. 남자는 나이보다 동안이었다. 40대 후반으로 보였다. 키는 큰 편이고 뚱뚱하거나 마르지 않은, 그 나이에 딱 맞는 몸집이었다.

수업 첫날이었다. 첫키스나 첫 섹스처럼, 모든 게 서툴렀다. 노트북과 프로젝터를 연결할 때 남자는 버벅거렸다. 여자는 교탁 앞으로 나가 당황한 남자를 도왔다. 남자는 '심성이 고운 학생이구나' 하고 생각했다. 수업시간에 몇 번 눈이 마주쳤다. 강의 중엔 학생들 중 누군가를 보게 되고 눈이 마주친다고 특별한 감정을 느끼지는 않았다.

한 학기 동안 두 번의 커피 타임과 세 번의 회식이 있었다. 회식은 세미나와 종강 후였다. 커피 타임 때와 마찬가지로 세 번 다 여자는 남자 옆에 앉았다. 중간에 자리를 이탈하거나 옮겨 다니는 다른 학생과 달리, 회식 동안 남자 옆자리를 지켰다. 회식이 거듭될수록 남자와 여자 사이의 거리는 점점 좁혀졌다. 여자의 행동은 종강 회식이라고 해서 달라지지 않았다.

마지막 수업을 끝낸 날이었다. 회식 중간에 남자가 담배를 피우려 밖으로 나왔다. 어느새 여자가 옆에 와 있었다. 그녀는 뜬금없이 "선생님, 오늘 별이 참 곱죠?"라며 남자의 어깨에 묻은 담뱃재를 희고 가느다란 손가락으로 털어주었다.

종강을 며칠 앞두고 남자는 서점에 들렀다. 서적 매장 옆에 문구 판매대가 있었다. 자질구레한 선물용품과 각종 문구류를 팔고 있었다. 남자는 다음 학기에 참고할 책 한 권을 구입한 뒤 필기구를 사려고 문구 판매대에 들렀는데 진열대에 들어 있는 수첩에 시선을 빼앗겼다. 그것은 얇고 자그마했다. 겉장은 빨간 가죽 장정이 입혀져 있었다. 남자는 계산대 여직원에게 책과 함께 수첩도 내밀었다.

종강 회식 날이었다. 여자가 다가와 별 이야기를 끄집어냈을 때,

남자는 미리 준비해둔 수첩을 꺼내 여자에게 건넸다. 그리고 식당 안으로 들어가버렸다. 여자는 엉거주춤한 자세로 남자가 빠져나간 빈자리에 오랫동안 서 있었다. 여자는 음식점 안으로 들어가지 않고 집으로 갔다. 남자는 텅 빈 옆자리를 바라보았다. 술잔이 비는 속도가 빨라졌다. 학생들이 예의상 따라주면 거절하지 않고 다 받아 마셨다. 교수가 학생들 앞에서 만취했다. 남자는 몸을 가누지 못할 만큼 취했다. 남학생들의 부축을 받아 택시에 탔다.

＊

다음 날 오후까지 머리가 지끈거렸다. 그는 오랜 회사 생활 동안 술에 관한 한 '산전수전 공중전'까지 마스터했다. 어제는 달랐다. 평소 주량보다 두 배는 더 마신 것 같았다. 남자는 느지막한 샤워를 하고 안방과 화장실 사이에 딸린 드레스 룸에서 머리를 말리고 있었다. 드레스 룸은 아내와 사별한 뒤 들어가지 않았다. 거실로 나올 때 테이블 위에 놔둔 핸드폰에서 문자 수신 알림음이 들렸다. 액정 화면에 발신자 이름이 뜨지 않았다. 한참 동안 남자는 망설였다. 발코니에 나가 연거푸 담배를 피운 뒤 메시지를 클릭했다.

선생님이 선물하신 다이어리 고맙게 받았습니다.
빨간 겉표지가 너무 예쁘네요. ♥♥♥

송리하 드림
12/11 11 : 39

헉, 여학생이 보낸 문자였다. 요즘 젊은이답지 않게 예의를 갖춘 문자였다. 11일이라면 어제다. 문자를 발송한 시간 11시 39분은 남자를 태운 택시가 강변도로를 달리고 있을 때다. 술에 취해 문자를 놓쳤다.

남자는 문자를 보고 처음엔 선물에 대한 감사 인사라고 생각했다. 그러나 핸드폰을 닫지 못했다. 남자는 세 줄밖에 안 되는 짧은 문자를 여러 번 읽었다. 흡연 욕구가 올라왔다. 담배를 피웠다. 담배를 피우다가 핸드폰을 열어 여자가 보낸 문자를 읽곤 했다. 하트 이모티콘이 눈에 밟혔다. 남자는 고인이 된 아내, 금년에 대학에 들어간 딸 경아, 그들에게 한 번도 받아보지 못한 비밀스러운 부호에서 시선을 떼지 못했다. 어젯밤 여자가 손가락으로 가리키던 별이 떠올랐다. 부호는 남자의 망막에 비친 천상에서 가장 밝은 별, 시리우스처럼 반짝거렸다. 여자의 별은 세 개나 되어 눈이 부셨다. ROTC 전방 수색대대 소대장 시절, 군단장의 견장에 붙어 있던 별과 눈이 마주쳤을 때 놀라움처럼.

남자는 노트북을 켠 뒤 네이버에 '하트'라고 쳤다. 로버트 하트, 브렛 하트, 허버트 하트 등 사람 이름이 떴다. 일본의 록 그룹 라르크 앙 시엘(L'Arc-en-Ciel)이 1998년에 발표한 앨범 이름이 하트였다. 미국 미시건주 카운티에 있는 도시도 하트였다. 하트와 관련된 정보가 이렇게 많은 줄 처음 알았다. 남자는 하트♥의 모양이 심장을 의미한다는 것쯤은 알고 있었다. 그러나 여자의 문자를 받기 전까지 그것은 인간의 심장과는 아무 상관이 없는 부호일 뿐이었다. 이번에는 달랐다. 마우스를 이리저리 옮겨 다니는 남자의 손바닥에 땀이 배었다. 머릿속이 랜턴을 켰다 껐다 하는 것처럼 혼란스러웠다. 남자는 네이버 '지식IN'에 "여자가 남자에게 하트를 보낼 때"라는 문장을 입력했다. 늦은 아침을 먹은 뒤 '지식IN'의 댓글을 하나하나 읽어 내려갔다.

'호감의 표시예요' '하트를 보낼 땐 누군가에게 사랑스러워 보이고 싶을 때예요' 식의 답변이 여러 개 올라와 있었다. '싫다면 하트 보내겠어요?'라는 냉소적인 표현도 눈에 띄었다. 남자에게 하트는 호감이나 좋음을 상징하는 기호가 아니었다. 흉기였다. 스치기만 해도 숨조차 쉴 수 없게 만드는 살상무기에 가까웠다. 그녀의 문자를 읽는 순간 하트의 뾰족한 꼬리 부분이 브로드 헤드 화살촉처럼 남자의 대흉근을 찢고 말랑말랑한 심장에 꽂혀버렸다. 그 화살은 헤드에 브로드라는 금속 날개가 달려 있는 특수 화살이다. 박히는 순간 두 날개가 옆으로 벌어져 사냥감이 죽기 전까진 뺄 수 없다. 남자는 여자가 보낸 하트의 사냥감이 되었다.

남자는 '지식IN'에 올라온 답변들에게 눈을 떼지 못했다. 재미난 것들도 있었다. 'A형 여자들은 하트 같은 거 함부로 안 날려요, 진짜 좋아하지 않으면요' 같은 글을 읽을 땐 여자의 혈액형이 궁금해졌다. 남자의 감정이 가라앉았을 땐 이런 글을 읽었을 때였다. '습관처럼 하트 붙이는 여자도 꽤 많아요, 괜히 헛물켜지 마세요' 또는 '핸드폰 자판 물음표 밑에 하트가 있거든여, 그거 잘못 누를 수도 있어요ㅋㅋ' 같은. 남자는 노트북을 닫았다.

*

　새벽 5시 30분이었다. 밖은 어두컴컴했다. 남자는 평소보다 두 시간 일찍 깨어났다. 여자의 문자 때문에 잠을 설쳤더니 온몸이 찌뿌드드했다. 옛날 생각이 났다. 그때는 밤새 통음을 해도 이렇지 않았다. 몇 시간만 자도 아침에는 박하사탕을 깨물었을 때처럼 상쾌했다. 나이는 속이지 못했다. 이틀이나 지났는데 몸이 숙취를 이겨내지 못했다.

　남자는 커피를 마시기 위해 서재로 자리를 옮겼다. 컨디션이 나쁠 때마다 그는 카페인의 도움을 받곤 했다. 책상 위에 놓인 커피머신에 물을 따랐다. 분쇄된 에티오피아 예가체프 G2 두 숟가락을 거름망 속에 집어넣었다. 드립백이 될 때까지 10여 분의 시간이 걸렸다. 무료해진 남자는 컴퓨터를 켜고 메일함을 살펴보았다. 다섯 통의 메일이 도착해 있었다. 친구가 보내주는 건강 관련 메일과 골프 클럽에서 회원들에게 정기적으로 발송하는 메일이 와 있었다. 나머지 세 통은 스팸성 광고였다. 커피머신이 뽀글거리는 소리를 내기 시작했다. 증기 배출구로 하얀 김이 아침안개처럼 올라오고 있었다. 물통 안에서 가래 끓는 소리가 들리자 남자는 서버를 꺼냈다 커피를 머그잔에 가득 채워 한 모금을 마셨다. 예가체프 특유의 강한 신맛과 꽃향기가 그의 목구멍을 타고 몸 전체로 퍼져나갔다. 카페인 성분 때문인지 머릿속에 무겁게 가라앉아 있던, 개흙처럼 찐득한 것들이 씻겨나가는 느낌이 들었다. 한 모금을 더 마셨을 땐 창밖으로 먼동이 밝아오기 시작했다. 그저께 여자가 보낸 문자를 다시 불러냈을 땐 머그잔이 바닥을 드러냈다.

　남자가 메일을 쓰기까지 커피 두 잔이 더 필요했다. 첫잔은 제목을 생각하면서 마셨다. 두 번째 잔은 메일을 쓰면서 적절한 표현이 생각나지 않을 때 마셨다. 다 쓰고 난 뒤에도 남자는 망설였다. 우듬지까지 올라가는 데 한나절 이상 걸리는 나무늘보 같았다. 남자는 두 대의 담배를 연거푸 피운 뒤에야 '보내기'를 눌렀다. 화면이 바뀌면서 '메일이 정상적으로 전송되었습니다'라는 알림 메시지가 떴다. 자신이 보낸 열다섯 개의 음절로 이루어진 짧은 문장을 남자는 난수표를 해독하는 것처럼 오래 읽었다. 메시지 내부에 시한폭탄이 장착되어 음절 하나하나가 초침처럼 째깍째깍 소리를 내는 것 같았다. 마음이 졸아 들었다. 지금이라도 '발송 취소'를 누르면 예전으로 돌아갈 수 있다. '취소'를 누른 뒤 크로스오버 음악을 감상하고 오후에는 집 앞 순두부 집에서 혼자만의 외식을 즐길 수 있다. 남자의 일상에 아무 일도 일어나지 않는 것이다. 그것은 평화를 상징했다. 평화는 오랫동안 남자가 꿈꾸었던 미래였다. 그러나 남자는 전쟁을 선택했다. 수신인 메일 주소를 확인하기까지 했다. 타이머에 폭발 시간을 맞춰놓고 살상 반경 내 목표물이 들어오기를 기다리는 테러범 같았다. 그의 정신은 우주에 무중력 상태로 떠다니고 있었다. 30분 후에 메일함의 수신확인 버튼을 누르자 '읽지 않음'이 사라졌다. 여자가 읽었다! 남자가 보낸 메일을 읽었다! 누군가의 선제공격으로 전쟁이 터졌다!

*

다섯 평 남짓한 원룸은 가재도구가 단출했다. 책상과 간이침대가 마주 보고 있었다. 3단 책장이 파티션 역할을 했다. TV나 소파도 없었다. 젊은 여자의 방치고 허접했다.

여자는 편의점 알바를 마치고 늦은 점심을 먹으려 세 시쯤 집에 왔다. 논문 제출 마감이 초읽기였고, 집에 와서도 쉴 수 없었다. 여자는 아침에 먹다 남긴 라면 건더기를 물기 없이 짜서 음식물 쓰레기봉투에 넣은 뒤 노트북을 켰다. 전공서적을 꺼내기 위해 가방에 손을 넣었다. 문고판보다 작은 무언가가 손에 잡혔다. 남자에게 받은 수첩이었다. 여자는 손바닥으로 붉은 가죽 재질의 겉표지를 문질러보았다.

지난번 종강 회식 때 남자에게 이것을 받았을 때 당황했다. 아버지뻘인 교수가 딸 같은 자신에게 수첩을 건넸을 뿐인데 아무 설명 없이 식당 안으로 들어가는 남자 등을 바라보며 여자의 가슴이 콩닥콩닥 뛰기 시작했다. 빈속에 폭탄주를 마신 것처럼, 얼굴이 화끈거리고 볼이 달아올랐다. 여자는 회식 장소로 들어가지 않고 집으로 갔다. 빨라진 심박동 수와 홍조, 좌심실의 두근거림 등 모든 이유를 자신에게서 찾으려 밤을 꼬박 새웠다. 새벽녘에야 잠이 들었다. 아르바이트 시간에 맞추느라 아침부터 바빴다. 일을 하면서 수첩 생각이 났지만 오후부터 밀려든 학생들 때문에 퇴근할 무렵에는 수첩을 잊고 있었다.

*

　여자는 메일함을 열었다. 읽지 않은 메일이 여섯 통이었다. 밑으로 훑어 내려가던 커서가 다섯 번째 메일 앞에 멈추었다.

　메일을 보낸 사람은 강윤수였다. 여자가 알고 있는 '강윤수'는 교수밖에 없었다. 자신이 보냈던 휴대폰 문자에 대한 답장이라면 그 역시 문자로 답장을 보냈을 텐데, 이 메일은 무엇일까. 뿌연 황사가 눈앞을 가리고 있는 듯한 불안감에 휩싸였다. 초미세 모래알갱이들이 환기를 위해 열어놓은 창문을 통해 방 안 가득히 밀려들어온 것 같았다. 황사에 닿은 세간들이 차례대로 지워지고 있었다. 냉장고와 전자레인지가 사라지고, 싱크대가 사라지고, 침대와 책장과 스탠드 옷걸이가 사라지고. 그렇게 방 안에 있는 모든 것이 사라지더니 노트북 앞에 앉아 있는 자신마저도 지워진 것 같았다. 황사는 모래폭풍처럼 빛이란 빛은 모두 차단했다. 정전이 된 것처럼 사방이 컴컴해지더니 여자는 자신의 모습조차 볼 수 없었다. 모든 것이 사라져 텅 빈 자리를 '강윤수'라는 이름 석 자가 채웠다. 그 이름은 야행성 동물의 눈빛처럼 황사 속에서도 또렷하게 보였다. 한밤중 망망대해에서 바라본 등대처럼 빛을 내뿜고 있었다. 파도가 칠 때마다 푸른 형광빛으로 넘실거리는 바다 야광충처럼 보이기도 했다. 여자는 남자의 이름을 클릭했다. 강윤수가 여자의 심장을 관통했다.

　　리하에게
　　종강 회식은 네 빈자리가 너무 크게 느껴졌단다.

택시기사 왈,

술에 취한 채 계속 네 이름을 불렀단다.

미안해서 거스름돈을 받지 않았어.

프롬 리하 폐인 YS

    여자는 메일을 읽자마자 노트북을 탁, 닫았다. 의자 위에서 토막잠을 즐기고 있던 요크셔테리어가 놀라 의자에서 미끄러졌다. 캐스터네츠를 서로 맞부딪쳤을 때처럼, 노트북을 닫았을 때의 진동이 원룸 방 안을 뒤흔들었다. 방 안을 가득 채우고 있던 황사가 바닥으로 가라앉기 시작했다. 여자의 모습이 드러났다. 그녀는 허벅지까지 올라온 모래먼지에 빠진 채 석고상처럼 꼿꼿하게 앉아 있었다. 동공이 확대되고 입은 벌어져 있었다. 쿵쾅 쿵쾅, 가슴 뛰는 소리가 들렸다.

    여자가 남자의 메일을 받은 날로부터 일주일이 지났다. 그동안 두 사람은 수십 통의 문자와 메일을 주고받았다. 여자가 먼저 문자를 보냈고 그 즉시 답장이 왔다. 첫째 날은 서로 조심스러워했다. 둘째 날, 남자는 여자의 요청대로 '네이트온'이라는 실시간 채팅 프로그램을 깔았다. 셋째 날과 넷째 날은 여자에게 쩐다, 안습 같은 채팅용 언어를 배웠다. 남자는 배우자마자 금방 여자에게 되써먹는 놀라운 순발력과 언어감각을 보여주었다. 그러나 닷새째 되는 날부터 조금씩 여자의 답장이 줄어들기 시작했다. 여섯째 되는 날, 여자는 자신의 젠더에 아이를 결합시켜 복합명사를 만들었다. "저 같은 여자아이가 선생님 같은 멋진 분을 알게 되다니, 저 출세한 것 맞죠? 전 깡

여자아이 리하　　231

촌 출신이잖아요ㅋㅋㅋ" 또는 "저 아직 꿈 많은 20대의 여자아이랍
니다. 파파 나이에도 연애 감정이 남아 있나요? 제 아빠보다 한 살
많은 큰아빠 나인데ㅠㅠ" 같은.

　어느 순간 여자는 여자아이가 되어 있었다. 온라인에서의 여자는
매우 쾌활하고 10대 같았다. 애교가 넘쳤지만 온라인일 뿐이었다.
불문율처럼, 서로에게 전화는 걸지 않았다. 주고받는 문자나 메일
이 뜸해져도 연락을 끊지는 않았다.

　약속 날짜와 약속 장소가 정해졌다. 누가 먼저 만나자고 했는지는
중요하지 않았다. 남자와 여자는 만날 수밖에 없어서 만나려 했다.

　새해를 사흘 앞둔 12월 29일이었다. 어제는 폭설이 내렸다. 세찬
바람에 쌓인 눈이 사방으로 흩날렸다가 떨어졌다. 저녁 일곱 시, 남
자는 사당역 7번 출구에서 10미터 떨어진 버스정류장 옆에 서 있었
다. 추운 날씨 때문에 사람들은 종종걸음으로 귀가를 서두르고 있
었다. 골목길에서 얼룩 고양이 한 마리가 옆 건물 지하계단을 타고
쏜살같이 내려갔다. 발바닥 문양이 눈 위에 복사꽃처럼 찍혔다.

　남자는 여자가 사람들을 헤치며 버스정류장 쪽으로 걸어오는 것
을 보고 있었다. 여자는 회갈색 라쿤털 후드가 달려 있는 검정 패딩
점퍼를 입고 있었다. 바람이 얼굴을 스칠 때마다 어깨까지 내려온
머리칼과 라쿤털이 동시에 넘실거렸다. 영화의 한 장면처럼, 여자
는 두 손으로 바람에 흐트러진 머리칼을 위로 쓸어 올렸다. 두 사람
의 거리가 10미터까지 좁혀질 때까지 여자는 남자를 알아차리지 못
했다. 인도(人道)는 퇴근하는 직장인들과 여자 또래의 젊은이들로
북적거렸다. 수능이 끝난 해방감을 만끽하고 싶은 고3들까지 가세

해 축제 분위기였다. 남자는 이런 풍경과 어울리지 않았지만 여자는 배경의 일부가 되어 남자 쪽으로 다가오고 있었다. 여자는 수많은 인파들 속에서도 눈에 띄었다. 그녀는 보폭이 좁은 반면 걸음걸이가 빨랐다. 뛰고 있는 것처럼 보였다. 상체가 흔들렸으며 발걸음을 옮길 때마다 여자의 머리칼이 후드 좌우로 출렁거렸다. 남자는 샴푸 광고에 등장하는 여배우를 떠올렸다. 머리칼만은 여자가 더 풍성하다고 생각했다.

남자를 발견한 여자는 처음엔 활짝 웃었다. 두 사람의 거리가 가까워지자 귀밑까지 올라간 여자의 입꼬리가 바람 빠진 고무풍선처럼 오므라들었다. 남자 앞에 멈춰 섰을 땐 여자는 입을 반쯤 다문 상태였다. 웃는 것도 우는 것도 아닌, 영화 〈25시〉의 앤서니 퀸 같은 어색한 표정이 되었다. 잠시 눈이 마주쳤지만 여자의 시선은 남자가 아닌 정류장 펜스 뒤쪽의 군고구마 양철통을 향하고 있었다. 두 사람 사이에 침묵이 고였다. 침묵은 식빵처럼 딱딱해졌다.

—연말이라 지하철 많이 밀렸지?

남자는 침묵에 대한 책임이 마치 자기 몫이라도 되는 양, 첫인사를 유머로 대신했다. 쌍팔년도식 유머집에서나 나올 법한 개그였다. 유머를 던지는 순간, 남자의 낯빛은 낭패감으로 어두워졌다. 이모티콘으로 개그를 주고받는 요즈음 젊은이들에겐 전혀 먹혀들지 않을 유머라는 것을 알아차렸다. 여자를 향해 빛의 속도로 날아가버린 자신의 꼰대형 유머를 낚아채고 싶었다. 그런데 여자가 함박웃음을 터뜨렸다. 그녀는 깔깔거리며 웃음을 멈추지 않았다. 원래부터 잘 웃는 편이었지만 지금 여자의 웃음은 오락 프로그램에서 흔히 볼 수 있는 연예인의 리액션이 아니었다.

"선생님! 처음엔 무슨 뜻인 줄 몰랐어요!"

여자는 큰 소리로 외쳤다. 남자가 당황할 정도로 큰 목소리였다. 남자는 넘을 수 없을 것 같던 높은 담장을 여자의 웃음을 지렛대 삼아 뛰어넘었다. 담장을 넘자 그곳에 한 여자가 목젖이 보일 정도로 함박웃음을 터뜨리며 서 있었다.

"너무 썰렁했지?"

"아니에요. 강의 때나 회식 때의 진지한 선생님과는 너무 다르게 느껴져서, 그게 재밌었어요. 정~말 수고하셨습니다, 헤헤."

남자와 여자는 여느 연인들처럼 인파에 파묻혀 네온사인과 불빛들이 번쩍거리는 밤풍경 속으로 걸어 들어갔다. 그쳤던 눈이 다시 내리기 시작했다. 두 사람의 머리와 어깨 위에 쌓였다.

삼거리 부근에 이르렀을 때 여자가 남자의 외투 주머니 속에 손을 집어넣었다. 남자는 여자의 손을 빼냈다. 여자는 장난기 가득한 눈빛으로 남자를 째려보더니 다시 손을 집어넣었다. 좁은 골목 안으로 들어설 때까지 그런 식으로 두 사람의 실랑이가 계속되었다. 어떤 게임을 하고 있는 것 같았다. 여자가 손을 넣으면 남자가 빼내고, 남자가 손을 빼내면 여자가 다시 집어넣곤 했다. 가로등이 없는 골목 중간쯤에 이르렀을 때 호주머니 속으로 남자의 손이 슬그머니 들어갔다. 남자의 손이 들어왔을 때, 여자는 고층 난간에 매달린 것처럼 남자의 손을 힘껏 그러쥐었다.

두 사람은 '소라전문집' 간판이 걸려 있는 실내 포장마차 앞에 멈추었다. 가게 안으로 들어서자 50대 중반의 여자가 물 묻은 손을 행주에 닦으면서 말을 걸어왔다.

"눈 오는 날에 예쁜 따님하고 데이트하시나 봐요."

주인 여자는 엉거주춤 서 있는 두 사람의 위아래를 훑어보았다. 남자는 "아, 예 그냥 술 한잔 하고 싶어서"라며 말끝을 흐렸다. 주인 여자가 무슨 말을 하려는 듯 입을 달싹거리자 남자가 재빨리 "여기 소라 한 접시하고, 소주도 주세요."라는 말로 주인 여자의 입을 막았다. 여자는 남자가 과민반응을 보인다고 생각했다. 방금 전 도로에서도 남자는 여러 번 여자의 손을 빼냈다. 여기까지 오는 동안 주위를 두리번거렸으며 여자가 팔짱을 끼자 불편해하는 기색이 역력했다. 여자는 자신의 행동이 남자의 머릿속에서 뭔가 복잡한 생각을 만들어내고 있다고 느꼈다. 우리는 지금 어떤 사이일까? 우리는 자일 하나에 서로의 몸을 묶은 채 바람소리뿐인 가파른 암벽을 기어오르는 오버행 클라이머인가. 우리는 아이스 해머도 없이 얼어붙은 12월 하순의 빙벽을 왜 오르려고 하는 것일까. 그런 의문이 꼬리에 꼬리를 물고 일어났다.

그랬다. 술잔이 몇 차례 돌기 전까진 그랬다. 두 사람은 소주 한 병이 비워질 때까지 근엄한 아빠와 과묵한 딸처럼 굴었다. 남자는 학교 생활과 논문에 대한 질문을 던졌고 여자는 예, 아니오, 같은 단답형으로 반항했다. 소주 두 병이 비워질 때쯤, 옆 좌석의 남자 세 명이 2차를 가기 위한 듯 자리를 떠났다. 실내에 둘만 남았다. 그때부터 두 사람은 마치 오랜 연인마냥 웃고 떠들었다. 눈싸움을 즐기는 것처럼 서로의 눈을 오랫동안 바라보기도 했다. 여자가 남자 옆으로 자리를 옮겼다. 가방에서 핸드폰을 꺼내 남자의 얼굴에 자신의 얼굴을 바짝 붙인 채로 사진을 찍었다. 어두운 실내 때문에 플래시가 펑펑 터졌다. 활짝 웃는 여자와는 달리 남자의 표정은 버스정류장에서 처음 마주쳤을 때 여자처럼 어색해 보였다. 여자는 "선생님 핸드폰으로 전송했으니 집에 가서 보세요." 하더니 원래의 자리로 되돌아갔다. "나중에 사진 현상해서 보내드릴게요."라고 했다.

남자는 알코올의 힘을 빌려서라도 불편한 분위기에서 벗어나고 싶은 것처럼 보였다. 소주는 병마개를 따는 즉시 바닥을 드러냈다. 아홉 시가 넘자 다섯 평 남짓한 가게 안에는 두 사람만 남았다. 주방에서 계속 달그락거리는 소리가 들려왔다. 주인 여자는 설거지를 하는지 홀에는 얼굴을 내비치지 않았다. 계속해서 빈 소주병이 탁자 위에 쌓여갔고, 네 병이 되었을 때 두 사람을 무겁게 짓눌렀던 어색함은 사라졌다. 남자가 김이 무럭무럭 나는 갓 삶은 소리를 까서 여자의 입안에 넣어주면 여자는 까르르 웃으며 그것을 받아먹었다. 목젖이 들여다보일 만큼 입을 크게 벌렸다. 남자는 자신이 아닌 누군가의 목젖을 처음 보았다. 그것은 하트처럼 붉었고 밑으로 내려올수록 가늘어지더니 맨 아래쪽은 양쪽으로 갈라졌다. 남자는 열흘 전 문자에 찍혀 있던 세 개의 하트를 떠올리며 벽시계를 바라보았다. 열한 시를 가리키고 있었다. 여자는 남자가 조금 취했다고 생각했다. 남자는 여자가 자신보다 좀 더 취한 것 같아서 걱정됐다. 헤어질 시간이 된 것 같았다.

버스정류장으로 가기 위해선 5분 정도 걸어 나가야 했다. 두 사람은 천천히 걸었다. 구불구불한 골목을 지나자 후미진 공터가 나왔다. 그곳에는 두 대의 승합차가 나란히 주차되어 있었다. 남자가 몸을 틀어 승합차 사이로 들어가자 여자가 말없이 따라 들어갔다. 승합차는 골목길과 나란히 주차되어 있었다. 차량 전면과 후면은 상가 건물의 측벽에 막혀 길가에서는 보이지 않았다. 두 사람은 그곳에서 오랫동안 머물렀다.

여자가 남자의 볼에서 입술을 떼내며 말했다.

"스물여덟이나 어린 여자아이와 사랑할 수 있다고 생각하세요?"

벌어진 입술 틈으로 누구의 것인지 알 수 없는, 아마도 두 사람의 것이 뒤섞였을 알코올 냄새가 입김과 함께 빠져나왔다. 여자의 혀가 조금 꼬여 있었고, 울먹울먹했다. 여자의 등을 감싸고 있던 남자의 팔이 아래로 미끄러져 내렸다. 남자는 대답 대신 고개를 가로저었다. 건물 벽면에 비친 그림자가 두 개로 나누어지고 있었다.

*

막차였다. 뒤편 창가 쪽에 좌석이 하나 비어 있었다. 자리에 앉자마자 버스가 출발했다. 남자는 뿌옇게 김이 서린 차창을 손으로 문지른 뒤 사당동의 밤 풍경을 바라보았다. 거리는 초저녁 때와 마찬가지로 불야성을 이루고 있었다. 자정이 가까워지면서 사당동은 술이 부족한 젊은이들로 북적거렸다. 눈발이 거세지고 있었다. 여자와 함께 걷고 있다면 목화송이처럼 탐스러웠을 함박눈이었다. 남자는 문질러도 자꾸 김이 서리는 차창을 코트 소매 끝자락으로 닦아내었다.

흐릿한 차창 밖으로 웬 여자가 버스를 뒤쫓아오고 있었다. 여자는 미끄러운 빙판길을 휘청거리면서도 뜀박질을 멈추지 않았다. 젊은 여자가 체면 불고하고 저렇게 달릴 땐 절박한 사정이 있나 보다, 하고 남자는 생각했다. 카드를 잃어버렸든가 아무리 기다려도 택시가 서지 않는다든가 하는. 버스 안 승객들 대부분 잠을 자든가 눈을 감고 있었다. 몇몇 사람들은 핸드폰을 만지작거리느라 잠든 사람처럼 고개를 숙이고 있었다. 남자 혼자만 시야를 가리고 있는 차장의 김 서린 차창을 닦았다. 그는 달리는 버스 반대 방향으로 뒷걸음질 치고 있는 그 여자를 바라보다가 어느 순간 눈이 휘둥그레졌다

뜀박질하며 버스를 따라오고 있던 여자는…… 리하였다. 70년대 영화의 한 장면처럼, 리하는 이미 출발한 버스를, 그것도 속도가 빨라지고 있는 버스와 거리를 좁히지 못한 채 단거리선수처럼 전속력으로 쫓아오고 있었다. 여자의 머리 위에는 흉기 같은 눈이 펑펑 쏟아지고 있었다. 얼마 지나지 않아 여자와 버스 사이는 완전히 멀어졌다. 횡단보도를 지난 버스가 우회전하기 전, 길가에 쪼그리고 있는 그녀의 모습이 남자의 망막에 마지막으로 잡혔다. 남자가 핸드폰을 꺼내 여자의 전화번호를 불러냈다. 그리고 발신 버튼을 누를 듯 누를 듯 머뭇거리다가, 핸드폰 옆 버튼을 눌렀다. 다음 정류장을 알리는 안내방송과 동시에 액정화면에 '전원 끄기'가 떴다. 남자는 더 이상 차창에 서린 김을 닦아내지 않았다. 잠시 후 남자의 손가락이 '전원 끄기'를 눌렀고, 여자는 빛조차 빠져나오지 못하는 블랙홀 속으로 빨려 들어갔다. 남자는 다음 학기에 학교를 그만두었다.

부조리와 싸우는, 기록하는 자의 정체성

심영의

기억과 기록으로서의 소설

한승주 소설집에 실린 10편의 단편소설들을 관통하는 키워드는 '기억과 기록'이라 할 수 있다. 그의 소설 속 인물은 대부분 60대를 통과하고 있는 노인이다. 따라서 살아갈 날보다 살아온 날이 더 많고, 그런 까닭에 살아온 날들과 그 안에서 관계를 맺었으나 이제는 여러 사정으로 헤어진 인물들에 대한 회상기억과 그에 따른 파토스(pathos)가 주된 정조를 이룬다. 그런데 과거를 회상하는 인물은 대부분 글을 쓰는 작가다. 과거에 신문기자를 했거나, 그게 아니라도 문학청년이었으며, 현직에서 물러난 지금은 소설을 쓰고 있다. 그런데 그가 기억하는 과거는 부조리로 가득 차 있다. 따라서 그의 소설 속 인물들은 그 부조리와 싸웠던 기억을 기록으로 남기려 하는 자의 정체성을 뚜렷하게 보인다.

「여자아이 리하」는 우선 매우 낭만적인 사랑 이야기라 할 수 있다.

까닭은 현실에서는 결코 이루어질 수 없는 관계에 있는 두 인물−남자(강윤수, 아내와 사별한 대학교수)와 여자(송리하, 스물여덟 살의 나이 차가 나는 대학원생 제자)의 사랑에 관한 이야기이기 때문이다. 그런데 이 소설에서 정작 중요한 것은 사랑은 타자로 향하는 유일하면서도 가장 중요한 길이기는 하겠으나, 궁극적으로 남는 질문은 "무엇을 위한 사랑인가?"[1]의 문제일 것이다.

대강의 줄거리는 다음과 같다. 남자는 대기업 임원을 지내다 퇴직 후 여자가 다니는 J대학원의 외래교수로 임용되었다. 여자는 석사과정 2년 차의 대학원생이었다. 두 사람은 서로에게 호감을 느낀다. 남자는 여자에게 다이어리를 선물하고, 여자가 보낸 감사의 문자 말미의 이모티콘(♥♥♥)을 보고 아이처럼 마음이 설렌다. 두 사람은 이메일을 주고받다가 만남을 이어가는 사이가 된다. 새해를 사흘 앞둔 12월 29일, 포장마차에서 여자가 남자의 볼에서 입술을 떼내며 말한다. "스물여덟이나 어린 여자아이와 사랑할 수 있다고 생각하세요?" 그렇게 두 사람은 안타까운 마음을 간직한 채 헤어진다.

이 소설은 많은 질문을 가능하게 한다. 두 사람의 관계를 현실의 도덕 윤리라는 잣대로 과연 사랑이라 할 수 있을까? 하는 질문은 구태의연해서 생략하겠다. 레비나스의 경우 오히려 사랑이 윤리의 가능 조건이 된다.[2] 그런데 사랑이라는 관념은 너무나도 추상적이어서 크리

---

1 이재훈, 「사랑과 타자−장−뤽 마리옹의 사랑의 현상학, 데카르트와 파스칼 사이에서」, 『근대철학』 제17집, 서양근대철학회, 2021, 7쪽.
2 위의 글, 17쪽.

스테바의 경우, "멀리서 나의 사랑을 회상할 수는 있어도 그 사랑에 대해 이야기하는 것은 어려운 일이다. 사랑의 언어는 직설적으로 옮기려 하면 부적절하고, 즉시 암시적이며 불가능한 것이 되어 수많은 은유들로 흩날려간다."[3]고 말한다. 라캉에게도 사랑은 본질적으로 언어화될 수 없는 것, 실재계에 있는 것으로 이해된다. 그래서 그는 "사랑에 대해 분별 있는 말을 할 수 없다"[4]고 말한다. 그런 만큼 우리는 '사랑이라는 것'을 명확하게 정의하지 못하면서도 어떻게 우리는 '사랑을 경험한다'고 말할 수 있을까?[5] 하는 것으로 질문을 옮겨야 한다. 물론 "무엇을 위한 사랑인가?"의 문제와 함께.

「여자아이 리하」의 서술자는 두 인물의 사랑을 추상적 영역에서 관념적으로 유추하는 대신 신체성을 근거(두 인물은 손을 잡고 걸으며 서로 키스를 나눈다.)로 한 사랑의 감정과 정서적 차원의 감각적 묘사를 통해 두 사람의 관계가 사랑이라는 속성으로 연결되어 있음을 이야기한다. 그런데 작가는 조심스럽다. 다른 소설에서도 마찬가지인데 남자는 이혼을 했거나 사별한 것으로 그려진다. 자신의 소설을 가까운 사람이 읽었을 때 괜한 오해나 상처를 주고 싶지 않은 배려도 있겠으나, 작가의 무의식에 자리한 현실의 윤리 도덕이라는 관념에서 자유롭지 않은 탓이 보다 클 것이다. 90년대에 등장한 젊은 여성 작가들이 그들의 소

---

3 줄리아 크리스테바, 『사랑의 역사』, 김인환 역, 민음사, 2010, 9쪽.
4 이현, 「분석적 주체의 조건으로서의 사랑」, 『The Journal of Contemporary Psychoanalysis』 제23권 2호, 2021, 94쪽에서 재인용.
5 김경호, 「우리는 어떻게 사랑을 경험하고 의미화하는가」, 『동서철학연구』 제75호, 2015, 6쪽.

설에서 '섹스'라는 단어와 행위를 굳이 타인과 세상을 의식하지 않고 (남성 중심의 기왕의 윤리 규범에 균열을 내고자 하는 작가의 정치적 무의식의 결과이겠으나) 발화하는 것에 비하면 지나치게 조심스럽다.

아무려나 다시 본질적인 질문으로 돌아가서 「여자아이 리하」에서 두 인물의 낭만적인 사랑 이야기를 통해 작가가 하고자 하는 말은 무엇일까? 나는 그것을 부조리의 경험에 대한 기억, 그리고 그것에 대한 반항이라고 읽는다. 카뮈는 이 '부조리'라는 용어-개념을 그 어떤 형이상학적 표현보다도 더 적나라하게 인간과 세계의 본질을 파헤쳐줄 수 있는 용어라고 확신한다.[6] 물론 카뮈는 제1차 세계대전 이후 전개되는 유럽의 상황을 진단하면서 부조리라는 개념을 정립했으나, 나는 우리가 일상에서 경험하는(사랑이라는 감정과 관계를 포함한) 모호한 삶의 상황들, 삶의 조건들 전체를 부조리라는 개념으로 이해하고 활용한다. 그렇게 볼 때 「여자아이 리하」에서의 이야기는 서로에 대해 애틋한 감정을 느끼고 있으나 "스물여덟이나 어린 여자아이와 사랑할 수 있다고 생각하세요?"라는 여자의 말이 은유하듯 세상의 도덕 윤리에서 비롯한 부조리의 감각에 관한 것으로 해석이 가능하다. 카뮈는 그 부조리에 저항하는 한 표상으로 '시시포스'를 제시하고 있거니와 시시포스가 기약 없는 형벌에 굴복하는 대신 산 위로 바윗덩어리를 끝없이 밀어 올리는 저항을 통해 부조리에 맞선 것처럼 「여자아이 리하」의 서술자는 그것을 기억하고 기록함으로써 현실의 부조리에 저항하고 있는 것이다. 기억은 소멸하지만, 기록은 남을 것이어서 이 소설

---

6 이서규, 「카뮈의 부조리 철학에 대한 고찰」, 『철학논집』 제35집, 2013, 139쪽.

의 인물이 글을 쓰는 자라는 것은 그런 뜻에서 의미심장하다.

비슷한 맥락에서 읽을 수 있는 소설이 더 있다. 「신호등 앞에서」와 「두 개의 문」과 「내가 더 많이」가 그러하다.

「신호등 앞에서」의 화자는 "지금 나는 60대 후반의 노인이다"라고 자신을 소개한다. 보부아르는 "우리는 늙어가는 자를 우리 존재 속에 있는 타자라고 생각한다. 우리는 우리 나이에 기꺼이 동의하지 못한다."[7]고 말하지만, 이 소설 「신호등 앞에서」의 화자는 자신의 늙어감을 인식하면서(그러고 보면 보부아르의 언명처럼 그는 늙어가는 자신을 스스로 '타자'로 규정하고 있기도 하다) 젊었던 한때 잊히지 않는 사랑 이야기를 회상한다. 그는, 1976년 5월 그때, 우리(나, K대 법학과에 다니는 윤태수와 S교대 3학년 배수희)는 신호등 앞에 서 있었다고 기억한다. "그녀가 횡단보도의 첫 칸을 향해 발을 내디뎠다. 그녀가 내딛는 그 한 발이 우리의 운명을 갈랐다. 완전한 이별이었다."는 것이다. 어느 날, 그 수희에게서 전화가 걸려오기 시작한다. 아내의 눈치를 보느라 전화를 받자마자 끊어버린 태수는 수희 남동생을 수소문해서 만나고 그를 통해 수희가 죽었다는 말을 듣는다. 그러니까 새벽마다 걸려온 것으로 믿는 수희의 전화는 실재가 아니라 그녀를 잊지 못하고 있는 인물의 무의식에 출몰하는 환상인 셈이다. 이 소설의 화자도 글을 쓰는 사람이다. 부모의 강권으로 법학과에 진학했지만 오래전부터 자신의 꿈은 소설가였고, 그는 신문기자가 되었다.

「두 개의 문」에는 주형과 성희라는 두 인물의 만남과 어긋남에 관한

---

7 시몬 드 보부아르, 『노년』, 홍상희 · 박혜영 역, 책세상, 2020, 399쪽.

이야기가 나온다. 두 사람은 대학생 때 서로 알게 되었고, 성희의 부탁으로 주형이 스토커를 물리쳐준 것을 계기로 연인 사이가 된다. 그런데 두 사람의 인연은 우연한 기회에 성희의 수첩을 주형이 읽어봄으로써 끝난다. 기록에 따르면 주형은 성희의 다섯 번째 남자였고, 스토커(송철규)는 네 번째 남자였다. 그러니까 주형은 또 언젠가 송철규가 당한 것처럼 자신이 내팽개쳐질 수도 있다는 두려움과 의혹 끝에 성희를 떠나게 된다.

「내가 더 많이」도 앞에서 살펴본 소설들과 비슷한 이야기 구조와 주제의식을 보인다. 소설의 화자(명수)는 46년 전 재수학원에서 만난 양민정을 요양병원에서 조우한다. 그녀의 말과 행동이 이상하다고 느낀 '나'는 네 번째 방문한 날 민정을 병원에 데려갔고, 그녀는 알츠하이머 치매 판정을 받았다. 그는 고민 끝에 그녀를 자신의 집으로 데려왔다. 아내는 9년 전 암으로 죽어서 그는 줄곧 혼자였다.

그런데 「내가 더 많이」는 「두 개의 문」과 약간의 기시감이 있다. 그것은 「두 개의 문」에서 주형과 성희가 인연을 맺은 계기와 「내가 더 많이」에서 명수와 민정의 만남 이야기가 닮아 있기 때문이다. 민정은 명수에게 자신을 괴롭히며 "사귀자고 집요하게 매달"린다는, 한 남학생을 처리해달라고 부탁하는 것이다. 이 이야기의 설정이 반복되는 것은 작가의 기억에 뚜렷하게 남아 있는 저장기억이 무의식중에 드러나는 것으로 일종의 트라우마라 할 수 있다. 그것을 앞에서 우리는 '부조리'한 상황에 대한 기억으로 파악한 바 있다.

「신호등 앞에서」와 「두 개의 문」과 「내가 더 많이」를 「여자아이 리하」와 같은 맥락에서 살펴본 까닭은 앞에서도 언급한 것처럼 사랑의 부조리에 대한 저항으로서의 기록이라는 유사점이 있기 때문이다. 네 편의 소설에서 주요 인물 혹은 화자는 60대를 통과하고 있는 노인이다. 버틀러는, 이 '노인'이라는 기표(호명)는 "그의 몸을 발견하는 것이 아니라 그 몸을 근본적으로 구성한다"[8]고 말한다. 노인의 이미지를 '상실'이나 '상처' 등의 기호와 습관적으로 결부해 생각하는 것을 우리는 편견이라 부른다. 그러나 이 편견은 세계가 이미 편향되게 현상하고 있는 감각적 사실들의 배치에서 기원한다.[9] 따라서 한승주 소설의 인물이 대체로 노인이라는 생물학적 연대를 들어 상실 혹은 회상 등의 이미지로 고착화하는 것은 해석의 오류로 이어질 수 있어 경계가 필요하다.

그럼에도 불구하고 앞에서 살펴본 네 편의 소설들은 지나간 시절의 인연과 그 인연이 한결같이 이루어지지 못한 데 따른 회한으로 이루어진 서사라는 점은 틀림없다. 그것을 기억하고 기록하려는 작중 인물의 행위를 우리는 부조리한 상황에 대한 저항(회상과 글쓰기)으로 읽었다. 남아 있는 질문은 "무엇을 위한 사랑인가?"일 것인데, 타자로 향하는 유일한 길이 사랑이었을 뿐이라고 우리는 답할 수 있을 것이다. 그렇다면 "무엇을 위한 사랑인가?"라는 질문은 "무엇을 위한 기억인가?"로 바꿔 묻는 것이 가능해진다. 페넬로페는 남편 오디세우스가 돌아오기를 기다리며 낮에는 잊기 위해 천을 짜고 밤에는 기억하기

---

8 주디스 버틀러, 『혐오 발언 : 너와 나를 격분시키는 말 그리고 수행성의 정치학』, 유민석 역, 알렙, 2016, 19쪽.

9 이희우, 「사랑은 사유다」, 『문학과사회』 제34권 3호, 2021, 241쪽.

위해 이를 푼다. 프루스트는 (『잃어버린 시간을 찾아서』에서) 밤에는 망각을 위해 천을 짜고 밤에는 기억하기 위해 이를 풀지만,[10] 한승주 소설의 경우 (사랑에 대한 회상 그리고 기억의 반복은) 존재에 대한 확인이요, 삶의 원천 그 자체(부조리한 상황에 대한 저항)라고 말할 수 있다.

타자에 대한 연민과 파토스

리쾨르는 "정의로운 제도들 속에서 타인과 더불어 그리고 타인을 위하여 좋은 삶을 지향하는 것"을 윤리적 지향이라고 불렀다.[11] 한승주 소설 몇 편에서는 타자에 대한 연민의 파토스(pathos)를 지닌 인물을 만날 수 있다. 이는 작가가 넉넉하고 따뜻한 성정을 지닌 인물임을 짐작하게 한다.

「장평치킨」의 인물은 정년 퇴직을 하고 시골로 이사 와 북한 인권 탄압을 고발하는 소설을 쓰고 있다. 그가 시골에 와서 맨 처음 만난 이가 '장평치킨'집 주인 사내다. 사내는 4킬로미터 거리를 마다하지 않고, 더구나 다른 가게보다 싼값에 치킨을 배달해준다. 주인공은 치킨집 사내에게 점점 정이 간다. 사내는 고난의 행군을 피해 나온 탈북자였고, 키가 작고 한쪽 다리를 저는 장애인이었다. 어느 날 그 사내가 밤에 배달을 나갔다가 그만 교통사고로 목숨을 잃었다는 말을 듣고 그는 상심에 빠진다.

---

10 권택영, 『소설을 어떻게 볼 것인가』, 문예출판사, 2004, 300쪽.
11 윤성우, 「윤리의 세 요소」, 『철학연구』 제60집, 2003, 159쪽.

리쾨르가 제시한 윤리의 3요소-정의로운 사회와 그 제도에 대한 관심, 타인과 함께 그리고 타인을 위한 연대의 관심, 그리고 이를 위한 인간 그 자신의 좋은 삶에 대한 관심에는 미치지 못하나, 「장평치킨」의 인물은 최소한 타자에 대한 연민의 감정을 지닌 따뜻한 성품의 인물이다. 비슷한 주제의 소설로 「간병사 차오센쭈 K」가 있다.

「간병사 차오센쭈 K」의 주인공도 신문기자로 퇴직했고, 젊은 시절 문청(文靑)이었고, 현재는 북한 인권 탄압 관련 소설을 쓰고 있다. 발목뼈 골절 사고를 당해서 병원에 입원했고, 같은 병실에 입원해 있던 연변 출신 강영철을 간병인으로 쓰게 되었다.

「장평치킨」의 치킨집 사내와 「간병사 차오센쭈 K」의 강영철은 둘 다 탈북민이고, 두 소설에서 주인공은 퇴직해서 북한 인권 관련 소설을 쓰고 있는 작가다. 소설의 주인공이 그들에게 연민을 갖는 가장 중요한 까닭이 다름 아닌 그들이 탈북민으로 어렵게 살아왔고 지금도 그러하다는 데 있다. 그런데 왜 하필 북한 인권에 관심이 많고 탈북민들에 대한 연민이 가득한가. 그가 6·25전쟁 때 부모님을 따라 월남한 인물이기 때문이다. 북한의 실상에 대한 부정적 인식이 강하고, 그것을 널리 알려 바로잡기를 바라는 마음으로 가득하다. 작가 자신의 개인적 기억(체험)과 집단적 기억의 매개 과정에 저 한국전쟁의 비극적 체험이 자리하고 있는 것을 알 수 있다.

그렇게 보면 이 두 소설 「장평치킨」과 「간병사 차오센쭈 K」에 이르러 리쾨르가 말했던, 자기에 대한 관심과 타자에 대한 관심과 제도에 대한 관심으로서의 글쓰기라는 윤리적 태도 세 요소를 모두 갖춘 것을 확인할 수 있다. 이는 다시 한승주 소설의 자서전적 글쓰기 양태는

"문화적 정체성의 확립 과정으로서의 개인적 정체성의 회복인 동시에 문화적인 정체성의 획득 과정"[12]임을 알 수 있다. 그의 작가적 시야가 개인적 차원의 부조리에 머물지 않고 공동체와 제도의 부조리로 확장되고 있는 것으로, 매우 의미 있는 진전이라 할 수 있다.

「장평치킨」과 「간병사 차오셴쭈 K」에서 볼 수 있는 것과 마찬가지로 타자에 대한 연민의 파토스로 가득한 것과 비슷한, 가족 혹은 가족과 다름없는 반려견을 향한 연민의 파토스를 드러낸 소설이 있다. 「의왕 가는 길」과 「낙엽을 쓸다」와 「조용한 혁명」이 그러하다.

「의왕 가는 길」은 구순의 장모가 전화를 받지 않자 걱정 끝에 밤새 차를 몰아 아내와 함께 의왕으로 가는 길에서의 상념을 서사화한 소설이다. '나'는 형과 형수가 버스 사고로 운명한 비극적 사건의 기억을 아직 지우지 못하고 있다. 그런 탓에 나와 아내가 주고받는 대화가 예사롭지 않다.

"우리 둘 중에 누가 먼저 죽을까?"

"반드시 내가 당신보다 먼저 죽어야 해."

"내가 당신보다 먼저 죽는 것이 내 방식의 사랑이다."

그는 아내의 죽음을 감당할 자신이 없었다. 형님 부부의 사고사, 누이의 자살과 연이은 아버지의 죽음, 그 때문에 그는 우울증에 걸렸다. 그런데 그가 먼저 죽으면 아내가 어떻게 살아갈 수 있을지 걱정이 그치지 않는 것이다.

---

12 신지영, 「자서전적 글쓰기와 문화적 정체성」, 『독일어문학』 제75집, 2016, 99쪽.

「낙엽을 쓸다」의 인물 '추성호'는 두 달 전인 11월부터 건축현장 잡역부로 일하고 있다. 원래 직업은 가죽제품 중소기업을 경영하는 사업가였으나 부도로 집안이 풍비박산 났다. 아내의 서른일곱 번째 생일을 맞아 모처럼 가족이 외식하던 날, 아내의 모습이 평소와 다르다. 호기롭게 술을 마시고 대리운전을 부르는 등 아무렇지도 않은 모습이지만 결국에 간암 4기 판정을 받고 끝내 숨을 거둔다. 이 부부가 감당해야 하는 경제적 고통(따로 언급하지는 않았으나 소설에서는 추성호의 부모 역시 그가 어렸을 때 아버지의 도박으로 가정이 풍비박산난 뼈아픈 경험을 갖고 있다.)과 그에 따른 질병으로 결국 죽음에 이르는 비극은 개인적 불운으로만 치부될 일이 아니라는 점에서 문제적이다. 그것은 한국 사회에서 일상화된 경제적 불안과 공포가 국가 차원의 문제 해결이 아닌 개인이 오롯이 감당해야 할 '공포의 사사화'[13]로 귀결된 지점을 통렬하게 지적하고 있는 점에서 문제적이라는 뜻이다.

「조용한 혁명」은 소설의 인물 '방혁재'가 거둬 기른 지 14년이 된 유기견 순종 몰티즈 수컷이 숨을 거두자 언 땅에 파묻었다가 다시 파내려 하는 이야기다.

"꼬맹이를 어떻게 처리하지?" 가족들은 개가 죽자 그것을 어떻게 처리할 것인가를 고민한다. 화장을 하면 가장 좋겠으나 비용이 만만찮아 혁재는 죽은 꼬맹이를 땅에 파묻는다. 나중에 생각해보니 불법이기도 하려니와 꼬맹이에게 영 미안하더라는 것이다. 그는 딸 '순경'의

---

13 정수남, 「공포, 개인화 그리고 축소된 주체」, 『정신문화연구』 제33권 제4호, 2010, 336쪽.

말대로 화장을 한 후 납골당에 안치해주기로 마음을 바꿔먹었다. 그러려면 시체부터 찾아야 하는데 언 땅을 아무리 파도 꼬맹이를 찾을 수 없었다.

「의왕 가는 길」과 「낙엽을 쓸다」와 「조용한 혁명」은 모두 가족 서사이면서, 어렵게 삶을 지탱해온 남성 가장이 견뎌야 했던 세월을 반추하는 회고적 서사이기도 하다. 그 바탕에는 앞에서 언급했던 연민의 파토스가 자리하고 있다. 이는 작가의 따뜻한 성정을 짐작하게 하는 것이라고 말한 바 있다.

루머와 진실의 길항

어느 작가든 소설집의 표제작은 작가의 애정이 가장 많이 들어 있는 작품이라 할 수 있다. 표제작 「어둠의 빛」은 루머에서 자유로울 수 없는 현대사회의 한 병폐를 잘 보여주고 있는 소설이다. 또한 제목이 암시하듯 플라톤의 동굴의 우화를 주제에 적절하게 차용하고 있는 소설이다. 앞에서 살펴본 소설들과는 그 결이 조금 다른데, 루머라는 코드로 사회를 읽는 한편, 플라톤의 동굴의 우화를 빗대어 진실이란 무엇인가를 탐문하고 있는 사회파 소설이라 할 수 있다.

사람들이 사는 곳, 일하는 곳 혹은 놀며 쉬는 곳 어디든지 자판기 효과[14]가 일어나기 마련인데, 소설에서 '한기호'에 대한 소문이 증폭되

---

14 니콜라스 디폰조, 『루머사회』, 곽윤정 역, 흐름출판, 2012, 6쪽. 두 명 이상의 사람이 자판기 앞에서 비공식적인 대화를 함으로써 생기는 효과를 자판

는 장소는 동네 손님들로 **빽빽한** 금요일 저녁의 동네 술집이다. 부동산 중개업을 하는 최 씨와 아파트 관리사무소장과 통장 부부 등이 삼겹살을 구워 먹고 소주잔을 기울이면서 그에 대한 마을 사람들의 여러 소문을 주고받는다.

누군가에 대한 부정적인 소문은 사람의 눈을 가려 대상을 올바로 보지 못한다는 데 문제가 있다. 이 소설 「어둠의 빛」에 나오는 한기호는 마치 하퍼 리 소설 『앵무새 죽이기』의 아서 래들리(Arthur Boo Radley) 혹은 윌리엄 포크너 소설 「에밀리에게 장미를」의 에밀리(Emily)를 연상케 한다. 에밀리에 대한 마을 사람들의 관심은 이 소설 「어둠의 빛」의 마을 사람들이 그렇듯 강박적이라고 할 정도다. 『앵무새 죽이기』는 미국 사회의 인종차별을 제재로 한 소설이면서도 누군가에 대한 부정적 소문과 이미지가 얼마나 파괴적인 결과를 가져오는지 잘 묘파한 소설이다. 아서 래들리는 은둔자로 묘사되고 있다. 소설의 결말에 이르러 그가 이웃으로부터 소외되고 그에 따른 오해의 피해자였으나 실상은 섬세하고 따뜻한 감성을 지닌 인물이었음이 드러난다. 「에밀리에게 장미를」은 몰락한 남부 귀족 가문의 마지막 남은 여주인공 에밀리에 대한 세간의 소문을 중심으로 이야기가 전개되지만, 소설의 전체 분위기를 좌우하는 것은 냄새, 특히 시취(屍臭)다. 이 악취는 견딜 수 없이 고통스럽지만 피할 수 없는 주이상스(jouissance)로 소설에서 매우 상징적인 의미를 갖는다. 소설 「어둠의 빛」을 지배하는 이미저리(imagery)는 마을 사람들의 입에서 입으로 옮겨 다니며 증폭되는 온갖

기 효과(Watercooler Effect)라 한다.

풍문들이다. 그것은 시취(屍臭)와 다를 것 없이 불온한 분위기를 만들어낸다.

소설 「어둠의 빛」에서 루머의 대상이 된 한기호는 『앵무새 죽이기』의 아서 래들리가 그러한 것처럼 소설의 말미에 다른 이들의 예상을 깨고 사건 속으로 개입한다. 술집에서 사소한 일로 작은 소동이 일어나고, 옆자리의 폭력배들에게 부동산 중개업자 최 씨가 두들겨 맞아도 그들은 어찌할 줄 모르고 쩔쩔맨다. 그런데 빛이 완전히 차단된 동굴 속에서 막 뛰쳐나온 듯한 한기호가 난입하여 폭력배를 공격한다. 일행은 놀라는 것과 동시에 폭력배들에게 달려들어 린치를 가한다. 이는 이문열 소설 『필론의 돼지』의 한 장면을 연상케 한다. 전역병들이 탄 열차에서 일단의 현역병들이 전역병들에게 금품을 요구하고 구타하는 것을 속수무책으로 지켜보던 이들이 누군가의 용기를 계기로 반격에 나서 현역병들에게 린치를 가하는 다중의 속물성과 정확하게 일치한다.

다시, 루머와 관련해 이야기하면, 동굴 안에 갇혀 있는 수인들이 동굴에 비친 그림자만이 세상의 전부(진실)라고 믿는 것처럼 소설 「어둠의 빛」에 등장하는 마을 사람들은 누군가로부터 시작된 온갖 루머를 아무런 의심 없이 받아들이고 그것을 증폭하는 데 여념이 없다. 진실은 드러나게 마련이라지만 어떤 진실은 더디거나 뜻하지 않은 상황에서 드러나기도 하는데, 소설 「어둠의 빛」에서도 소설의 결말 부분에서야 한기호는 사람들 앞에 빛처럼 그 모습을 드러내는 것으로 그려진다. 작가의 왕성한 독서 편력이 소설의 주제를 구현하기 위한 다양한 장치에 활용되고 있음을 알 수 있다.

작가는 이 소설집에 실린 10편의 소설 대부분에서 서술자의 직업을 신문기자나 소설가 등 글을 쓰는 인물로 그 성격을 부여하고 있는데, 이는 우연이라기보다 (작가의) 무의식의 심층에 자리한 자의식이라고 볼 수 있다. '소설가 소설'의 경우 일반적으로 작가의 관심이 객관 세계의 반영에 있지 않고 작가 자신의 주관적 내면에 치중하는 경향이 강한데,[15] 한승주 소설 대부분에서 개인적 회상의 빈번한 개입 등을 통한 주인공의 자의식을 드러내는 것을 볼 수 있다.

그런데 우리 근대 소설 중에서 소설가 소설로 널리 알려진 박태원의 「소설가 구보 씨의 일일」의 경우 소설의 인물은 생활에의 욕망과 소설 쓰기에의 욕망 사이에서 갈등하고 있고, 박태원의 동명 소설을 패러디한 최인훈의 『소설가 구보 씨의 일일』의 인물이 소설가의 자의식과 관념을 세밀하게 추적하고 있는 것[16]과는 달리 한승주 소설에서 소설 쓰는 인물들은 "이래 봬도 나 이대 나온 여자야"[17]처럼, 대체로 자신의 정체성을 드러내는 것으로만 소비되는 측면이 있다. 그것도 근대 소설가 소설의 작가들이 자신들의 작품을 통해서 자신의 정체성 곧 소설의 형식과 소설가의 태도 등에 대한 고민에 집중했던 것[18]

---

15 최은혁, 「'소설가 주인공 소설'에 나타난 작가의 에토스」, 『한국수사학회 학술대회』, 한국수사학회, 2016, 187쪽.

16 위의 글, 190~191쪽.

17 2006년에 개봉한 최동훈 감독 영화 〈타짜〉에서 정 마담(김혜수)이 도박장을 덮친 형사들에게 한 말이다.

18 엄숙희, 「근대의 소설가적 정체성과 소설가 표상」, 『어문논총』 제31호, 2017, 138쪽.

과 달리 한승주 소설의 인물들이 갖는 글 쓰는 자로서의 정체성이 소설의 주제를 심화하는 데 바쳐지기보다는 과거의 기억을 회상하거나 잊힌 누군가를 기억하는 데 더 많은 효용이 있어 보인다. 이는 소설의 대부분 인물이 60대를 지나고 있는 나이이며, 살아갈 시간보다는 살아온 시간이 더 많고 그 지나온 시간을 회상하는 데 인물의 관심이 집중되고 있는 것과 무관하지 않다.

물론 한승주 소설의 화자에게 추억이란 결코 과거의 것에 그치는 것이 아니라 현재를 이야기하고 삶을 말하는 중요한 단서로 작용하고 있는 것은 틀림없다. 현재와 이어져 있는 과거의 끈을 놓치지 않으면서 과거의 삶과 현재의 삶을 끊임없이 대조하고 성찰한다. 그런 의미에서 한승주 소설은 "기억을 한 번 더 기억하는 것이 소설"[19]이라고 할 때, 정확하게 그에 부합한다. 뿐만 아니라 소설의 형식을 빌린 자전적 글쓰기 과정을 통해 자아 정체성을 새삼스레 확인하면서 그가 살았던 시대를 어떻게 감당했었는지 개인적 기억을 문화적 기억으로 기록해 두고자 하는 성실함의 태도(부조리한 삶에 대한 저항으로서의 기록)로 읽을 수 있겠다.

沈永儀 | 소설가, 문학평론가

[19] 서영인, 『충돌하는 차이들의 심층』, 창비, 2005, 132쪽. 서영인은 김소진 소설에 대한 비평에서 저 문장을 사용하고 있는데, 필자는 한승주 소설 역시 기억과 기록에 충실한 소설 쓰기로 보아 이를 차용했다.

어둠의 빛

한 승 주
소 설 집

푸른사상 소설선